アメリカ文学とバートルビー現象

――メルヴィル、フォークナー、バース他

安河内英光 著

開文社出版

アメリカ文学とバートルビー現象——メルヴィル、フォークナー、バース他・目次

序文

アメリカの夢の裏面史

数年前、エンリーケ・ビラ＝マタスの『バートルビーと仲間たち』という本が出た。スペインでかなりの好評を博した作品の翻訳書である。ハーマン・メルヴィルの短編「書記バートルビー：ウォール・ストリートの物語」の主人公バートルビーは、一九世紀の中葉、ニューヨークのウォール街の法律事務所で、裁判記録等の筆耕の仕事を突然まったくやらなくなり、部屋の片隅の壁に向かって動かなくなり、最後は収容された刑務所の壁の前で餓死する。ビラ＝マタスは、バートルビーを、作品を書かない／書けなくなった作家のメタファーと捉えて古今東西の多くのそのような作家を取り上げて論じたのである。ビラ＝マタスは、これらの作家たちに共通する特徴は、世界との断絶と社会に対する徹底的な否定の精神だと言う。「書記バートルビー」批評には、バートルビーをそのような作家のメタファー、ないしはアレゴリーとして解釈する研究者がいるが、私は、バートルビーをアメリカ文学に頻出する、閉じ籠る／閉じ込められる人物像、つまり幽閉のイメージやテーマの原型ないしは元祖として考えている。

ざっと見渡しただけでも、アメリカ文学には幽閉する／される人物、つまり、バートルビー現象が頻出する。一九世紀においては、メルヴィルは、バートルビー以外にも、処女作『タイピー』でタイピー族の「囚われ人」となった主人公トンモから、最後の遺作『ビリー・バッド』で、軍規に囚われ「鳥籠に投げ入れられたコガネヒワ」になり船上葬に付されるビリーまで、幽閉は、メルヴィル終生のテーマとして重要な位置を占める。また、大作『白鯨』では、当時の最大の国家産業としての捕鯨業の中に取り込まれた船長エイハブの、白鯨という巨大な壁に閉じ込められた生命の幽閉感を描いた。エドガー・アラン・ポーの作品「アッシャー家の崩壊」、「赤死病の仮面」、「黒猫」等では、屋敷や部屋や壁が幽閉の場所となるが、幽閉状況は、近代精神の特徴である常識と理性と合理性では判断できない主人公たちの内向的、感情的、倒錯的、幻想的な性格から生み出されているものが多い。

そもそも、一九世紀ではヘンリー・デイヴィッド・ソローやエミリー・ディキンスンは作家自身が自閉したし、二〇世紀でも、J・D・サリンジャーは公の場に姿を現さなかったし、トマス・ピンチョンはほとんどマスメディアとの接触を持たず、その素性もあまり知られていない。

二〇世紀に入っては、シャーウッド・アンダソンは、進展する産業社会の中で、社会の流れからとり残され、他者との関係を切断されて孤独でグロテスクになった人物を数多くの作品で描いたが、「われわれは囚人のように幽閉されています（We are imprisoned.）。われわれの周囲には壁があるのです」（Anderson 80）と知人への手紙に書いた。

三〇年代から四〇年代に活躍したウィリアム・フォークナーの作品にいたっては、「エミリーへのバラ」のエミリー、『八月の光』のハイタワー、『アブサロム、アブサロム！』のローザ等の多くの主要人物たちは、外部社会との接触をほとんど完全に断って自閉するが、勿論、これらの人物を自閉に追い込む外部からの幽閉する力が強烈に及んでおり、その力としては、一九世紀半ばまで存在した大農園制度と奴隷制度によって成り立つアメリカ南部の共同体の倫理と経済と社会の体制、人種差別等が浮かび上がってくる。

そして、第二次大戦後のアメリカの五〇年代は、戦後の好景気による物質的には豊かな大量消費社会となるが、他方では、米ソの冷戦構造により、共産主義弾圧という、いわゆる、「赤狩り」が社会を席巻し、保守的で管理統制的な社会体制が強まり社会そのものが人々を閉じ込める檻となるが、その閉塞状況の中で利己的で自己満足して生きる人間の偽善と欺瞞をJ・D・サリンジャーは、『ライ麦畑で捕まえて』で“phony”だと批判し、そして、ジャック・ケルアックはその人間性を抑圧し歪めていく社会からドロップアウトしていく若者を『路上』で描く。劇作家エドワード・オールビーは、この時代の中産階級の人間が、体制順応的、他人指向的で、かつ、利己的で自己中心的な意識で、鉄の檻で出来た「動物園」としての社会の中に安住する精神の欺瞞的沈滞状況の実態を『動物園物語』の中で抉りだした。

さらに、反戦運動、公民権運動、大学紛争等の反体制運動が吹き荒れた動乱の六〇年代では、ケン・キージーやジョーゼフ・ヘラーは、精神病院や軍隊という巨大な社会のシステムを、人々をその中に閉じ込める画一化し非人間的で抑圧的なアメリカ社会そのもののメタファーとして提示し(『カッコーの巣の上で』、『キャッチ=22』)、そして、アメリカの現体制批判のみならず、批判の矛先は、建国以来アメリカの国家体制を構築してきた、理性を中心とする合理主義と科学的思考、政治における民主主義、経済における資本主義、そして人権思想等の近代の理念の実体そのものへ向けられた。

また、八〇年代の中心的作家であるポール・オースターは、文化と言語が崩壊した現代文明最先端の都市であるニューヨークの文化と社会との接触を避けるために、我が子を九年間薄暗い部屋の中に閉じ込める人物を描く(『ガラスの街』)。そして、レイモンド・カーヴァーは、レーガン時代の、アメリカの夢の理念が崩壊し経済が沈滞する保守的社会の中で、失業と貧困の日常性の中に閉じ込められどこにも出口のない社会の底辺でうごめく人々の存在状況を的確に描き出す(『大聖堂』）。カーヴァーは、閉じ込められた日常性の中で、アルコール依存症の厚生施設、屋根裏部屋、自宅の居間、ソファー等から動けない人物を描く。

これらの作品や作家はほんの一部であってアメリカ文学における幽閉のイメージやテーマは枚挙にいとまがない。特筆すべき点は、一九世紀と二〇世紀のアメリカ文学において、それぞれの最大の作家と言えるメルヴィルとフォークナーのテーマにおいて幽閉が非常に重要な位置を占めていると言えることだ。このことは幽閉のテーマが、アメリカとアメリカ人全体にかかわり、建国以来のアメリカに通底する問題と考えられる。

アメリカ文学になぜこのようなバートルビー現象が頻出するのか、その原因や理由は何なのかを検証するのが本書の目的である。アメリカは、旧世界ヨーロッパの宗教的腐敗と堕落を脱して理想の神の国を建設するというピューリタンたちの宗教理念と、またその旧世界の封建制の政治的、経済的、思想的弾圧から逃れて、自由、平等、機会均等という近代民主主義と人権思想に基づいた国を建設するという理念があり、そして、これらの理念が実現され、具体化されるものとしてのアメリカの夢という神話がある。エリック・フォーナーが言う、「アメリカは人類のための避難所となり、……旧世界の人々を抑圧した君主制、貴族性、世襲的特権のような諸制度から解き放たれたアメリカが、アメリカのみが、普遍的自由の原理が根づくことができる場所だった」のだ（フォーナー一八)。つまり、アメリカは、それがたとえ神話だとしても、国家の基本原理として、旧世界の人々の、そしてあとからは世界中の人々の理想や願望の実現の場として人々をひきつけてきたし、また実際に、現在でもその神話が生きていることも確かであろう。

だが、一見人々に開かれたように見えるアメリカ社会では、一七世紀の魔女裁判や一九二〇年代や一九五〇年代の赤狩り等で明らかになった、信仰や思想の次元で厳しい「禁止と排除」の論理(アーサー・ミラー『坩堝』)が働き、そして、社会のルールやシステムに従わない人間を追放し、社会の片隅に閉じ込めてきた。トルーマン・カポーティが『冷血』で描いた殺人犯ペリーは、殺人を犯す前に窃盗で服役した後釈放されたときに、仮釈放中はキャンザス州には足を踏み入れてはならないと宣告されことに「天国からも閉めだされた」という強烈な追放感を持つ。この「禁止と排除」の論理は、初期のピューリタンたちが植民地を開いてすぐに作った「墓地と牢獄」(ナサニエル・ホーソーン『緋文字』)が示すようにアメリカ創生の初期から宗教的・政治的な力が個人に対して強力に及んでいたことを示している。理念からなる人工国家アメリカは、社会のルールやシステムが有効かつ適切に働かなければ、社会や国家の体制そのものが一挙に瓦解してしまう恐れがあり、それらを維持しようとすれば、往々にして強力な幽閉する力が人々に行使されることになるが、他方、この社会のルールやシステムに適応できず、また合わせられない者は、それらに背を向け社会から自己を幽閉することになる。アレクシス・ド・トックヴィルは、『アメリカの民主政治』のなかで、アメリカにおける多数者の思想の強力な働きについて次のように述べる。

アメリカでは、多数者は思想の周囲に恐るべき柵をめぐらせて、この限界内では著作者は自由であるが、その限界から外に出ようとすると彼に不幸が降りかかってくる。それは彼が火刑を恐れなければならないというわけではない。けれども彼はその限界外に出ようとすると、あらゆる種類のいやがらせや迫害と闘わなければならないのである。……アメリカが偉大な著作家たちをまだ持っていないとしても、その理由としては、上記の理由以外に求められるべきではない。すなわち、精神の自由なきところに、文筆的天才は存在しないからである。(トックヴィル　一八〇一一八三)

トックヴィルがこの本を書いた時期は、一九世紀の前半のジャクソニアン・デモクラシーの時代であるから、まだホーソーンやメルヴィルの傑作が現れていない時代であるが、アメリカは、フォーナーが言う「人類のための自由の避難所」であったのと同時に、トックヴィルは、ここで、すでにアメリカが、多数者の暴力による少数者の自由の圧殺、ないしは、自由、平等、機会均等の思想からなるアメリカの民主主義が絶対主義的思想となり、そこに矛盾や背理を抱えていたことを鋭く見抜き、アメリカには「精神の自由がない」と言う。多数者の思想が具体的なルールやシステムや共同体のエートスとなって人々に強力な力を行使した例としては、本書では、フォークナーの作品論（第四章、第五章、第六章）で論じたが、他方、多数者の考えが、常識や慣習や社会通念として人々を支配し拘束していく例として、メルヴィル、オールビー、バース等の作品論（第一章、第二章、第三章、第七章、第八章）で考察した。上記の作家たちの主たる関心事は、共同体のエートスやアメリカ社会の常識や社会通念に対して、徹底した疑念と批判の目を向け、そして、その実態を抉り出すことにあったと言っても過言ではない。

このアメリカにおける自由の圧殺と矛盾や背理の歴史的背景として、先ずアメリカには、植民地形成と国家建設に伴う白人による土地の収奪と、それに伴うインディアン追放と虐殺と黒人奴隷制度の導入という人種問題があった。ペリー・ミラーが、アメリカ人にとって「土地の所有は救済である」（Miller 101）と言い、また、スティーヴ・エリクソンは、「自分が所有するものからのみ、人は快楽を得る自由を持つ――それがアメリカの自由の本質なのだ」（Erickson 38）と言ったが、アメリカないしはアメリカ人にとっての自由の問題は所有の問題と不可分に結びついている（第四章『アブサロム、アブサロム！』論参照のこと）。

さらに、他民族の移民による、多種多様な文化と歴史と言語を持った人々によって構成される国家体制のなかでアメリカ人やアメリカ文化をいかに考えるかという問題がある。一九八〇年代になされた激しい「文化戦争」において保守派の論客アラン・ブルームが主張したように、アメリカ人になる要件として、アメリカは、人々に民族や文化や歴史との関係を切断させ、アメリカの自由、平等、機会均等という近代的理念のイデオロギーを選択させる。ブルームは、アメリカの独立宣言文の自由と平等の精神はアメリカが誇る自然権（natural rights）であるとして、次のように述べる。

この自然権に照らされたとき、階級、人権、国の起源、文化のすべては消えるか霞んでしまうかする。移民者たちは、新たな教育が容易に身に着くように、旧世界の様々な要求を忘れなければならない。（ブルーム　二七）

ブルームの言う「自然権」は、独立宣言文の中の「譲り渡すことのできない権利」を指しており、人為的につくられた観念的なものであるが、この「自然権」のために、アメリカ人になる必須要件として、文化や歴史や宗教のファクターを否定し、政治的、経済的ファクターを重視する考えである。これは近年の多文化主義へのアメリカの動きからは逆行するものであるが、アメリカには根強くある保守派の「坩堝」論である。一人の人間の生はむしろ前者に基づき、後者と統合された全体より成り立つのであり、これらを分断すれば断片化された観念的人間観が産み出される。

さらに、建国期のアメリカの不安定な社会体制を維持するために、国民の一人一人の感情や情熱を抑えて、個人の自我の中に道徳的良心や理性に権威を持たせることを国家が唱道した。これをロナルド・T・タカキは「理性の鉄の檻」と言う（Takaki 4-10）。（第八章バース論を参照されたい。）

これらに加えて、一八世紀後半から強くなる近代の資本制産業社会という経済体制がもたらす自由競争が強者（の自由）と弱者（の圧殺）をもたらし、また、個人の分断と疎外感を生み出す。

以上は、アメリカの個人と社会や国家の体制との関係の基本的なあり方であるが、アメリカの個人の在り方としては、神と直接的関係の中に信仰の在り方を求めるプロテスタンティズムが個人の分断と孤立を強めるという宗教上の問題があり、また、個人主義の自己信頼や自助努力の伝統が必然的に個人と社会や国家との結びつきを希薄にし、ばらばらの個人を作るという状況がある。以上の諸要因が複合されてアメリカ的体制に対して完全に背を向けるバートルビー現象を生み出すと思われる。彼らにほぼ共通するものは、彼らが示す本来的、ないしは、本然の自己からの乖離感、強烈な疎外感、欠落感、周囲の共同体や社会や国家との齟齬感や不一致感等である。アメリカには、アメリカ的ルールやシステム、ないしは、自己の外部や他者に対して徹底して背を向けるバートルビーが無数に存在するのだ。

以下、各章で検討した内容を記しておく。

第一章「メルヴィルと幽閉」 メルヴィルの初期の作品から晩年までの主要作品に現れた幽閉現象を検証した。特に『白鯨』で描かれた捕鯨業は一九世紀アメリカ最大の国家産業であるが、その先兵として長年捕鯨業に従事した船長エイハブが、白鯨は自分を閉じ込める壁だという生命の幽閉感を持ったときに、彼は国家体制とその国家に対抗するために自己の内面に作ったプロメテウス的自我の双方に閉じ込められていることを指摘し、さらに、一九世紀アメリカ社会には、個人が国家体制と結びついて巨大な権力を持って暴走する状況があり、また、人種差別と近代資本主義体制の抑圧構造の中に、人間を幽閉する大きな社会と国家のシステムがあったことを論じた。

第二章「近代世界の闇を見つめて――メルヴィルの『書記バートルビー』」 一九世紀中葉、ニューヨークのウォール街の法律事務所で、突然筆耕の仕事を全くやらなくなり、盲壁の幻想に耽り、ついには収容された刑務所で餓死していくバートルビーという人物の人間性の分析から、当時進展する産業社会の中で、労働力が金で買われ、人間がばらばらに分断され疎外され孤立している状況に徹底的に背を向けて自己の中に閉じ籠るバートルビーの精神状況は、ほとんど、この世は偽りの神によって創られたものとして全否定し彼岸世界を求めるグノーシスの世界に近いものと論じた。

第三章「幽閉する黒い影――メルヴィルの『ベニト・セリーノ』」 この作品は、一九世紀初頭アフリカのセネガルからチリのリマへ向かう奴隷輸送船における黒人奴隷の反乱を描いたものだが、先ずは、白人の奴隷制度という西欧世界の制度的な悪があるが、善なる黒人も悪なる制度の挑発に対する反乱行為の中でその悪に絡めとられ、善なる者も残酷な悪を犯すという悪と悪の相乗作用が生じることを論じ、白人も黒人も奴隷制度の悪の中に閉じ込められていることを論じた。

第四章「毒を以て毒を制す方法――フォークナーの『アブサロム、アブサロム！』」 一九世紀初め、すでに存在していたヴァージニアの大農園所有者の館の玄関で、あとから来た貧乏白人のサトペンが、屈辱的な差別を受けたことから、自分も大農園主になれることを証明するために、その構成要素である土地と黒人奴隷と館を手に入れるために暴走するという、既存の制度に新参者がぶつかる状況を通して、土地所有を中心とするアメリカ南部の奴隷制度の差別と不正と悪の体制を明らかにするだけではなく、アメリカ人の自由の本質が所有するものの中にあり、それはまた、アメリカ建国にまつわる国家の罪の問題でもあったことを考察した。

第五章「幽閉するアメリカ南部のエートス――フォークナーの『八月の光』」 人種差別と狂信的

宗教心のはびこるアメリカ南部において、自分の体内に流れているかもしれない黒人の血により、自己のアイデンティティを求めるうちに二人の人間を殺したのち、自分も残酷なリンチにより殺害される主人公のクリスマスの悲劇的人生の分析を通して、南部社会のエートスに幽閉される人間と社会の在り方を検証した。

第六章「閉じ込められる黒人の命――フォークナーの『黒衣の道化師』」妻の死を契機として黒人ライダーは、神への告発からアメリカ南部の経済的、社会的、人種的構造の差別的抑圧的体制に対する認識の目が開かれ、リンチにより殺害されることを覚悟の上で、いかさま博打をした白人を殺害することによって、アメリカ南部の人種差別と搾取的、経済的、社会的構造という桎梏に対して決死の突撃を敢行したことを論じた。

第七章「檻のなかの中産階級――オールビーの『動物園物語』」一九六〇年代のニューヨークのセントラル・パークのベンチに座って本を読んでいる中産階級の男ピーターに見知らぬ男ジェリーが話しかけることから始まるこの劇には、二人の論争の末の殺傷沙汰の事件を通して、体制順応型の他人指向的で自己満足的なエゴイズムの檻の中に安住し、精神が鈍痲し沈滞している状況が中産階級の人間であるピーターを通して描かれ、またすべての関係が断たれ分断と孤立の絶望の中で自殺を試みるジェリーの存在状況が提示されていることを明らかにした。

第八章「幽閉するロゴス――バースの『旅路の果て』」この作品は、理性と確固たる主体性を持ち、統一された自我と行動の一貫性を主張するモダニストのジョーに、感情的で、行動の持続性も一貫性もなく、一つの立場も取れず、従って自分の意見も倫理観も持たないポストモダニストのジェイコブがぶつかる姦通事件を通して、モダニズムとポストモダニズムという二つの近・現代の理念を検証した哲学小説である。この作品は、理念国家としてのアメリカを作った近代の理性、合理主義、科学主義、進歩の思想、さらには、言語とロゴス中心の人間主義等のモダニズムのプロジェクトへの徹底的な批判がなされるが、批判するほうのポストモダニストの行きつく先が、施設のなかへの自己幽閉というアイロニカルな結末に、今後のアメリカの向かう方向が暗示されていることを検証した。

＊

メルヴィル、フォークナー、オールビー、バース等の八編の作品の分析を通して浮かび上がってくるのは、アメリカの社会と国家体制の中の土地収奪と奴隷制度、人種差別、近代産業主義、ピューリタニズムやプロテスタンティズムの宗教心、近代理性と合理主義、分断と孤立等がもたらす人間の幽閉状況の諸問題である。これらはある意味では、アメリカの夢の裏面史の諸問題であり、これらの問題点の理念的背景には、近代理性と合理主義と科学主義と進歩の思想と、それらの理念によって建国されたアメリカの特殊性がある。本書で考察したメルヴィル、フォークナー、オールビー、バース等と彼らが描いた人物たちが格闘し、また見つめていたのは、バートルビーが見つめていた近・現代の西洋世界の、そして、理念国家としてのアメリカが孕む闇だったのであろうか？

二〇一〇年　初冬

参考文献

Erickson, Steve. *Arc d'X*. London: Vintage, 1993.

Jones, Howard Mumford and Walter B. Rideout, eds. *Letters of Sherwood Anderson*. New York: Little, Brown and Company, 1953.

Miller, Perry. *Errand into the Wilderness*. Cambridge, Massachusetts, London, England: Harvard University Press, 1956.

Takaki, Ronald T. *Iron Cages: Race and Culture in the 19th Century America*. Seattle: University of Washington Press, 1979.

ブルーム、アラン『アメリカン・マインドの終焉』菅野盾樹訳、みすず書房、一九八八。

トックヴィル、アレクシス・ド『アメリカの民主主義』（中）井伊玄太郎訳　講談社学術文庫、一九九九。

フォーナー、エリック『アメリカ　自由の物語――植民地時代から現代まで』（上）横山良、竹田有、常松洋、肥後本芳男　訳　岩波書店、二〇〇八。

第一章　メルヴィルと幽閉

処女作『タイピー』でタイピー族の「囚われ人」(prisoner) になった主人公のトンモから、最後の作品『ビリー・バッド』で軍規に囚われ、「鳥籠の中に投げ入れられたコガネヒワ」(一章) になり、処刑されて船上葬に付されるビリーまで、メルヴィル終生のテーマとして幽閉は重要な位置を占める。『タイピー』、『オムー』、『レッド・バーン』、さらには『白鯨』のなかの短編とも言える話「タウン・ホー号の物語」等では、捕鯨船や商船における船長や上級船員の理不尽な虐待や暴政や搾取に対する水夫や下級船員の脱走や反逆の事件が取り扱われ、『ホワイト・ジャケット』や『ビリー・バッド』では、軍艦内における上官や船長の恣意的で冷酷な軍事規律の適用による笞うち刑や絞首刑が行われ、人間性が弾圧され圧殺される姿が描かれる。

一八三〇—四〇年代のアメリカはすでに世界の主要な海運国であり、捕鯨産業はその中でも中心的なものであったが、H・ブルース・フランクリンは、彼の著書『アメリカの牢獄文学』において、一九世紀半ばのアメリカの捕鯨船の労働条件は、北部の賃金奴隷と南部の動産奴隷の特徴を併せ持つ苛酷極まりないもので、例えば、（一）仕事から離れることは逃亡罪、（二）命令に従わないことは反乱罪、（三）怠慢、不服従、不敬な行為は笞うち刑、（四）上級船員より上部に直接訴えることはできない、（五）労働は死ぬほど苛酷である、（六）多くの捕鯨船では、死亡した捕鯨船員の補充に強制連行という手段をとった、等々の事例を列挙している。さらに、賃金は利益の何分の一かを「配当」（lay）として受け取る搾取形態であったという（Franklin 32）。（ちなみに、『白鯨』では、イシュメールやクィークェグ等の船員はこの「配当」システムで乗船契約を行い、イシュメールは三〇〇番配当、クィークェグは九〇番配当となっている［一六章］。）これらの作品には、船を舞台として一九世紀アメリカの政治、経済システムとしての産業資本主義と軍事制度の中に顕現する国家体制が、人間性を圧殺し幽閉する力として作用していることが現れている。

さらに、後期の短編「乙女たちの地獄」では、アメリカ北部のニューイングランドの織物工場で劣悪な労働条件の下に賃金奴隷の状態に置かれている女たちが描かれ、そして、「ノーフォーク島と混血の寡婦」では、亀の油を採りに行って、帰りの船旅の約束を守らないフランス人船長の偽善と不誠実さにより、また自然の猛威により夫と兄を海にのみ込まれ、孤島に一人幽閉されたペルー女の話が語られる。

この幽閉の問題で最も深刻なものは、白人のインディアン追放および虐殺と黒人奴隷制度というアメリカが抱える悩ましい人種問題かもしれない。メルヴィルは第一作『タイピー』で、捕鯨船や軍艦の船員や宣教師によって、彼らが寄港する南海の島々の住民の生活のスタイルやサイクル、文化や慣習そのものが壊され、また、島の住民が追放され虐待されるという残酷な例などを描き、西洋白人社会の自民族中心の帝国主義的側面を批判的に描いている。そして、第三作『マーディ』において、寓意としてアメリカを表すヴィヴェンザ国の黒人問題に言及して、「南部サバンナは必ず戦争になる」、「悲惨が永劫に受け継がれていい訳はない」(一六二章)と、奴隷制度が原因となって起こる南北戦争と奴隷解放を予言していたし、また、『白鯨』のピークォド号の主要な乗組員は非白人の少数民族によって構成されていること、さらに、後期の作品『詐欺師』において、ミシシッピ川を航行する蒸気船フィデール号で、白人の乗客から硬貨を投げ入れてもらうように口を開けて金の喜捨を乞う不具の黒人や、徹底的なインディアン虐殺に狂奔するジョン・モアドック大佐の行動の描写等には、メルヴィル終生のテーマとして、白人のインディアンや黒人に対する弾圧や虐殺、言い換えれば、アメリカが行った人種的差別や抑圧の構造の中に非白人を幽閉するという問題があった。

アラン・ハイマートは、一八四〇年代中葉にテキサス併合とオレゴン領有に関して、共和主義と民主主義というアメリカ建国の理念と奴隷制度が整合性を持つかという問題、領土拡張主義と「明白な運命」という国家大義の問題、そして当時急速な勢いで進展する市場経済体制等に関してアメリカ全土で激しい議論がなされた時、論者の中に、アメリカ共和国を船に喩えて、(アメリカ) 国家という船 (the Ship of State) ないしは民主主義国家という船 (the Democratic Ship) が嵐にあって難破するのではないか、大渦に巻き込まれて深海に飲み込まれるのではないか、と表現するものがいたと述べている (Heimart 499-501)。テキサス併合とオレゴン領有の問題は、いろいろな議論はなされても最終的には「明白な運命」という虚構の大義によって強引に正当化され帝国主義的領土拡大主義が席巻していくのだが、これらの議論の直後に書かれた『白鯨』のピークォド号が、白鯨探求の果てに独裁者エイハブによって三〇人の乗組員が犠牲になり、海の藻屑となって消える結末は、ハイマートが言うように、「民主主義は人間性がなければ狼の群れ」となるのであり、メルヴィルは「アメリカ民主主義の帝国主義的野望に絶えず疑念を抱いていた」(Heimart 504) ということになる。

この章では、メルヴィルにおける幽閉の問題は、一九世紀アメリカの産業資本主義や帝国主義的国家システムとアメリカの建国の理念である共和主義と一九世紀に強くなる個人主義の複雑なからみ合いの中にあるという観点から、エイハブ、ピェール、バートルビーの三人の人物の自我の幽閉の在り方を中心に考察する。

周知のように『白鯨』は、形式と内容の両面において多種多様な要素を持つ作品だが、基本構造として二つの要素があり、その一つは、捕鯨と鯨に関する客観的かつ具体的事実や数値に基づく叙述であり、この点では一種の産業小説と言ってよい程のリアリズム的側面を持っていることだ。他の一面は、エイハブの偏執狂によって白鯨や海は寓意と象徴に満ちた世界となり、捕鯨小説は探求と冒険のロマンスに変貌することである。

第一の要素の捕鯨産業小説としては、作品の中に書き込まれた事実や説明を拾っていくと、一九世紀中葉のアメリカの捕鯨業は「一八〇〇人の船員が七〇〇艘以上の船隊で四〇〇万ドルの経費をかけ七〇〇万ドルの収穫があった」(二四章)もので、ピークォド号の二人の船主ピーレグとビルダドは「船に数千ドルを投資している」(二二章)が、「捕鯨船が四〇名の船員で四八ヶ月の抹香鯨の漁をして最終的に四〇頭分のオイルを母港に運べば上々の成績で」(一〇五章)、「一頭の大抹香鯨から一〇〇樽の鯨油が採れ三〇〇〇ドルの値打ちがあり」(八一章)、「一頭の鯨はピップという黒人少年の奴隷としての値段の三〇倍で売れる」(九三章)、というような捕鯨産業の数値が書き込まれている。単純計算で、ピーレグ、ビルダド両船主にとって捕鯨は、数千ドルの投資で、一頭三〇〇〇ドルの値打ちがある大抹香鯨を、うまくいって四年間の航海で四〇頭獲れれば、ぼろ儲けの事業であることは確かである。

そして、世界の海における捕鯨船の果たした意義として、僻地や未開の地域の開拓者であったとか、中南米の地域をスペインの桎梏から開放したとか、宣教師や商人のための道を開いたり植民地の生みの親になったというような、近代史における捕鯨業の政治的、社会的功罪も述べられる(二四章)。

さらに、多くの鯨学の章があり、鯨の種類とその特徴、解剖学的叙述、解体、精油、樽詰めという製品化のプロセスが説明される。マイケル・P・ロージンは、「『白鯨』では鯨の誕生から最後の製品になるまでの変貌の過程が描き出され、ピークォド号は製品が造られる唯一の船である」(Rogin 111)と述べるが、『白鯨』では、産業行為と商品生産行為としての捕鯨業が極めて客観的かつ具体的に描かれる。この作品の興味深いエピソードとして、語り手のイシュメールと相部屋の宿泊客となる南海の酋長の息子クィークェグが、ニューベッドフォードの町で頭蓋骨を売り、その売った金で文無しイシュメールの宿賃を払ってやるという話(一三章)があるが、マイケル・T・ギルモアが指摘するように、これは一九世紀中葉の産業資本主義の市場経済体制が進展する社会では、すべてのものが商品として商行為の対象になることを表している(Gilmore 113-131)。リアリズム次元では鯨は鯨油という商品であって、マルクスの言う自然が対象化されドルに換算される交換価値となるのである。これが近代産業社会の思想であり、この思想が『白鯨』の根幹にあってピークォド号を動かし、またスターバックがそれを体現しエイハブと対立的に向き合うものだ。

ところが、このリアリズム小説の枠を突き破るのがエイハブの偏執狂であり、それによって捕鯨の航海は、鯨と海の寓意と象徴に満ちた冒険のロマンス、さらには、神の秩序と、世界と宇宙の意味と謎と真理の探求の壮大なドラマに仕立て上げられる。ただし、エイハブの四〇年間の捕鯨の人生は、ずっと一貫して白鯨を追いかけていた訳ではなく、彼はピーレグやビルダド船長と同じように捕鯨産業の先兵として活躍してアメリカ社会や国家に貢献してきたはずだが、エイハブの中で、捕鯨の意味がリアリズムから寓意と象徴に変わり、一頭の白い鯨が商品から悪の根源ないしは神の手先であるモービィ・ディックに変貌するのは、彼が片足を食いちぎられ錯乱し譫妄状態の中で狂人用の拘束服（straight-jacket）を着せられた（四一章）後に起こる。当時の捕鯨産業は、前述のフランクリンが指摘したように、苛酷な労働条件の下での非常に危険な仕事であり、それを四〇年間続けてきたエイハブは目の前で死者とか不具になった船員を幾度となく見てきたはずだから、エイハブの片足を喰いちぎった白鯨への復讐行為と被害妄想と強迫観念には、感情過多で大仰な論理のずれと飛躍がある。復讐行為は、むしろ搾取的で苛酷な労働条件を強いた捕鯨産業や船主に向けられるべきで、白鯨に向けることは対象がずれているし筋違いである。たとえば、アプトン・シンクレアの『ジャングル』やフランク・ノリスの『オクトパス』というリアリズム小説や自然主義小説であれば、そこでもし片足喪失事件が起こったとすれば、それは苛酷で危険な労働条件によるものとして食肉産業や鉄道事業への告発という形を採ったはずだ。しかし、メルヴィルはエイハブの抗議や復讐の対象を捕鯨産業に限定して単なる抗議小説的なものにせず、むしろエイハブの狂気や復讐の対象のずれや論理の飛躍や筋違いを通して、一九世紀のアメリカ社会のみならず世界や宇宙の意味を捉え直そうとしている。この意味で、エイハブの片足喪失は、彼の拠って立つ前提や世界観のひび割れないしは崩壊を表している。

エイハブが「目に見えるものはボール紙の仮面にすぎぬ。白鯨はその仮面の壁であってエイハブをその中に閉じ込めるものだ」(三六章)という有名な台詞を吐くとき、エイハブにとって白鯨は、鯨油として商品化される鯨というだけではなく、エイハブを囚人として閉じ込める壁、つまり、寓意であり象徴であって、それは、「不可解な悪意あるもの……エイハブが受けた惨害ばかりでなく、エイハブのあらゆる思想上、精神上の憤怒もすべて(そこから)出てくるものであり……この世の始まりから存在する悪の化身であり根源」(四一章)にもなる。こうして、スターバックに言わせれば、「単なる物言わぬ野獣にすぎないもの」(三六章)に途方もなく巨大で壮大な意味付与がなされ、白い鯨はさらに、この世で最大の生き物として生命の神秘、そして神の化身にもなる。そして、エイハブの白鯨への復讐的探求は、神の創造の神秘、生命と世界の真理の探求という途方もない冒険と探求のロマンスに変貌する。

エイハブの中で捕鯨のリアリズムが何故片足喪失を契機に寓意や象徴に変わったのかという問題を考えると、最後の白鯨探求を始める直前に、それを制止しようとするスターバックに対して、エイハブは自らの捕鯨の人生を振り返り、一八歳の時に若い銛打ち師から始めた四〇年間の捕鯨の人生が、荒海の危険を伴う荒涼たる孤独の一生であり、その間三年と陸では暮らさない「人間よりも悪鬼に近い……何という四〇年間のバカな人生ぞ」(一三二章)と言う。エイハブは、明らかにここで、捕鯨の人生により鯨を商品化する利益優先の近代産業社会の中で、自らの人生が深く疎外され人間性が削り取られてきたことを告白している。彼の片足喪失はその削り取られ抹殺された人間性の象徴である。

一九世紀前半の社会は、領土の拡張、奴隷制度の拡大、民主主義の進展といった特徴が考えられるが、ショーン・ウィレンツは、輸送革命と機械の発明や技術の革新による市場革命が、この時代の最も中心的な重要性を持つものであり、市場革命によって、それまでの家内工業的、徒弟制度的生産体制とそれに即した社会体制や階層が壊れて、都市を中心にした工場工業的な生産体制になり、そしてこれが新しい形の政治体制と社会生活を作り、それまでの共和主義的な人間関係や人間の意識そのものを大きく変えたと言う（Wilentz 60）。また、アン・C・ローズは、伝統的なコミュニティが崩壊し、利益追求の競争心が激化し、社会と家庭と人間関係に分断と孤立化をもたらし、したがって、経済的進歩や物質的豊かさはもたらされたものの、個人の中にひどく分裂した感情を生み出し、そして、社会は自立と自制による自治的人間を称揚し、いわゆる個人主義が強くなったと述べる（Rose 60-63）。カール・ポラニーは、アメリカよりも数十年前の一八世紀後半にイギリスで起こった産業革命による生産技術や用具の進歩を、ミルトンの言葉を引き「悪魔のひき臼」と呼び、それによってできた新しい経済的依存関係が、人々をバラバラの「烏合の衆へとひき裂き……旧来の社会組織を破壊させ、人間と自然の新しい統合の試みをひどい失敗に終わらせた」（ポラニー四四）と指摘したが、これとほぼ同じ状況が一九世紀前半のアメリカで起こっていたのである。

そして、エイハブは、暴走する産業資本主義的市場革命と分断され孤立化した人間関係の中で、鯨を商品として市場に送り出す捕鯨産業の先兵として邁進し、先程の告白で述べたように、四〇年間の捕鯨人生で三年と陸には上がれなかったのだから、その陸地が、航海士バルキントンによって虚偽と偽善と悪に満ちた場として否定されようとも、彼は、陸上の家庭と炉辺における人間らしい生活から切り離され、船と海の中に強烈に幽閉され、限りなく人間性を疎外され続けていたことになる。

さらに、自らを「人間よりも悪鬼に近い」と規定するエイハブの内側を見ると、「神にも見放された老人エイハブの強い想念(intense thinking)が自らのうちにもう一つの生きものであるプロメテウスを造りあげ、その禿鷹は彼の心臓を喰って生きる」(四四章)とメルヴィルは書く。エイハブの疎外された人間性と分裂した自我と幽閉された生命がプロメテウスを生み出すが、これはエイハブの巨人性や怪物性につながる重要な概念で、ピーレグ船長はエイハブを「豪傑の、神を恐れぬ神に似た人」(一六章)と言い、エイハブ自身「侮辱されたら太陽にでも打ちかかる」(三六章)と言うが、この極端な自我の肥大は、一九世紀のロマン派の心性をはるかに超えている。近代産業社会による疎外と分裂と幽閉が強ければ強いほど、人間は追いつめられた人間性から自らのうちにより奇怪な幻想や妄想を生み出し、そして、自らを「悪鬼」や怪物に変貌させその社会と対抗しようとする。クリス・ボルディックは、近代産業社会がフランケンシュタインのような怪物を生み出すことを述べ、そして「エイハブはプロメテウスの侵犯的側面と創造的側面の両方を体現し、……彼のプロメテウス的特質は、神の力に対する彼の反逆をさらに超えて拡大し、ついには己れ自身を改造するという苦痛を伴う能力を持ち合わせるに至る」(Baldick 125)と言う。「太陽にでも打ちかかる」、「神に似た」エイハブの狂気と自我の怪物性は、自然の摂理や神の秩序をも侵犯し、そして、自らの被害妄想と強迫観念が生み出した彼の内なるプロメテウスは、神の手先でありかつ悪の根源のモービィ・ディックに挑戦するために彼自らを巨大な怪物にする。エイハブは船大工と鍛冶屋との会話の中で再度プロメテウス神話に言及し、その話の最後に、「身長が五〇フィート、テムズ河のトンネルを型どった胸部、腕は手首まで三フィート、心臓はなく、真鍮の額、四半エーカーほどの立派な頭」(一〇八章)を持った人造人間の巨人を思い描く。先程引用した箇所では、エイハブが自らのうちに造ったプロメテウスの心臓を禿鷹が喰って生きるのだが、ここの人造人間の巨人には心臓がない。心臓(=心)がない人造の巨人は、恐らく、悪の根源に挑戦するための、自らを怪物にするためにエイハブが心に思い描いた野心的で狂気じみた自画像の投影であろう。

ところで、エイハブの白鯨追求は、捕鯨航海が鯨油を採ることからエイハブ個人の復讐行為となり、それがひいては悪の根源や神の意図や生命の神秘の探求となるので、エイハブの内的意図としては、自然を商品化し人間を物象化し合理的な富の追求を行う近代産業社会の理念への異議申し立てだと言える。エイハブの行為は、他面から言えば、マックス・ウェーバーが言う「禁欲的プロテスタンティズムに特徴的な、世俗的職業のうちに自らの宗教的救いを確認しようとする(救いの確かさ)の概念」(ウェーバー　八九)、つまり、プロテスタンティズムの世俗内倫理が、目に見える形の恩寵の印を称賛し、神の中よりも物質の中に救済の力を置き、そして、宗教心が薄れた一九世紀に資本主義的産業社会と結びついて、商品フェテシィズムを生み出し、物を所有することが個人の力であり価値であるという一九世紀アメリカの人間観の形成に力があったことへの強烈な批判にもなっているのだ。彼の白鯨や海や自然を寓意的かつ象徴的に見る視点は、自然の意味の多様さと豊かさ、そして人間と自然と宇宙と神との有機的で統合的な関係の在り方を問う視点を提示する。この意味では、エイハブと白鯨追求行為は強い近代批判の一面を持っている。

ところが、エイハブの大いなる矛盾は、彼の個人的な復讐行為のためにピーレグ、ビルダド両船長の捕鯨船と三〇人の船員を利用し奴隷状態に置き、最後にはイシュメール一人を除いて全員を海の藻屑と消える犠牲者にする絶対的な独裁者であることだ。「彼は形式や慣行の陰に隠れて仮面をかぶり……個人的目的のために利用していた。……そして、その形式を通じて暴君性が圧倒的な独裁の権化となって現れた」(三三章) とメルヴィルは書くが、この点ではエイハブは、個人が社会や国家体制と結びついて独裁者になれる一九世紀の民主主義国アメリカの体制を直接的に象徴している。

ロバート・H・ウィーブは、一九世紀のアメリカは、帝国主義的領土拡大や産業資本主義による市場拡大、移民や人の移動による社会の異常な流動性、社会制度のゆるやかさ、それに民主主義と個人主義が加わり、「アメリカは実質的に無秩序の状態にあった」(Wiebe 15) と言う。少し歴史を遡って、一八世紀末のアメリカの建国期において、自由、平等、幸福を追求する権利等、さらには主権在民という建国の理念は、全く観念的な理論上のものであり、事実は、極く少数の地方の名士が政治と経済の実権を独占するもので、アメリカの共和主義は、「階層社会の上に立つ数少ない選り抜きの集団による政治」(Wiebe 20-28) だったのだ。具体的な例を挙げれば、一八〇〇年のフィラデルフィアの〇・五%の上層階級の財産は七五%の下層階級の財産よりも多かったし (Kerber 34)、独立革命前後のボストンでは、当時アメリカ最大の工業地帯だったと言われるウォルサムを中心とする織物工場の経営者たちは、経済面だけではなくボストンの公職もほとんど独占していた、とロバート・F・ダルゼル・ジュニアは指摘する (Dalzell 7)。したがって、一般民衆は劣悪で搾取的な労働条件の下に、五人に一人はほとんど隷属状態に置かれていたし、アトム化された個人は集団として行動ができず、逆に、特定の力を持った個人が国や政府と直接的に結びつき得る状態にあり、さらにこの状態が一九世紀になると、民主主義と市場経済体制が拡大し、一八世紀の階層社会が崩壊すると、個人がすぐに権力と結びつき得た、とウィーブは述べる (Wiebe 28)。

このように、アメリカ社会の体制そのものがエイハブのような個人が暴走して怪物になる社会的、経済的、政治的要素を持っているのだが、ハリー・レヴィンは、「荒々しい個人主義者としてのエイハブは、歴史的には産業界の巨頭や企業の黒幕の中に置けるし、彼らは公的費用を使って国や時代を急激に変えていった」と指摘する (Levin 212)。また、ワイ＝チィー・ディモックは、「エイハブの自我の帝国性が国家の帝国性とパラレルをなし」、ジャクソン民主主義の時代と言われる一九世紀前半のアメリカ社会の「個人主義の帝国主義的自我はジャクソン的国家の帝国主義を要約している」(Dimock 10) と言った。

この個人と国家権力との直接的結びつきについて二、三例を挙げたい。たとえば、「書記バートルビー」の中で、主人公バートルビーが勤めた弁護士事務所の弁護士は、一九世紀中葉のアメリカ産業社会の論理と倫理を体現した人物で、その社会に完全に背を向けるバートルビーを通して皮肉と揶揄の対象となるのだが、この弁護士が作品の中で尊敬の念を表明するジョン・ジェイコブ・アスター (John Jacob Astor 1763-1848) は、ドイツからの移民一世で、最初は玩具の行商から始め、後に毛皮商として財をなし、最後には不動産業でニューヨークの土地の売買を行い、一九世紀初期においては、恐らくはアメリカで最大の大金持だった人物である。このアスターは、中西部から西部にかけていくつもの毛皮取引の交易所を建設し、その太平洋側の拠点がコロンビア川河口に造った有名なアストリアであるが、ジェイムズ・P・ロンダは、彼の性格は「富の追求に関しては情け容赦なく、アメリカ資本主義の計算高くかつ現実的精神のすべてを体現していた」(Ronda 1-2) と言う。面白いのは、アスターが当時の大統領ジェファーソンに直訴の手紙を出し交易所建設の援助を求め、何度か無視されたり拒否されたりしたが、最終的には大統領の支持と援助を取り付けていることであり、この西部の拠点拠点にある毛皮取引所は、後にアメリカ領土の西部への拡大に大いに役立ったと言われる（Ronda 1-10, Sellers 411）。これは、個人が直接国家権力と結びつき、それによって個人が莫大な財をなし権力をも握る典型的な例だが、一九世紀後半にはアメリカにはアスタータイプの怪物的巨人として、新興成金のロックフェラー、ヴァンダービルト、カーネギーなどが出るが、その中の一人のロックフェラーについて言及したい。

ジョン・D・ロックフェラー（1839-1937）は、一八一九年生まれのメルヴィルよりも二〇歳若いのだが、一八七六年に彼が創ったスタンダード・オイル会社は企業トラストによってアメリカの精油の九五％を独占し、「アメリカのオイル産業は私のものだ」（Andrist 170）と豪語したそうだ。この一八七六年にメルヴィルは二万行の長編詩『クラレル』を出版したので、メルヴィルはロックフェラーの存在を当然知っていたはずである。図（1）では、ロックフェラーが国会議事堂の一部を掌の上で弄んでおり、手前の方に石油タンクが並び、その向こうでは議事堂の煙突が精油所のように黒い煙を吹き上げている。怪物のような一個人が国家を手玉に取っている好例である。

個人が国家権力と直接的に結びついた例としてメルヴィルの後期の短編「鐘塔」がある。この作品の時代背景はルネッサンス期のイタリアで、主人公である機械工バンナドンナは、交易によって富を増した国の国家行事としてヨーロッパ随一の完璧な鐘を収めるための高く聳える塔を建てる野

図(1)　ジョン・D・ロックフェラー

望に燃える。しかし、その鐘は鋳造の過程でバンナドンナの怒りに触れて殺された鋳物職人の肉片によってひびが入ったが、バンナドンナはそのひびを塗り込めて処理をする。そして、バンナドンナの人殺しは国家的事業の為になされたという理由で裁判官も聖職者も赦免し赦罪する。それから、時間を告げる鐘を鳴らすためにバンナドンナが製作した自動人形が鐘を打つハンマーの一撃によってバンナドンナ自身が死に至る。そして鐘は落下して、もともとあったひび割れのため砕け、最後には地震の為に塔も崩壊する、という話である。非常に寓意的なこの作品の内容は、個人の野望が国家行事と直接的に結びつき、その過程において人間の生命が犠牲になるが、その犯罪を国家が容認して赦罪し、その個人は自分が造ったものによって殺される、と理論化し一般化することができる。この作品においてメルヴィルが寓意の対象を一九世紀のアメリカに向けていることは確かであるが、この作品の冒頭に置かれた三つのエピグラフの一つに「より大きな自由を獲得せんがため、人間はただ必然の帝国を拡大する」という言葉があるが、このエピグラフを縮めれば、「自由のための帝国」となり、メルヴィルはアメリカの建国の理念としてある自由の大義へ鋭い疑念の目を向けている。つまり、個人の自我や自由が際限なく拡大されそれが国家体制と結びついた時に、絶対主義的独裁体制と帝国主義に陥る危険性があり、それは、自由、平等、幸福を追求する権利等の建国の理念や、王や封建領主を否定した人民のための国家（人民主権）というアメリカの共和制の思想と大いに矛盾するものとなる。

エイハブの白鯨追求の意味を纏めると、彼の寓意としての白鯨追求は鯨を単なる商品とみる近代産業社会批判を意味するのと同時に、三〇人の船員を犠牲にした絶対主義的独裁制に限りなく近い彼の個人主義の暴走は、当時のアメリカの個人主義と国家の体制との緊密なパラレルをなすものであり、エイハブは、突き詰めれば、当時のアメリカ社会を強く批判しながらもその典型を実践することに邁進するという大いなる矛盾を生きたことになり、そして、そのいずれの場合もアメリカの体制に対して前向きであれ後ろ向きであれ、エイハブはアメリカの国家体制の中に強烈に搦めとられその中に幽閉されているということになる。そして、その疎外と分裂と幽閉によって追い詰められたエイハブの人間性が彼自らの中に生み出すプロメテウスが、さらにエイハブの人間性を喰い荒らし、エイハブを狂気の怪物にする。白鯨は彼を閉じ込める壁だと感じるエイハブの生命の幽閉感の表明は、一九世紀の経済と国家の体制の中に取り込まれ窒息してしまいそうなエイハブの人間性から出てくる悲鳴だとも言える。

メルヴィルは、このエイハブの限りなく小さくなり窒息してしまいそうな人間性を『ピェール』において認識論的に捉えようとしたと思われる。ピェールが、私生児イザベルを残した堕ちた偶像である父の真実を求めるうちに、それがこの世の人間関係や生き方の探求となり、さらにそれが発展してアメリカのみならず西洋文明の政治、経済、文化の在り方や、神と人間の問題の探求につながっていき、その結果、ピェールはこの世のトータルな在り方に根源的な疑念を抱くようになる。そして、彼の中の既存の全道徳体系が転覆し、伝承的形態と因襲の中で育ってきた母と許嫁ルーシーとのアルカディア的世界も瓦解し、そして、「あたりを囲繞する世俗の神は地滑りを起こし音を立てて崩れていった」(二二巻)とメルヴィルは書く。ピェールは、アメリカの政治体制は愚民政治で、民主主義は平均化、混同化の思想であり、社会には、効用主義が横行し、キリスト教は神を受容するためにこの世を棄てよと呼びかけているはずだが、アメリカはマモン信仰が最も発達した国であり、嘘で飽和している(二〇巻)と思い、混乱と虚偽と偽善の現実世界に絶望し、最後の拠り所として自我の世界に閉じ籠る。

ピェールは、最初は内なる自己の奥深いところに、「原初の清浄」を感じ「本性においては神のすぐ近くにいる」(五巻)と思うが、この内なる心の立坑の螺旋階段を降りてゆくと、心の闇は限りなく暗く、その深さには終わりがなく、ついには虚無の中に転落する。この人間の心の空白は、エジプトのピラミッドの深層への坑道を掘り進み、その一番奥の中央の部屋の中にある石棺の蓋を開けた時、そこに屍体は何もなかったことに喩えられ、「人間の魂も漠として広く、かつ戦慄すべき虚無であること」(三巻)を認識する。

混乱と偽善の社会を拒否して自らを自我の中に幽閉しても、そこにはただ空白があるのみで、そしてピェールが作家として書いている小説の主人公ヴィヴィアが言うように、この空白の自我を己れが刑務所の監守となって見張っている(三巻)という、近代の人間の精神状況をメルヴィルは提示する。

一般論として、西洋近代の人間の精神風景として、ニーチェの言う神の死以来、超越的世界への信仰が消滅し、人間の世界や宇宙に対する信頼が失われ、またそれらとの有機的関係が崩壊し、それによって世界のリアリティが失われ、存在の確かさは自分の内部にしかないという、いわゆる近代の人間の世界の喪失と主体の取り込みという精神状態がある。それをハンナ・アレントは次のように指摘する。

今日人間の創造力は、かつて夢とか幻想の中で精いっぱい想像されていたものをはるかに超えているだろう。しかし残念なことに、今再び人間は、以前よりももっと強力に自分自身の精神の牢獄の中に閉じ込められ、人間自身が作り出したパターンの枠に閉じ込められている。(アレント　四五四—四五五)。

近代哲学は、内省によって、内部感覚としての意識を発見し、それだけがリアリティの唯一の保証であるとしたが、他方、世界を失った。……今や哲学者たちは、偽りに満ちた滅亡する世界に別れを告げ、それとは別の、真理に満ちた世界に向かおうとはしない。彼らは二つの世界から共に身をひいて自分自身の中にひき籠るのである。(アレント　四六二)

ピェールの精神状態は、アレントが指摘する、世界を失った近代の人間が自分自身の精神の中に自らを閉じ込め、さらに監守も己れ自身であるという状態にぴったり当てはまるが、メルヴィルの新しさ、ないしは洞察力の鋭さは、一九世紀の中葉において、その閉じ込められた人間性の実体が空白であるという認識を提示したことだ。これは、かつて神が実体であって人間は従属物であるという中世的な世界観から、近代の人間主体が中心であり原点であり根拠であると考え、その人間主体に基づいて社会と世界を構成し組織するという、近代の人間主義的世界観へのメルヴィルの強い疑念の表明であり、取り込んだ人間の主体に実体がなくそれが空白であったという認識をもつメルヴィルの慧眼は時代に約一世紀先行しており、二〇世紀の六〇年代以降のポストモダニズムの人間観につながるものである。(第八章『旅路の果て』論を参照。)

このピェールの牢獄につながれた自我は、一九世紀中葉のニューヨークの法律事務所で、仕事を何もしなくなり、ただ盲壁の幻想にふけり、ついには、刑務所の壁の中で食べることも拒否して餓死していくバートルビーの精神状態に非常に近い。彼を雇っている弁護士は、分別と几帳面さと落ち着きと真面目さを重視する常識と理性の人であり、彼は毛皮商と不動産取引で大金持ちになったジョン・ジェイコブ・アスターが体現する産業資本主義の精神と成功の理念の信奉者なのだが、バートルビーは、こういう弁護士と法律事務所が象徴する当時のアメリカ社会全体に完全に背を向けて、絶望とニヒリズムの極北で死んでいく。バートルビーは、恐らくは、刑務所の壁の前で自らの心の空白を見つめていたのだろうが、彼の自らの身体をも含めて社会や世界を全否定する有様を見ると、この世界を偽りの神であるデーミウールゴスに造られた、巨大な闇に支配された牢獄であるとみなすグノーシス主義へのメルヴィル自身の傾斜が感じられる。

ピェールとバートルビーは二人共に、実際に刑務所の壁の中で死ぬのだが、社会を徹底的に批判しその社会に絶望し強いニヒリズムに陥り、その社会から自己を幽閉し、さらに自ら作った精神の牢獄の中に自己を閉じ込める点では共通している。次にこの自己幽閉と精神の牢獄化の問題をアメリカの建国の理念との関係で考えてみたい。

独立戦争を戦った愛国者たちの建国の理念は、ヨーロッパの旧世界の王や領主の下に作られた封建社会を否定し、国の主権は人民にあり、そしてその社会は自由、平等で、かつ独立した人民の契約によって成り立つという考えを中心としたものだった。これは、理念として、また基本的原理として外部権威の否定の上に成り立つ社会だから、このままでは社会秩序や統制がない混乱と無秩序に陥るので、この時代に強く主張されたのが公益のために個人の情熱や利己心を制限すること、言い換えれば、自己犠牲と自己統制という市民の美徳だった。リンダ・K・カーバーは、この美徳は「共和国をまとめるための接合剤」であり、また「共和国が生き残るための不可欠な要素であった」(Kerber 29-30) と言う。建国期の国民の美徳の強調は、ピューリタニズムや宗教覚醒運動につながるプロテスタンティズムの禁欲主義の影響がかなり強く、本能的なもの、贅沢、浪費、気晴らし等が批判され、勤勉、節約、質素、誠実が奨励されたのは、ベンジャミン・フランクリンが『自伝』の中の一三の徳目で述べているところである。

ロナルド・T・タカキは、彼の著書『鉄の檻―一九世紀のアメリカの人種と文化』の中で、建国期のアメリカにおいては国民の生活に頼る社会や政府は軟弱であるので、国民一人一人の情熱を抑え贅沢を追放するというジレンマに打ち克つために愛国的な指導者たちは、国民の個人個人の自我の中に「鉄の檻」(iron cage) をつくることを提案したと述べる。これは、伝統がなく外部権威が否定され共同体の中で安心感を持てない社会状況の中で、個人の自我の中の道徳的良心や理性的部分に権威を持たせ、他の部分、つまり、感情や本能を支配し統制させることを主張したのだ、とタカキは言う (Takaki 4-10)。これは、各個人が自らの心の中に「鉄の檻」を作って自らの理性をその「鉄の檻」の番人にすること、つまり、ピェールの言う自らが心の牢獄の監守になることであるが、ここにはアメリカの理性とロゴス中心主義と心の分裂を産み出す要因が明示されている。(この点に関しては、第八章『旅路の果て』論を参照のこと。) 建国時の共和主義の中の民主主義と人権思想が当時まだ封建制度を抱えていたヨーロッパ大陸の多くの国と比べて理念的には進歩的で斬新な思想であったことを認めるにしろ、前述したように、自由、平等、主権在民という共和主義の理念は理論上のもので、実際は少数の選り抜き集団によって政治、経済の実権が握られていたことを考えると、上記のカーバーやタカキの言う、公益優先と社会秩序の維持のための自己統制と自己犠牲という美徳の奨励と、心の中の理性の「鉄の檻」の形成を国家レベルで唱道したことには、少数の為政者による人民支配と統制のためのイデオロギー的側面があったことも否定できない。

タカキは、彼の著書の第二章で、ベンジャミン・ラッシュ（Benjamin Rush 1745-1813）という興味深い人物の経歴と思想の紹介と説明を行っている。ベンジャミン・ラッシュは、アメリカ建国期においてベンジャミン・フランクリンに勝るとも劣らないくらいに大活躍した人物で、タカキによると、ラッシュは、ペンシルベニアの奴隷制廃止促進協会の設立者、大陸会議のメンバー、独立宣言文の起草者、教育者、共和主義イデオロギーの哲学者、ペンシルベニア大学医学部教授、という多彩な経歴と顔を持った人物だが、共和主義のイデオロギー形成のために美徳が共和国の基礎であると考え、勤勉と倹約の価値を説き怠慢と贅沢を戒め、アメリカ人を美徳を持った国民にすることに努め邁進した。

図（2）は、ラッシュが医者として考案した精神安定装置で、特に精神病患者をこの椅子に座らせ、頭と肩と手足を固定して動けなくして、下剤療法と出血療法によって患者を治療し——造り変えて（reform）という言葉をタカキは使う——共和国に相応しい人間にしようとしたようだ。強力な拘束装置であるこの図は、片足喪失後に狂気にかられたエイハブが着せられた拘束服を想起させるものだが、自由、平等、国民主権、という建国の理念、言い換えれば、共和国のイデオロギーの内側に、権力的な制度によって人間性を強力に抑圧し拘束し、強制的に画一的な一つの鋳型やタイプに嵌め込んでしまうものがあることを表している。

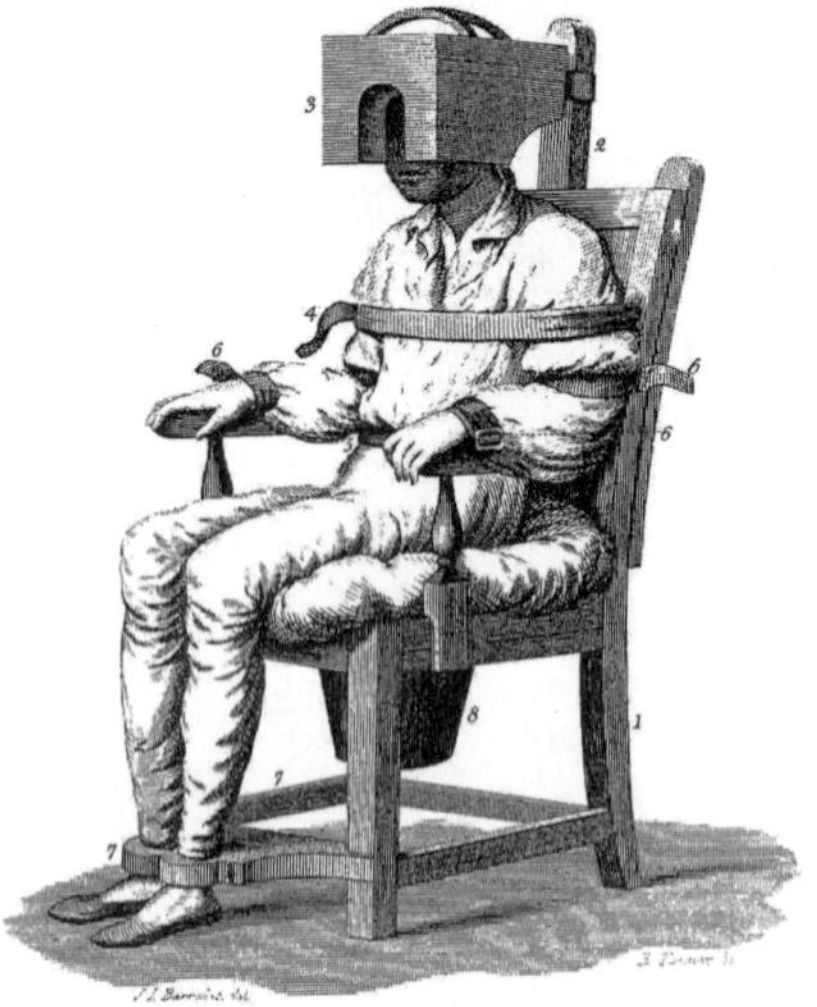

図（2）　ベンジャミン・ラッシュのトランキライザー（精神安定装置）

以上の内容を要約すれば、エイハブ、ピエール、バートルビーの孤立と幽閉は、先ずは、大状況として近代人の世界の喪失と主体の取り込みによる精神の牢獄化があるが、それにアメリカ人特有の、プロテスタンティズムの禁欲的世俗内倫理と建国の理念の中の心の「鉄の檻」等が結びつき、人間の精神の幽閉感と分断と断片化をますます大きくする。一九世紀の産業化と市場革命によって、産業資本主義と個人主義が暴走し、時には個人と国家が直接的に結びついて巨大な権力を持つこともあるが、人間の家族や社会との関係や人間の心の分断と分裂と断片化はさらに拡大し、それと同時に、抑圧され疎外され分断されアトム化された人間性からプロメテウスが生み出され、そのプロメテウスがさらに人間性を狂わせ破壊し、エイハブのような怪物を生み出す。他方、こういう社会に絶望し社会に完全に背を向けて自己の心の牢獄に閉じ籠ったのがピェールでありバートルビーである。彼ら三人は、外形的姿には大きな相異があるが、分断され抑圧され疎外された人間性に関しては酷似する。したがって、図（1）と図（2）の極端な対照性も反転すれば相似的となる要因を持っており、その原因となるものが、プロテスタンティズムの世俗内倫理と共和主義イデオロギーの持つ美徳と「鉄の檻」の強制、一九世紀の個人主義と産業社会の論理と倫理、等が複合されたアメリカの国家と社会の幽閉のシステムであるということである。

引用文献

Andrist, Ralph K. ed. *The American Heritage History of the Confident Years 1865–1916*. New York: Bonanza Books, 1987. 図（1）は、この書による。

Baldick, Chris. *In Frankenstein's Shadow: Myth, Monstrosity, and Nineteenth-Century Writing*. Oxford: Clarendon Press, 1987.

Dalzell, Jr. Robert F. *Enterprising Elite: The Boston Associates and the World They Made*. Cambridge, Massachusetts and London, England: Harvard University Press, 1987.

Dimock, Wai-Chee. *Empire for Liberty: Melville and the Poetics of Individualism*. Princeton, New Jersey: Princeton University Press. 1987.

Franklin, H. Bruce. *Prison Literature in America: The Victim as Criminal and Artist*. New York and

Oxford: Oxford University Press, 1989.

Gilmore, Michael. *American Romanticism and the Marketplace*. Chicago and London: The University of Chicago Press, 1985.

Heimart, Alan. "Moby-Dick and American Political Symbolism." *American Quarterly* 15 (Winter, 1963): 498-534.

Kerber, Linda K. "The Revolutionary Generation: Ideology, Politics, and Culture in the Early Republic." Ed. Eric Honer. *The New American History*. Philadelphia: Temple University Press, 1990.

Levin, Harry. *The Power of Blackness: Hawthorne, Poe, Melville*. New York: Vintage Books, 1960.

Rogin, Michael Paul. *Subversive Genealogy: The Politics and Art of Herman Melville*. Berkley, Los Angeles, London: University of California Press, 1983.

Ronda, James P. *Astoria and Empire*. Lincoln and London: University of Nebraska Press, 1990.

Rose, Ann C. *Voices of the Marketplace: American Thought and Culture, 1830-1860*. New York: Twayne Publishers, 1995.

Sellers, Charles. *The Market Revolution: Jacksonian America, 1815-1864*. New York and Oxford: Oxford University of Washington Press, 1979.

Takaki, Ronald. *Iron Cages: Race and Culture in the 19th Century America*. Seattle: University of Washington press, 1979. 図（2）はこの書による。

Wiebe, Robert H. *Self-Rule: A Critical History of American Democracy*. Chicago and London: University of Chicago Press, 1995.

Wilentz, Sean. "Society, Politics, and the Market Revolution 1815-1848." Ed. Eric Honer. *The New American History*. Philadelphia: Temple University Press, 1990.

アレント、ハンナ『人間の条件』志水速雄訳、ちくま学芸文庫、一九九五年。

ウェーバー、マックス『プロテスタンティズムの倫理と資本主義の精神　上巻』梶山力、大塚久雄訳、岩波文庫、一九八五年。

ポラニー、カール『大転換——市場社会の形成と崩壊』吉沢英成、他訳、東洋経済新報社、一九七五年。

第二章　近代社会の闇を見つめて
――メルヴィルの「書記バートルビー：ウオール・ストリートの物語」

真実の軌跡をあまりにも遠くまで追うことは人間のなすべきことではない。なぜならば、そういうことをしたら、方向を定める精神の羅針盤を全く失うからである。『ピェール』（第四巻）

一九世紀と二〇世紀を通して、アメリカ文学の最も過激なニヒリスティックな人物は、「何ものにも本質的な価値はない」（Barth 223）、「生きていることにも（また自殺することにも）究極的理由は何もない」（Barth 250）と考えて、観劇客で一杯の水上オペラ船を不成功に終わるとはいえ爆破しようとする、ジョン・バースの『フローティング・オペラ』の主人公トッド・アンドリュースであろう。他方、スタティックで消極的なニヒリストの極北にいるのは、恐らくメルヴィルの短編小説「書記バートルビー」の主人公バートルビーであり、彼は一九世紀のほぼ真中の一八五三年のニューヨークのウォール街の壁に囲まれた法律事務所の中で、「私はしたくありません」（I would prefer not to.）* を繰り返し、ほどなく仕事を全くしなくなり、ただ盲壁の幻想にふけり、ついには、食べることも拒否して、刑務所の壁の中で餓死する。バートルビーは盲壁の中に何を見ていたのか？また、メルヴィルはこのバートルビーという、社会と人間からのみではなく自然からさえ退行していく人物を通して何を語ろうとしたのか？

　メルヴィルのこの長い短編小説は、「書記バートルビー、ウォール街の物語」（"Bartleby, the Scrivener: A Story of Wall-Street"）というタイトルで『パットナム』誌の一八五三年の一一月号と一二月号に二回に分けて連載された。この作品がメルヴィルの作家活動の中で特別の意味と重要性を持っているのは、この作品が、メルヴィルが処女作『タイピー』（一八四六）以来、矢継ぎ早に毎年小説を発表し、すでにメルヴィル中期の傑作と言われる『白鯨』（一八五一）と『ピェール』（一八五二）を世に出した作家としては初めての短編小説であったことと、さらに、この作品は初めて雑誌に投稿された作品であるという形式面と作品の発表方法にある。この形式と発表方法の変更が、メルヴィルのそれまでの作家活動の必然的結果として生じたのか、それとも外部の事情や強制によるのか、あるいはそれら二つの微妙なねじれ現象によるのか、という問題はこの作品そのものの解釈にも係わってくる問題なのである。ワーナー・バートフは、『ピェール』出版後と第一回分の掲載の間——つまり一八五二年七月から一八五三年の一一月までの間——に「作家としての性格を変えた」(Berthoff 39) とまで言っている。バートフのこのコメントには、短い作品の解説文であるために性格変更の具体的な理由や内容についての記述はない。そして筆者は、メルヴィルが「性格を変えた」とまで断言することはできない。だが、いずれにしても、メルヴィルがこの「バートルビー」という作品で、作品形式と方法を大きく変更したことは確かである。そして、変更せざるを得なかった大きな理由として考えられることの一つは、それまでにメルヴィルが『白鯨』や『ピェール』を書くことによって行ってきた世界と人間と神の探求の結果やその意味がどうだったのか、というメルヴィルの文学における人間観や世界観に係わる問題であり、他の一つは、『ピェール』出版後の書評家たちの辛辣極まる酷評であったと言えよう。前者については後述するとして、ここでは書評について述べることにする。

例えば、『サザーン・クォータリー・レビュー』では、「メルヴィルは明らかに、気がふれているから早く監禁した方がよい」(Leyda 463) と書かれ、『アメリカン・ホイッグ・レビュー』からは、「メルヴィルは、狂気の頂点にあり……彼はただナンセンスの (言葉の) ピラミッドを積み上げただけだ」(Leyda 463) と言われる。さらに、『ナショナル・マガジーン』では、「気違いから出てきた反吐が出そうなガラクタ」(Leyda 465) と吐き捨てられる。メルヴィル自身が、当の『ピェール』の中で、あたかも上記の書評を予言するかのように、一度下された評論家の意見を覆すことは「至福千年」——それはほとんどありえない出来事と断っているところがメルヴィルらしい——が来ないかぎり絶対に不可能であることを次のように述べている。

評論家によって下された原始的なお託宣は転覆不能なものである。もっとも至福千年というほとんどありえないものが来た場合には話は別で、その場合には、別の趣味の王朝が樹立され現在の評論家は追放されるだろうが。(*Pierre* 289)

私生子イザベルを残した、落ちた偶像である父の真実を求めるうちに、それがこの世の人間関係と生き方の探求となり、さらにそれが発展してアメリカのみならず西洋近代文明の政治・経済・文化の在り方や神と人間の問題の探求につながっていき、その結果、この世のトータルな在り方に根源的疑念を抱くようになったピェールを書いたメルヴィルにとって、書評の内容はある程度予想されていたと思われる。そして、すでに『白鯨』において「あらゆる人間の偉大さは病にすぎぬ」(*Moby-Dick* 71)と書き、「俺は悪魔だ。狂わされて狂ったのだ」(I am demoniac. I am madness maddened.)(*Moby-Dick* 147)とエイハブに言わせているメルヴィルにとって、書評家たちの「狂気」のレッテルが彼の作家としての本質的部分に明確な影響を与えたとは思わない。だが、人の子メルヴィルにとって、『白鯨』を書いた時に、ホーソーンに宛てた手紙で「私は邪悪な本を書きました。そして子羊のように汚れのない気持ちです」(Leyda 435)と書いているが、これと同じような平静な精神状態が、『ピェール』発表後もあったのかどうかは、知る由もない。ただ、ジェイ・ライダ編集の記録によると、妻のエリザベスや母のマリアがメルヴィルの健康状態、特に、執筆活動における過度の精神の緊張と知力と想像力の酷使による疲労を心配し、転地療法を兼ねて外国旅行を勧めていることが分るが(Leyda 468-469)、リチャード・チェイスは、この当時のメルヴィルは「しばしば精神的に落ち込み、また坐骨神経痛と眼精疲労をうったえた」(Chase 142)と言い、ニュートン・アーヴィンも「不眠症と精神の倦怠感」(Arvin 210)に悩まされたと指摘する。また、弟のアランや叔父のピーター・ガンズヴォート、さらには義父のレミュエル・ショーなどに助けられてホノルルやサンドウィッチ諸島の外国領事の職をかなり積極的に求めたのもこの時期(一八五三年)である。作家のR・H・デイナも推薦状を書き、ホーソーンもメルヴィルのために国務長官や友人であったピアス大統領に会ったりしている(Leyda 471-473)。そして興味深いのは、叔父のピーターや友人C・カッシングは、メルヴィルの推薦状では当時の世評を配慮したのか、メルヴィルを『タイピー』の作家と書き『白鯨』や『ピェール』には全く言及していないことだ。メルヴィルの周囲の人たちの言動を見るかぎり、この時期のメルヴィルには身体的および精神的な疲労が見えるし、転職をも含めて人生の、そして作家としての大きな転機にさしかかっていたことは確かであろう。

メルヴィルは領事職の求職に失敗し、作家活動を続けることになるが、「バートルビー」を初めとして雑誌への短編小説の寄稿を始め、作風も変る。エイハブやピェールのように直線的に世界や人間の真理の探求、理想美の追求、神への挑戦へと突進していくところの、積極的に行動するロマンティックな姿勢はなく、「バートルビー」以降の作品ではメルヴィルの書き方は諧謔的かつ韜晦的となり、仮面を登場させ、人物は見るよりも見られる者、語るよりも語られる者が多くなり、皮肉や揶揄や嘲笑のトーンが強くなる。例えば『ピェール』では、メルヴィルは主人公のピェールの思考と感情に徹底的に即し、その内面の意識の流れを滔滔と語る。他方、「バートルビー」では、メルヴィルは作品の奥に隠れ、主人公のバートルビーは黙して語らず、時々質問された時のみ「私はしたくありません」と繰り返すのみで、語り手の弁護士の視線と意識に捉えられた姿が読者に提示される。世界の内奥の真理を求め、神にも挑戦したイシュメール、エイハブ、ピェールと続くメルヴィルのヒーロー達が、黙して語らず「したくない」と言うのみのバートルビーになろうとは、メルヴィルの中に何が起こったのか?確かに、主人公の現像面の在り方は変り、メルヴィルの表現方法も変っている。だが、『白鯨』から『ピェール』まで続いてきたメルヴィルの人間観、世界観まで変ったのか?

ブルース・L・グレンバーグは、「バートルビー」を『ピェール』と『詐欺師』の間のメルヴィルの関心と方法についての重要な作品として位置づけた後、「バートルビー」を『タイピー』、『マーディ』、『白鯨』というような作品の「開かれた海と開かれた夢(the open seas and open dreams)からのメルヴィルのヴィジョンの変更であり、……ロマンティックな探求の完全な破滅の残滓がいかに残り少ないかについてのメルヴィルの最も痛烈な芸術的表現であり、……『バートルビー』の意味を捉える最もよい方法は、それをメルヴィルの初期の探求の物語の文学的かつ哲学的対蹠物として見ることだ」(Grenberg 166)と言う。グレンバーグの解釈は、「バートルビー」と「バートルビー」以前の作品との違いを明確に指摘し分かりやすいが、『白鯨』の海を「開かれた海」と述べ、「バートルビー」を「初期の探求の物語の文学的かつ哲学的対蹠物」と考えていることとには少々疑問がある。後で具体的にテキストに即して検討するのでここでは結論を先に述べれば、バートルビーはエイハブやピェールのような真理の探求を激しく行う者たちと「対蹠的」な人物ではなく、むしろ、同じタイプの人間ないしはその延長線上にある人間であり、エイハブやピェールのように激しい行動の末に死んでいく人間ではないが、あまりにもこの世の人間と社会の在り方を鋭く深くその根底まで見てしまった人間であり、言い換えれば、探求の結果ないしは探求の先にあるものを見てただ茫然と佇んでいる人間だと考えられる。勿論、そこには何もなかったのだ。エイハブは乗組員の前で次の有名な台詞を吐く。

まあ聞け、もう一度——少しばかり深いところをな。いいか、全て目に見えるものはボール紙で出来た仮面にすぎぬ。だが、おのおのの出来事では——生ける行動、疑う余地なき行為においては——そこでは、その理屈の通らぬ仮面の後ろから何か得体がしれないが、しかし筋道の通ったものが、その目鼻立ちのできたものを表に現してくるのだ。人間、壁を打ち破るなら、その仮面を打ち破れ。囚人が壁を打ち破らんで外へ出られるか？　このおれには、あの白鯨が壁になって、身近に立ちはだかっているのだ。(*Moby-Dick* 144)

ここでエイハブは、自己を白鯨という壁によって閉じ込められた囚人として規定し、壁の外側に出るためには白鯨を撃たなければならない理由を打ち明けているが、この台詞の直後に、「時々(その壁の)向こうには何もないと思うことがある」(*Moby-Dick* 144)と内心を吐露する。この時すでにメルヴィルの中ではバートルビーの存在は用意されていたというべきであり、多くの乗組員の生命と船を犠牲にした白鯨の追求が単なる空白に向かっての突進かもしれないという行為の大いなる徒労性と全くの無意味さを、エイハブ自身が心の片隅で感じとっている。それでは何故エイハブは白鯨を撃たねばならないのか?最後の白鯨追撃の直前の日に、エイハブは常識と理性の人スターバックにしみじみと次のように話しかける。彼の捕鯨の人生は四〇年間で、その間、陸地の生活は三年にも満たなかった。「難渋し、危険であらしの時もある無慈悲な海の四〇年間、その間エイハブは平和な陸地を見捨ててきたのだ……なんという荒涼たる孤独な一生よ」(*Moby-Dick* 443)。白鯨を追って世界の海を経巡るとはいえ、エイハブは陸にはほとんど上がれないのだから、陸地から追放されて海に幽閉されていると言える。その閉ざされた海でさらに白鯨という壁の中に二重に閉じ込められているという生命の幽閉感が強く表明される。鯨の壁はエイハブにとって日々出会う現実そのものであると同時に形而上的認識の壁でもある。エイハブは自らの四〇年間の捕鯨人生に意味と整合性をもたせようとすれば、たとえ「その向こうに何もなくても」鯨の中でも最も巨大な鯨を撃たなければならない。エイハブの海は、グレンバーグの言う「開かれた海」では決してなく、堅く閉じられた海である。

他方、ピェールは「人間の完全な美と善の化身」(*Pierre* 78) であり、ほとんど神格化された父にフランス人の女がいて、その間に生まれたのが異母姉イザベルかもしれないという事が分ったときに、理想の父親像は崩壊し、彼の中の「既往の全道徳的存在が転覆し」(*Pierre* 102) 伝承的な形態と因襲の中で育ってきた母と許婚ルーシーとのアルカディア的世界も瓦解する。そして「あたりを囲繞する世俗の神は地滑りを起こし音をたてて崩れていった」(*Pierre* 159)。第五章の初めに、途方もない苦難に襲われたピェールが、「放心状態」に落ち入り、その状態の中で、あたかも山火事の後のような「心にひろがる黒焦げの眺望」(*Pierre* 101) を見つづける場面があるが、この精神的境位はバートルビーに限りなく近いと言える。

周知のように、「バートルビー」は弁護士事務所を経営する弁護士によってバートルビーが語られるという作品の構造をとっている。つまり理性と合理性と常識の権化である語り手に奇人バートルビーを語らせるというメルヴィルがとった作品の手法や形態面での擬装や韜晦によって、当時の読者は――書評家も含めて――瞞着され誑かされたのか。この作品の内容は近代批判が極限まで及んでいるという点で『白鯨』や『ピェール』に非常に近いのに、当時の書評ではあまり厳しいものはない。恐らく、もしメルヴィルがバートルビーを常識家の弁護士に語らせるという手法ではなく、『ピェール』と同じように、メルヴィルがバートルビーに即して、ないしはバートルビーの中に入り、彼の思想と感情を描いたならば、ほぼ確実に当時の読者から、狂人メルヴィルが狂人バートルビーを書いたと言われたことであったろう。メルヴィルは友人E・A・ダイキングに「私は賢い人間より愚か者でありたい。私は飛び込む（dive）人間は皆好きです」（Davis and Gilman 79）と書いたが、バートルビーは、大きく深く「飛び込んで」していくエイハブやピェールと同様に深く近代の闇の底まで「飛び込んで」してしまった人間と言えるであろう。

II

数人の批評家は、「バートルビー」の二人の主要人物であるバートルビーと語り手の弁護士のモデルとなった実在の人物について言及している。ジェイ・ライダは、バートルビーのモデルは、メルヴィルの少年時代からの友人のE・J・M・フライ（Eli James Murdoch Fly）であったと言う。メルヴィルはフライとはオールバニー・アカデミー（Albany Academy）で初めて会い、その後親密な交友関係が続き、フライはメルヴィルの母方の叔父の弁護士であるピーター・ガンズヴォートの法律事務所で五年間徒弟奉公をしている。この点では、フライは「バートルビー」の一人の登場人物であるジンジャー・ナット（Jinger Nut）のモデルにもなっている。一八四〇年の秋に、二人は一緒にニューヨークに職探しに出掛け、フライは法律事務所に書記としての職を見つけるがメルヴィルは捕鯨船のアクシュネット号に乗ることになる（Leyda 455）。レオン・ハワードは、メルヴィルが弁護士事務所の求職に失敗した理由は字が下手だったからだと言うが（Howard 38)、運命のいたずらか、もし、メルヴィルが字が上手だったら、メルヴィルは捕鯨船に乗らなかっただろうし、その場合は世界の大作『白鯨』も書かれなかったであろう。フライの事は、その後、一八五一年のメルヴィルのE・ダイキング宛の手紙に現れ、「彼は長わずらいの病人で、細細としたことは私が代理でやっているのです」（Davis and Gilman 123）と書かれている。

他方、語り手の弁護士のモデルに関しては、ライダは実際に弁護士事務所を開いていた二人の兄弟、ガンズヴォートとアランがいたので、メルヴィルの兄弟の仕事ぶりや事務所の観察が作品の細部の具体的な背景の説明に役だっているかもしれないと言う（Leyda, *The Complete Stories of Herman Melville* 455)。さらに、叔父のピーター・ガンズヴォートはウォール街の弁護士であったし、義父のレミュエル・ショーも弁護士兼判事であった事を考えれば、語り手の弁護士のモデルには事欠かない。メルヴィルは『タイピー』以来、自ら経験したことをしばしば作品の素材として使っているので、フライにしても兄弟や親類縁者の弁護士たちにしても恐らくメルヴィルの作品製作のための素材となり、また彼の想像力をかりたてる要素とはなったであろう。しかし、勿論のことだが、それらの原素材をメルヴィルがいかに作品化したかが問題であり、フライをバートルビーという社会と人間からだけではなく自然からも背を向けるニヒリストの極北までメルヴィルが想像力の中で変貌させたことと、兄弟や叔父たちの弁護士を語り手の弁護士という常識と理性と効率を求める近代人の典型的人物として揶揄や皮肉を込めて描いていることが興味深い。特に、前述のように、「バートルビー」の執筆の期間が多くの批評家から「狂人」呼ばわりされた『ピェール』発表直後であることを考えると、メルヴィルがこれらの書評家たちにはバートルビーというニヒリストを書くことで答え、そして、弟のアランや伯父のピーターや義父のレミュエル・ショーらの弁護士たちを通して外国領事の職を真剣に求めながら、一方ではその彼らを皮肉と揶揄をもって語り手の弁護士として作品化したとすれば、メルヴィルの作家魂の強靭さに驚嘆せざるを得ない。メルヴィルの社会的生活者としての言動は別にして、作家としての信念や本質は一貫して変わらず、彼はただ擬装し韜晦しただけだ。

III

本格的なメルヴィル批評が始まった一九二〇年代から一九五〇年代までの主要な批評家の「バートルビー」解釈を見ると、作品の中にメルヴィルの自伝的経歴を寓意的に読みとる傾向が強い。例えば、ルイス・マンフォードは、バートルビーは世間に受け入れられないメルヴィルを暗示していると主張し、メルヴィルとバートルビーを同一化する批評の先陣を切った（Mumford 238）。また、リチャード・チェイスは、この作品は、妥協を拒否し社会の要求に応じて書くよりも自己の作家としての信念に忠実たらんとして全く書かなくなる「作家の物語」（a parable of the artist）（Chase 146）だと言う。レオ・マークスも同様に、「バートルビー」を「メルヴィルの作家としての運命に関する物語」であるが、特に、「非常に悩ましい哲学的問題にどうしようもなくとりつかれている作家」（Marx 603）についての話だと論じる。このような読み方もある程度は可能な要素をこの作品はもっているが、このような自伝的解釈は、作品を読むというよりも作品の外のメルヴィルの特殊な作家としての状況を読む事に傾き過ぎており、従って、作品のテーマとしての近代文明批判、人間の分断と孤立や疎外、日常性と非日常性、常識や理性と非常識や不条理な感情、人間の利己心や罪、愛や善意等の抽象的、観念的、形而上的問題がメルヴィル個人の問題に置き換えられてしまう傾向が強い。また、作品の中の登場人物の見方もバートルビーの解釈に片寄り、語り手の弁護士や他の登場人物の分析が不十分となっている。

数人の批評家は完全な寓意批評を行う。エグバート・S・オリバーは社会から退行していくバートルビーの姿に、奴隷制を維持しメキシコ戦争を遂行する当時のアメリカ政府に抗議し、国への忠誠を拒否しウォールデンの森に引き籠ったソローの姿を重ね合わせて見る（Oliver 431-439）。バートルビーとソローは社会を批判的に見てその社会から退却していくという点では共通性があるので、このオリバーの見方は作品を部分的にしか見ていない欠点はあるものの、意見として面白いところもある。しかし、同じく寓意的見方の他の例として、ウォルター・エヴァンスのように、バートルビーと弁護士の関係を、メルヴィルとホーソーンの関係――当時ホーソーンはレノックス(Lenox)に住んでおり、メルヴィルが住んでいたピッツフィールド(Pittsfield)から五、六マイルしか離れていなかった――として解釈し、メルヴィルの先輩作家ホーソーンへの思い入れとホーソーンの反応の冷たさ、そしてメルヴィルの嘆きと断念を描いたもの、とまで言われると、作品から離れることが大きく、作品の外の人間関係に作品を強引にこじつけて解釈する悪い例の一つだろう。そして、「いろんな点でメルヴィルは、ホーソーンと密接に結びつけて弁護士の性格づけを行った」(Evans 46-55)と書かれるに至っては、とホーソーンにしても迷惑な話だろう。

以上は寓意の対象を作家メルヴィル自身や現実の人間に求めた例だが、ナタリア・ライトやドナルド・M・フィーンやブルース・H・フランクリンらはそれをキリストに求める。ナタリア・ライトは、キリストの抵抗の受動性ないしは無抵抗性がバートルビーの中に現れていると見る(Wright 128)。そしてフランクリンは、次のようにバートルビーを「神の化身」と見、この作品の中の出来事は、「キリストの話の再演」だと考える。

バートルビーの物語は、不可解で無垢な人物の到来と、背信と、苦悶の物語である。これはその人物がいかなるものであれ悲劇的な物語である。これらの出来事は注意深く鋭くキリストの物語を再演しており、これには滑稽なことは何もない。また、われわれには分かるが、バートルビーは神の化身であるという事実に本質的におかしいことは何もない。(Franklin 128)

さらに、ドナルド・M・フィーンは、この作品は「キリスト教倫理をとり扱った寓意物語であり、バートルビーはある種のキリスト的人物である」(Fiene 18) と言う。このような寓意批評の特徴は、作品全体の構造や構成要素や人物の特徴を有機的かつ体系的に位置づけて、その関係の中での意味や作家の意図やテーマを考えるよりも、作品の一部分の要素や特徴を捉えてそれらを作品の外部の話や事実にかなり強引に結びつけて考える傾向である。バートルビーは、社会に背を向けて物を食べずに餓死していくので、彼の反この世性や非肉体性にはキリスト教的雰囲気がただよう。しかし、『白鯨』から『ピェール』に続くメルヴィルの精神と思想の状況における反キリスト教的境位、例えば、「人間の苦しみを忘れた神」(*Moby-Dick* 423)、「神の栄光を讃える人間の中のマモン信仰が最も発達した国」(*Pierre* 243)、「過去一八〇〇年のキリスト教史を見よ。キリストの一切の教理にもかかわらず、その歴史は流血の惨事、暴力、不正、不法に満ちていることは、それ以前の有史時代と変わることはない」(*Pierre* 252) という表現を見れば、バートルビーをキリスト教的救済者として見ることは無理であろうし、実際、この作品の中でバートルビーは誰も救いはしない。ただし、語り手によって語られるバートルビーの姿は、非常に「物静かで」(23)「おだやかで」(24)、不安やいらいら等の感情的動きを全く示さないし、それは、「普通の人間的要素」(anything ordinarily human) (25) がないと言える程で、それが仕事をしないバートルビーに対する語り手の反発心をくじいてしまう。またバートルビーには「厳しい自制心」や「蒼白の気位高さ」(pallid haughtiness) (34) があり、それが語り手に畏怖心を与え、バートルビーの奇行を容認し同調させることになると描かれる。このようなバートルビーの姿は、見方によっては宗教的達観の境地に達しているととれないこともない。——筆者はこのバートルビーの姿を深い孤独と絶望の果ての諦念と解釈するが、その詳細は後述する。——もしも、バートルビーの心境を宗教的観点から解釈するとすれば、キリスト教的解釈よりもこの世界は造物主デーミウールゴスの「無知と情念」(ヨナス　四三六) から造られたとするグノーシス主義の世界観に近い。ハンス・ヨナスは言う。

人間、世界、神——この三項の布置において、人間と神は同じ側に属し、ともに世界と対立している。だがその本質的同属性にもかかわらず、現実にあって人間と神はまさに世界によって分離されている。グノーシス派にとって、この事実こそが啓示された知識の主題であり、これがグノーシス的終末論を規定する。(ヨナス　四三五)

また久米博は次のようにグノーシス的世界観の基本概念を説明する。

神と世界は本質をまったく異にする。神の外なる存在である世界=宇宙は、闇の領域であって、そこではもろもろの下位の権力が支配している。人間は世界的と超世界的という二重の起源をもち、その身体と魂《プシケー》とは世界に属しているが、魂の中に閉じ込められているその霊《プネウマ》は、神的実質の一部分である。この魂と身体に埋没している霊、すなわち人間の本来的自己を覚醒させ、開放するのが「認識《グノーシス》」である。(久米　九三)

このような世界観においては、人は世界に対して強烈な違和感を抱き、世界は巨大な闇に支配された牢獄と化す。救済は自らの身体も含めてこの世界を全否定し、神と一体化した本来的自己に帰ることにある。メルヴィルが、エイハブの異端的信仰を述べ、ピェールが、既成の道徳や神が崩壊していったとき、心の奥で、自らの「聖なる領域」(the sacred province) (*Pierre* 103) や「個人的神性」(the personal divine)(*Pierre* 359)を感じる描写をし、さらに、「バートルビー」の直後に書かれた短編「コケコッコー」で、語り手に「この世のものはすべて破滅に向かうがよい。……この世界なんぞ、所詮、粘土の塊だ」(Melville 236)と言わせているのを見れば、メルヴィル自身のグノーシス主義への傾斜が感じとられる。また、ウィリアム・B・デリンガムは明確に「バートルビー」をグノーシス主義の見方から解釈している(Dillingham 118-20)。だが筆者はこの解釈を採らない。その理由は、黙して語らないバートルビーを語る弁護士の言葉からは、バートルビーがグノーシス的神への信仰とその神への認識《グノーシス》を持っていたと明言できる論拠が作品の中には見出せないからだ。

ただ、ヨナスは、古代宗教のグノーシス主義と近・現代哲学のニヒリズムと実存主義との関係を指摘し、パスカルの言う宇宙の無関心の中での人間の全き孤独、ニーチェの神の死による至高の諸価値の剝奪、サルトルの言う超越者の沈黙と投企する人間の自由というニヒリズムを生み出す近・現代の状況は、自然観の差異はありながらグノーシス主義の世界に類似していると言う(ヨナス二四七―二五一)。従って筆者は、実存主義的ニヒリズムの観点からバートルビーを解釈する立場を採る。なお、実存主義的解釈をした批評家の意見は、ストーリーを解説しながら適宜紹介し、検討していきたい。

Ⅳ

語り手の弁護士は、作品の冒頭でバートルビーという「変っていて」(singular)「私が会った人物の中で最も奇妙な人物」(the strangest I ever saw)(一六)を語ると言って話を切り出した直後で、自己紹介を行う。曰く、若い頃から「気楽な人生の送り方が最高である」(一六)と思っており、「野心のない弁護士で……大衆の拍手喝采を博そうとは考えず」皆から「きわめて安全な男」と思われている。また、詩的情熱にはほとんど落ち入りそうにない人物である故ジョン・ジェイコブ・アスターからは「分別」(prudence)と「きちょうめんさ」(method)(一七)をほめられたことがある。この極めて常識的で理性的で小市民的な日常性の中にどっぷりつかった人物は、エイハブやピェールの真理に対する情熱、常識や理性を突き破る衝動と感情、反日常的、反社会的、反体制的な探究心などとは全く対蹠的である。再説するが、エイハブと対蹠的なのは、グレンバーグの言うバートルビーではなく、この弁護士である。『白鯨』で、長い四年の航海から帰ってきたバルキントンが、上陸してひと休みする暇もなくすぐに嵐の海に出ていくときに、その風上の真理を求める精神と行為が称賛されるが、「バートルビー」の語り手の弁護士は、いわば、風下の岸辺に上がってしまったバルキントンであり、またエイハブに反発しながらも、その常識と理性を突き崩されるスターバック的人物――ただこの弁護士にはエイハブに反抗するだけの気魄や情熱はないので極く小型の小市民的スターバック――と言えよう。つまり、これまでのメルヴィルの作品の構造は、常識、理性、合理性の世界、それは社会の日常的、体制的、法的世界《ノモス》と言い換えられるが、それが、非合理的感情や情熱や真理を求める探求心、反社会的、反体制的行動によって挑戦され、揺さぶられるという方法を採ったが、この「バートルビー」ではこの関係が逆転し、前者が後者を見て、後者がいかに「変っていて」「奇妙で」、非常識で社会のルール違反をするかを語っていく。これは日常生活次元での、常識的、平均的人間が、その常識や平均的社会状況からずれた人間や離れた人間を見る視点であり、至極分りやすい視点である。しかし、「バートルビー」以前の作品で、メルヴィルの批判や攻撃の対象が前者であったことを知っている鋭敏な読者は、この作品の冒頭語り手の自己紹介がなされた時点で、すでに語り手の弁護士そのものにメルヴィルの皮肉や揶揄の視線が向けられていることに気付く。つまり、奇人バートルビーの奇行ぶりを見て語るその語り手が同時に皮肉な目で見られているという視線の二重構造の中にメルヴィルの諧謔と韜晦があり、この作品の微妙なユーモアの所在もこの点にある。

さらに、語り手がその「分別」と「きちょうめんさ」をほめられたというJ・J・アスターからは仕事を与えられたことがあると言い、「その名前はまろやかな音がし金の響きがするので繰り返して言うのが好きだ」（一七）と言い、ほとんど尊敬にも近い気持ちを表す。このアスターは典型的な「ぼろから富へ」というアメリカの成功の夢を実現した人物で、メルヴィルが非常に嫌ったタイプの人間である。この点は、『イズラエル・ポター』第八章に書かれたメルヴィルのベンジャミン・フランクリンへの痛烈極まる皮肉と揶揄にも表れている。

アスターは、一七六三年ドイツに生まれて、二〇才の時に建国後間がないアメリカに移民し、二、三年後に毛皮商を始めるが、またたく間にアメリカ有数の毛皮商となる。彼は当時の東インド会社から特許状をもらい中国貿易を始め、またジェファーソン大統領からは広東貿易の許可を得るなど、経済界や政界の有力者の力をうまく利用して巨万の富を得、ライバルの商人を買収して一九世紀初めには毛皮貿易を一手に独占しアメリカ最初のトラストを作った。彼は一九世紀初めのアメリカで最大の富を築き上げた人物と言われる。恐らく、アメリカ建国後、初期のアメリカ資本主義体制が産み出した最初の経済界の大立者であろう。ジェイムズ・P・ロンダは、アスターは「富の追求においては情け容赦なく、アメリカ資本主義の打算的で実際的な面をすべて体現した」(Ronda 1-2)男だと言う。自由主義体制での経済活動とはいえ、その裏でなされる地位利用と買収と独占による弱肉強食の世界で頂点を極めた男に、語り手の弁護士は尊敬の気持ちを表す。つまり、弁護士には、法律の世界だけではなく、当時のアメリカの政治と経済の体制の論理と倫理が浸透しているのであり、それに対するメルヴィルの皮肉や揶揄があるのは当然である。

「バートルビー」発表後丁度一〇年後の一八六三年に発表されたウォルター・バレットの『ニューヨーク市の老商人』によると、アスターはアメリカに渡って来た直後は、ニューヨークでクッキーや紅茶用ビスケットの行商をやったという。それからしばらくして、小さな玩具屋を開き、毛皮の仕事も最初はかなり長く行商を行ったとのこと(Barrett 165, 285-287)。つまり、フランクリンが政治の世界で立身出世のアメリカの夢を実現した第一号であるとすれば、アスターは経済と商業世界の第一号なのだ。従って、このアスターを尊敬する弁護士は、成功の夢の理念が深く根づいていると考えてよい。さらに、バレットの文章で興味深いのは、「アスターは分別があり(prudent)、仕事の面では恵まれていた」(Barrett 33)とか、「彼は非常にきちょうめんな(methodical)な男であり、仕事もそのようにした」(Barrett 393)と、アスターの性格の特徴を「分別があり」、「きちょうめん」と書いていることであり、これは、メルヴィルの語り手の弁護士の性格描写とぴったり一致する。この一致は、同時代に生きていたとは言え、メルヴィルとバレットの文章には一〇年間の隔たりがあり、もともと二人は何の関係もないから、まったく偶然の一致だろうが、この「分別」や「きちょうめん」という言葉が表す意味は、人間性の人格的なものよりも政治・経済の分野での人間性の特徴を表したものという意味合いが強い。

語り手の弁護士は、アスターのことを述べた直後に、自らが「衡平法裁判所の主任判事」(Master in Chancery)(一七)であったと語る。衡平法とは、イギリスの慣習法の不備を補う法律で、公平と正義を求めた法律だが、アスターの産業資本主義の経済論理やアメリカの成功の夢の理念と、弁護士の職業理念の根幹にある公平と正義が弁護士の中でどのように折り合い整理されてあったのかを理解することが弁護士を理解する第一歩であろう。勿論、地位利用と買収と商業の独占によって巨万の富を築いたアスターに公正と正義はそぐわないとすれば、そのアスターを敬愛する弁護士の公正と正義は名ばかりで、かなり形骸化されたものと言わざるを得ないし、弁護士が三〇年間の弁護士歴のある「かなり年輩の男」(一六)であることを考えると彼は産業資本主義の論理と倫理に取り込まれ、そしてかなり深く蝕まれている男と言えよう。

自己紹介を終えた後、語り手の弁護士は事務所で使っている使用人の説明に移る。六〇歳がらみのイギリス人のターキーは、午前中は仕事が早く着実だが、午後は気が立ち、いらいらし、荒っぽくなり仕事のミスも目立つ男。逆に二五歳くらいのニッパーズは、午前中は「野心と消化不良という二つの邪悪な力の犠牲者」(二〇)で仕事にならないが、午後は、字はこぎれいで早いし態度も紳士然としている。弁護士は、二人のそれぞれ半日の奇行や失敗や悩ましい行為にもかかわらず、残りの半日の仕事が「価値があり」(一八)「有用である」(二〇)という理由で奇行や失敗を大目に見、解雇するようなことはしない。三人目は年の頃にして一二才のジンジャー・ナットで、使い走り兼掃除夫をしている法律見習いで、馬車ひきの父親の野心から弁護士の事務所に送りつけられてきた少年である。

弁護士の使用人についての考え方は、ターキーとニッパーズのそれぞれ半日の労働力の有用性という経済の論理が中心——ただ、これが全てではないことは後述する——となる。それは、労働力を金で売買する関係が基本であり、そこに弁護士と使用人との間の人格的な人間関係は、わずかにありはするものの希薄であり、近・現代の産業資本主義体制下の人間関係が透けて見える。ターキーの服が油じみて町の食堂の臭いがし、また見苦しいので、弁護士が自分のまだ立派な服をプレゼントする場面がある。これは、金で売られる訳ではないので、金銭関係とは別の人間関係から出たもののように見えながら、実は不体裁な服装によって弁護士に不名誉なことが及ぶことを避けるという社会の目を気にした打算がある。弁護士はターキーから感謝の気持ちが表されることを期待していたが、実際にはそういうことはなく、ターキーの午後のいらいらが治まる気配はない。期待を裏切られた弁護士は次のように言う。

どうもあのふかふかした、毛布のような上着にすっぽり体を包んだのが悪影響を及ぼしたとしか考えられない。燕麦をやりすぎると、かえって馬のためにならないというのと同じ原理だ(二〇)。

ここには常識家で世俗の倫理・道徳に支配される弁護士に下位の者に対する蔑視意識があることが表明されている。だからと言って、この弁護士が冷淡で打算的なだけの人間かと言うとそうでもなく、例えば、ターキーの午後のいらいらからくる仕事上の失敗を忠告した時に、ターキーから、お互いに年を取っているのだから少しぐらいの失敗は大目にみてくれるようにと反論されると、「仲間意識に訴えられることにはほとんど対抗できなかった」(一九)と言うように、弁護士には、人間的結び付きや関係を捨てきれない人の好い面がある。従って一部の批評家のように、弁護士のこの人間的側面を看過し、弁護士が人間を単なる労働力としてしか見ない冷淡で利己的な経済人と考えるのはバランスを欠いた弁護士評だろう。また、弁護士がこの「仲間意識」を持っているからバートルビーとの微妙で複雑な関係が生じるのであり、もし、弁護士が冷淡で利己的な経済人だけの人間であれば、仕事をしない奇人バートルビーは、すぐに解雇され事務所から追い出されるだけで、物語そのものが成立しなくなる。

これまでの語り手の弁護士の人間性をまとめると、弁護士は、アスター的産業資本主義の論理と成功の夢の理念に支配されているが、それは、彼が持たざるを得ない弁護士としての職業倫理としての公正と正義をかなり形骸化したものにしている。使用人との関係は、基本的には経済の論理に基づくものだが、「仲間」としての人間的結び付きを捨てきれない人の好さがあり、また、時には使用人を蔑視する意識もちらりと表す。この人物像は、常識的で理性的で平均的でそれゆえ典型的と言えるアメリカ人像であり、当時のアメリカ社会の理念――産業資本主義と民主主義――が十分に浸透した人間であり、こういう人間には人の好さと打算と少しの蔑視の意識が混在しているのが普通であろう。

キングスレイ・ウィドマーは次の引用文のように、語り手は、現実的で楽観的でリベラルなアメリカ人の典型で、確立した秩序の行使者だが、人間性の奥深いところが見られない人物だと言う。

「バートルビー」の弁護士には、「ベニト・セリーノ」のデラノ船長と同様に、われわれは、リベラルなアメリカ人の典型としての現実的な楽観主義者を見て取る。ウォール・ストリートの弁護士は、メルヴィルの他の小説の船長のように、穏当で、善意の人で、理性的で、確立された価値を強く推し進める人のイメージをあたえる。そのような人物は、より深く、より暗い人間性に対する認識を持つことにはみじめにも失敗する。そして、彼らは、心地よく収まっている模範的な権威や秩序を破って外に出ることはない。(Widmer 105)

ウィドマーの意見には大体において賛成だが、語り手を若干一般化しすぎているきらいがない訳でもない。語り手は常識と理性の人間だが、バートルビーとの人間的関係を通して、その常識と理性がかなり揺すぶられ、それらの先にあるものをかい間見るまでになるからだ。

この弁護士の事務所の求人広告に応じて、「青白い顔だが身なりはこざっぱりとし、哀れなほど上品で、癒しがたいほどわびしそうな」(二三)バートルビーが現れる。最初彼は、「飢えたように」、「黙って、青白い顔をし、機械的に」、「昼夜を分かたず」(二四)に文書の筆写の仕事に没頭する。事務所には、半日の仕事能力しかないターキーとニッパーズしかいないので、一日通して仕事に精を出すバートルビーは有能な人間なので弁護士は喜ぶ。しかし、三日目にバートルビー自身が筆写した文書の正確さを照合するために、バートルビーを呼んだ時に、彼は「やりたくありません」(二四)と答える。彼の声は「異常なほどおだやかで、かつ、しっかりした」(二四)もので、弁護士に詰問されても、顔の表情は落ち着きはらい「心の動きのさざなみ一つ見てとれない」(二五)。「もしも彼の態度に少しでも不安か怒り、苛立ちか不遜なところが見られたら、つまり何であれ彼に普通の人間らしいところがあれば、もちろん私は彼を力づくでも事務所内から追い出していたに違いない」(二五)と語り手は述べる。さらに数日後、バートルビーが筆写し終えた長い文書の点検を事務所の全員でやろうとして、弁護士がバートルビーを呼び出すと、彼はまたしても「やりたくありません」と答えるのみ。弁護士は、文書の点検照合の要求は「普通の慣例と常識」(二六)に従ってなされたのだと言うが、バートルビーは決心を変えようとはしない。弁護士は「前例のない、ひどく理不尽なやり方でおどされたように……彼自身の明々白々な信念が揺らぎ始めるのを感じる」(二六)。それで、その「よろめく心を強めるために」(二六)、弁護士はバートルビーと自分との関係では、自分の方が「正しい」(二七)という支持の証言を他の書記たち、つまりターキーとニッパーズ、さらにはジンジャー・ナットからもとりつけ彼らを味方につけるのだ。ここまでで判明するのは、「慣例と常識」に背を向けて、そこからバートルビーが離れていくことであり、その離れ方が、あまりにも「前例のない理不尽なもの」だから、「慣例と常識」の中に安住していた弁護士の信念が揺さぶられるということである。そしてここで明らかなのは、事務所の人間関係が、ターキーがバートルビーを「常識はずれ」(二七)と言い、ニッパーズもバートルビーに対して「呪いの言葉を」(二七)吐きつけるように、他の書記たちが弁護士に賛同していること、つまり、バートルビーを除いて皆が「常識」の側についていることだ。このことは言い換えれば、この作品では、雇用者と被雇用者、階級間の問題等は、若干はあるにしてもそれほどは大きな問題ではなく、問題となっているのは「常識」と「非常識」のコントラストである。

マイケル・T・ギルモアは、一九世紀中葉のアメリカの産業資本主義の進展のなかで、階級間の問題に焦点をあて、この作品は、「階級関係とその結果についての物語」(Gilmore 132) と明言する。ギルモアはさらに、「一九世紀中葉の産業資本の合理化と進展により、多くの独立した労働者は賃金を得るだけの無産階級となり、雇用者と被雇用者の唯一の関係《ネクサス》は金の支払いだけとなる。一般的に他人間の義務は、純粋に契約にかかわるものだけになり、伝統的な社交の習慣よりも規則や規律が優先する」(Gilmore 134) と産業資本主義社会の人間関係を説明する。それから、語り手の弁護士は、「古い経済体制の良識と限度を体現しているが……彼は恩着せがましいが優しいだけの人間ではなく、合理的資本主義と結びつくところの人を道具と見る精神も持っている」(Gilmore 135) 人間だと言う。このあたりのギルモアの議論は非常に明快で説得力がある。そして、バートルビーに関しては、「階級間の増大する距離がバートルビーのような人間を見えなくくし、……理解しにくくしている」(Gilmore 132) し、「彼が代表する階級やグループは、声を持たないから、中産階級によって読まれまた書かれた歴史の中では、語りはしないのだ」(Gilmore 142) と言い、最後に、「『バートルビー』の悲劇は、産業資本市場の進展と拡大する階級間の裂け目の結果、人間を知りえないということだ」(Gilmore 142) と結論づける。

ギルモアは以上のように、資本主義市場が進展する一九世紀中葉のアメリカ社会における階級間の溝の拡大による人間の理解し難さを作品のテーマと考える。これは、一九世紀アメリカ社会の論述としては非常に明快で適切だが、「バートルビー」論としては、筆者は若干理解を異にする。その理由の一つは、前に述べたように、この作品はほとんど弁護士事務所の中に場面が限定されているので、弁護士事務所をアメリカ社会の縮図と考えれば、雇用者の語り手と被雇用者の書記たちの階級関係の構造があるものの、この構造以上に強い人間関係と意味を持つのが「常識」の中に住む人間とその「常識」の世界から疎外され、それに絶望しながら離脱していく人間の関係だということ、次に、バートルビーが声を失った(下層) 階級の人間だとすれば、同じ階級の人間であるはずのニッパーズやターキーはかなり語り、かつ行動するのに、一人バートルビーだけが沈黙するのは何故か、という疑問が出て来る。メルヴィルは階級間の人間関係以上に、それを含む一九世紀の社会の現実をトータルに捉え、それから背を向けるバートルビーを通じてその社会を告発したのではなかろうか。

ストーリーの展開に戻る。それから数日が経ちバートルビーは別の長い筆写の仕事をしていたが、語り手がよく観察すると、バートルビーはどこにも出掛けないし、食べ物と言えばわずかしょうが入りビスケット《ジンジャー・ナット》しか食べていないことが分かった。つまり、バートルビーは「常識」からだけでなく人間的活動からもかなり退行しているのである。語り手は、バートルビーの行動を「消極的抵抗」と呼び、次のように言う。

> およそ消極的な抵抗ほど真面目な人間を腹立たしく思わせるものはない。仮にそうした抵抗を受ける人物が人間味にかける気質の存在ではなく、また抵抗する側の人間も消極的であるが故に完全に無害な存在であると仮定しよう。その場合前者の比較的機嫌のよいときには、自分の判断で解決不能と分っているものですら、慈悲の心によってなんとか想像力をめぐらして解釈しようと努力するであろう。（二八）

ここには語り手の特徴がよく現れている。語り手は、常識と理性の人間だが、バートルビーの「消極的抵抗」の理由が彼の（理性的）「判断力」では分らず、「想像力」にうったえて理解しようと努めている。ここは、弁護士がターキーの午後の失敗を「仲間意識」によって大目に見て、咎めるのをやめた人間性につながっていくところである。つまり、弁護士はここでは、「想像力」を使って常識と理性の外へ出て「仲間」としてのバートルビーを理解しようとしている。彼はバートルビーを「悪意はないんだ。無礼を働こうなんて思ってもいない……彼の奇行は心ならずも出てきたものだ」(二八)と考える。ここまでは、弁護士の人の好い「仲間意識」が考えさせているので、弁護士の良い面が出ている。だがこの次の文章で、弁護士は「彼は私にとって有用である」と言い、「彼とうまくやっていくことは大したお金はかからないし、そうすることで……私は、甘美な自賛の気持ちを安く買え、……良心への甘い一口を心に貯えるのだ」(二八)と言って、彼の持つ打算的で利己的な顔を覗かせる。この箇所の弁護士の二面性を捉えて、弁護士は偽善的で「仲間意識」と「経済の論理」で分裂しているなどと解釈するのは、弁護士には厳し過ぎるだろう。メルヴィルはここで、極めて常識的かつ平均的人間は、他者への配慮や慈善心と打算的利己心を併せ持つものだということを少し誇張して書いている。筆者には、メルヴィルの人間観察の鋭さと深さが感じられる箇所である。

ここで指摘しておかなければならないことは、語り手がバートルビーの常識はずれに悩まされながらも、バートルビーを「有用」であり、また少し先で「価値ある獲得物」(三一)と言っていることである。この言葉はニッパーズに対しても使っているが、語り手が、ニッパーズやターキーの半日の仕事能力を評価して、残りの半日は仕事ができないことを理由に彼らを解雇しないように、バートルビーに対しても同様に、奇行に悩まされながらも筆写の仕事は「着実に……勤勉に」(三一）行うので、それを評価していることが分る。ただし、ここで語り手は書記たちの半日分ないしは一部分の人間性を評価している訳ではなく、書記たちの仕事能力を金で買うことが基本的な人間関係であることが表れているということだ。この箇所で初めてバートルビーの賃金が、一フォリオ（一〇〇語）につき四セントであることが示される。つまり、半日でも仕事ができれば、全人間的に、ないしは、全人格的に係わる訳ではないから、半端な人間でも基本的にはかまわないという弁護士の近代産業資本主義体制下の典型的な人間観が表れている。ブルース・L・グレンバーグは、ターキーとニッパーズは「半人前の男」であり、「断片的人間性」を表している（Grenberg 171）と指摘するが、弁護士と書記たちとの関係は、近・現代社会の中で、人間関係がいかに部分化し断片化していくかということを表している。

弁護士はある日の午後、再度、バートルビーに書類の照合の手伝いを求め、再度バートルビーから「やりたくありません」と断られ、再度、ターキーとニッパーズの意見を求めて彼らの支持を得ている。この時は、ニッパーズがバートルビーの行動は「普通ではなく」「不当である」と言い、ターキーは、バートルビーに殴りかかろうとするのを弁護士に止められる。この時も弁護士とターキーとニッパーズは明確に「常識と慣習」の側に立つ。同じエピソードの繰り返しはこの事を強調する効果がある。雇用者と被雇用者という階級的な対立は非常に弱いが、バートルビーは、その関係をも含めた現実の「常識と慣習」に背を向ける。バートルビーは黙して語らないのでその理由は分らない。ただバートルビーが背を向けた「常識と慣習」に基づいて行われている仕事の内容は、法律文書の筆写であり、それは語り手によると「無味乾燥し干からびた仕事」(二二) であり、さらにそれを照合し点検する仕事は「実に単調で、退屈で、眠気をさそう」(二四) ものであることははっきりしており、さらに、照合、点検の仕事は共同作業だが、それを行う人間はバラバラに孤立しており、精神的、人格的関係は希薄である。バートルビーが背を向けた理由は分ないが、背を向けた対象である「常識と慣習」の内容はバートルビーの背中が一種の鏡となって映し出される。ここで、バートルビーは現実の外にずれ出た否定態として現実を映し出す鏡となる。

この後、バートルビーは、郵便局への使い走りに行く事を断るし、ニッパーズを呼んで来るようにとたのまれても断る。つまり、「どんなささいな使い走りにも行かない」(三〇)。こうして「奇妙な習癖と特権と前代未聞の義務免除」(三一) がなされた状態でバートルビーは事務所に居続けることになる。

ある日曜日、語り手が有名な牧師の説教を聞きにトリニティ教会に行き(カヴァー表写真参照)、少し早く着いたので事務所に行くとそこにバートルビーがおり、事務所に寝泊まりしていることが分る。「日曜日のウォール街はペトラの廃虚のように人気がなく空虚な場所だ」(三三)。ここを一人で寝場所とするバートルビーの「惨めな友もない孤独な姿」に語り手は心をうたれ、「圧倒的な刺すような憂愁」(三三)に捉えられる。そして次のように述べる。

人間としての共通の絆が、いま、抗いがたく私を陰鬱な気分へと引きずり込んでいく。これは同胞としての憂鬱!なぜならば、私もバートルビーも、結局同じアダムの子孫だからだ。(三三)

「人間共通の絆」とか「兄弟としての憂愁」という語り手の気持ちは、さらに「アダムの息子」同志という人類的共通意識にまで発展しているが、この語り手の気持は、今ここで急に出て来たものではなく、すでに指摘したように、語り手に最初からあった「仲間意識」や「想像力」を使ってバートルビーを理解しようとした気持がバートルビーの姿に刺激されて大きく発展してきたものだ。この点では、ミルトン・R・スターンは日曜日のエピソードを境に「メルヴィルの語り手の表現の仕方にははっきりした変化があり……語り手の意識の本質が変り始める。……その理由は、物語の前半には語り手の心の苦悩や混乱を表す表現はないが、後半にはそれらがたくさん出てくるからだ」(Stern 66)、と説明する。確かに日曜日のエピソードでは、語り手の「仲間意識」が経済人としての意識を侵食しているが、スターンの言う語り手の「意識の本質」が変る訳ではなく、もともと語り手にあった意識が、バートルビーの言動を見聞きする経験によって、広がり深くなっただけだ。「仲間意識」、「人間共通の絆」、「兄弟としての憂愁」などに「意識の本質」としての違いはない。また、スターンの言う苦しむ者との「痛みの共有」は、苦しむ者を知るという経験がなければ発生しえないから、日曜日のエピソードは、語り手のバートルビー経験が語り手の「仲間意識」を深化させて、バートルビーと「痛みの共有」を考えるまでに至ったということであろう。

次に語り手は、今まで気付いていたバートルビーの特徴を思い出す。バートルビーは答える以外には話さないし、本や新聞を読むこともしない。彼は食堂にも行かないし、ビールや紅茶やコーヒーも飲まないし、散歩にも出掛けない。また彼は自身の身元や経歴を明さないし、体の不調を訴えることもしない。暇があれば、「盲壁の幻想」（三四）にふけっている。このバートルビーは「常識や慣習」からだけではなく、社会全体から、さらには人間的生命活動からも離脱し退行している。この時、語り手の中にバートルビーに対する決定的な認識の変化が生じていて、「憂愁が恐怖になり哀れみが反感に変った」と言う。さらに語り手は、次のように言う。

これは全くの真実である同時に、じつに恐るべきことだが、悲惨について思いめぐらし、それを目の当たりにすることは、ある点まではわれわれの最良の温かい感情を呼び起こすものであるが、しかしある特殊なケースにあっては、そのある度合いを越えると、そうでなくなる。

（三五）

語り手は、悲惨を考えたり見たりしても「ある点」を過ぎるとやさしい気持にならない、と述べる。この「ある点」がどういう点であるかを明確には述べていないが、次に、それは「過度の器質的病気を直せないという絶望感」（三五）から出てくると言う。そして哀れみも効果的な救いをもたらさなければ「常識が魂に命じてその哀れみをとり去るように言う」（三五）と、ここに語り手の本心とも存在領域とも言える「常識」が出てくる。そして「書記は根深く癒し難い（精神）錯乱の犠牲者であり……私は彼の体には施しを与えられても……彼の魂には手が届かなかった」（三五）と言う。

先程まで孤独なバートルビーの姿を見て、「人間共通の絆」と言い「アダムの息子」同志とまで言ってバートルビーの孤絶の痛みを理解しようとして舞い上がった語り手の意識は、ここでは急降下して萎んでしまい、語り手のホーム・グラウンドである「常識」の世界に降りてくる。「混乱」とは明らかに「精神的混乱」の意味であり、さらに少し後では、「気が狂った男」（三七）と言う。

語り手は、今まで程度の差こそあれ、ターキーやニッパーズと同類の変人だと思っていたバートルビーを、ここではっきりと狂人だと認識し、判断する。「憂愁が恐怖になり、哀れみが反感に変る」のはこの認識のせいだ。そして狂人に対する「哀れみをとり去るように」「魂に命じる」のは「常識」である。さらに、「癒し難い錯乱の犠牲者」の「魂には手が届かなかった」と言う。このあたりは、語り手が使う用語を少し並べ替えると論理がすっきりする。キー・ワードは（disorder）（錯乱＝狂気）と（common sense）（常識）である。語り手は、バートルビーを狂人だと判断した後は、まず、嫌悪感を示し（「恐怖」、「反感」）、拒絶反応や排除を表し（「常識が哀れみをとり去る」）、理解しようとしない（「魂には手が届かない」）。語り手は「常識」の外には出られない男だ。人の「狂気」は「狂気」の側につき、その内側に入らなければ理解されない。語り手は「狂気」を単に否定的なものと捉えそれを「常識」の世界から排除しようとする。語り手には、エイハブの「狂気にさせられた狂気」や「人間の狂気は天上の正気」という考えや、「あらゆる地上の理性を離れさまよい出るとき、人間はようやく、理性にとっては馬鹿げた狂乱にしか見えない天上の思想に到達するのだ」（*Moby-Dick* 347）という概念などは、与り知らないものであり、理解は及ぶべくもない。従って「常識」の側から「狂気」を見て、精一杯良心的に誠意をもってしても、そのぎりぎりのところで決定的にすれ違い、そして理解不能の溝があることを知らされる。この後のストーリーの展開は、語り手の「常識」の側からの精一杯の誠意がいかにバートルビーに通じないかを語る悲喜劇である。ブルース・L・グレンバーグは、語り手のバートルビーを理解しようとする試みを次のように言う。

> バートルビーの繰り返される「したくない」(not to) への好みは、バートルビーの否定的自我を否定的に表現したものである。表現としては最低限のものであるから、弁護士が繰り返し行うその先の原因を探ろうとする努力は、バートルビーの沈黙を引き出すだけである。バートルビーは人生に打ち負かされているように見える。……しかし、彼は苦痛の根源に至ろうとする――それを癒すのではなく、理解しようとするのだが――われわれの努力に逆らう。弁護士は、本当に、よくやったのだ。(Grenberg 171)

しかし、バートルビーを「癒し難い錯乱」状態にあると考え、そしてその後の「魂には手が届かなかった」と語る語り手の、グレンバーグの言う「繰り返しなされる試み」が、「苦痛の根源に至りそれを理解しようとする最善の努力」であるはずがない。これ以降、語り手が考えることは、先ずは「狂気」のバートルビーを事務所から追放したいということだが、彼の「仲間意識」からくる人の好さによって手荒に無慈悲にはやりたくないので右往左往するだけで、語り手が、「錯乱」したバートルビーの「魂」の中に入る努力をすることはない。

ストーリーの展開に戻る。語り手は、明日の朝バートルビーに経歴に関する質問をして、答えなかったら解雇を通知しようと思う。この時もバートルビーは答えないが、語り手はバートルビーにもっと「道理を聞き分ける」ことと、「事務所の習慣」（三六）に従うようにと、「常識」の中に戻るように説得するが、「何か迷信的なものが心を打ち」解雇通知までは言い出せない。だが、ターキーやニッパーズがバートルビーの影響を受けて、「好む」（prefer）という言葉を不適切に使っているのが分り、この「気違い」（三七）を追い出さなければならないと思う。

その次の日から、バートルビーは全く何も仕事をせず、盲壁の幻想にふけるだけになる。語り手は事務所の中の「石臼」（三九）のようなバートルビーの存在が重荷となり、一方また「大西洋の真只中の一片の破船」（三九）のような孤独なバートルビーを哀れにも思うが、何も仕事をしなくなったこの時点で、語り手は初めて六日以内に退去するように通知を出す。仕事をしない者は追放するという弁護士の人間関係における経済の論理は明確である。勿論、バートルビーは出て行かない。弁護士は、今度はバートルビーに支払うべき賃金一二ドルに余分に二〇ドルを加えて、合計三二ドルをテーブルの上に置いて、その金を持って出て行くように言う。もちろん、金はそのままで、バートルビーは出て行かないので、弁護士は「どういう権利があってここにおるのか、家賃は払っているのか、税金を払ってくれるのか、この建物は君のものか」と質問を浴びせかける。この時点では、弁護士は完全に経済人である。さらに弁護士は逆上して、アダムズに挑発されてそのアダムズを殺した不運なコルトの話を思い出す。これは瞬時であれ、弁護士はどうしても出て行かないバートルビーを殺すことを考えたのだ。しかし、この「アダム以来の怒り」(四三)を抑え込んだのは、「お互いに愛し合いなさい」というヨハネ福音書の言葉だった。一方、バートルビーは深い盲壁の幻想の中に落ち込んでいる。

この後、語り手は、「エドワードの意思論」や「プリーストリーの必然論」を読みバートルビーとの関係の在り方の理論的根拠を求める。そして、バートルビーのことは、「悠久のかなたより予め定められた運命である」という思いが生じ、バートルビーに事務所にいたいと思うだけおればいい、と思うが――これは考えるだけで、バートルビーに直接言葉に出して言いはしない――事務所にやってきた同業者からバートルビーについての「無慈悲な言葉」(四四)を聞くと、その考えは霧散してしまい、部屋の中の「亡霊」か「夢魔」のような存在のバートルビーはどうしても追放しなければならないと決心する。この時の語り手は、同業者の評判や意見を非常に気にする経済人の心性を暴露する。だが、「仲間意識」を切り捨てられない人の好さを持つ語り手は、バートルビーを手荒に追放したり、警察の手に渡すという無慈悲なことはしないようにという自らの「良心」の声を聞き、「彼が私の許から出て行かないのなら、私が彼の許から出て行かねばならない」（四六）と考え、バートルビーを残して事務所を移転する。ここは「常識」の範囲内での語り手の最大限のバートルビーへの配慮であるが、主客が逆転しており、ユーモラスな箇所である。語り手は言う。「私が非常に追放したかった彼から私は自分を切り離した」（四六）。

しかし、まだ、語り手はバートルビーから解放されない。新しい事務所の借り手が、物を言わずに仕事もせず部屋からも動かないバートルビーについての不平を語り手に言ってきたことで、語り手は再び前の事務所に行って、バートルビーに仕事の世話をしようとし、また、自宅に来て一緒に住むようにと誘うが、両方ともバートルビーは拒否する、語り手は「私がやれることはすべてやった」（五〇）と思う。確かに、「狂気」の側に立つ事を除けば、「常識」の側から「やれることはすべてやった」と言えるであろう。

語り手が前の事務所から逃げ出した後、バートルビーは、浮浪者として「墓場」と呼ばれる刑務所に収容される。連絡を受けた語り手は一度訪問して食事の手配をするがバートルビーは食べない。二度目に訪問した時に、バートルビーは厚い刑務所の壁にもたれて餓死していた。バートルビーの死後数ヶ月して、彼は、ワシントンの「配達不能郵便を扱う下級局員だったが、政府が変ったために突然解雇された」という噂が語り手の耳に届く。

ウォルター・E・アンダソンは、語り手の弁護士を最も高く評価する批評家の一人である。彼は次のように主張する。

> 理想的な同胞関係が試される場に直面して、弁護士のような良心的な善人でさえも最終的には根源的な利己心に動かされる。弁護士は、バートルビーを完全に守ろうとする。しかし、彼の意志は――われわれのいう自然の法則によって――それに反対することを決める。それにもかかわらず、弁護士はバートルビーに対して、同じような状況では誰よりも慈悲心を以てあったのだ。(Anderson 392)

アンダソンは、弁護士の利己心は、人間としてやれるギリギリのところまでバートルビーに対して善意を施した後に出てくる利己心であって、その利己心は弁護士に対しては批判できない点である、と言う。そして、弁護士は「神が描いた完全な人間に近い存在だ」(Anderson 392)と絶賛する。だが、アンダソンの議論は微妙なところでテキストの内容とすれ違っている。メルヴィルがこの作品で言わんとしたポイントは、語り手が「常識と理性」の世界から出てバートルビーの「狂気」の世界に立ったかどうか、という点であり、これは文字通りに考えると、戻る途のない旅かもしれない恐ろしい行為であるが、なにもバートルビーと一緒に狂っているようにと言っている訳でもない。それは、バートルビーという現実世界の外に出た否定態を見て、自らの「常識」の世界の外部に立つかどうかという問題だ。その場合、今までの自己の拠って立っていた世界の構造と有り様が全面的に検証の対象となる。弁護士はバートルビーに対して「恐怖」と「反発」を感じているが、彼が恐いのは自分の世界の外に出ることだ。テキストに即して言えば、語り手は、バートルビーに善意を施すために「できるだけのことをした」。しかし、たとえ、いろんなことをしても、語り手は自らの「常識と理性」の世界、言い換えれば、それらが存在する場である一九世紀のアメリカ社会と自らの仕事の有り様に対して疑念をもちそれを再考することは全くない。従って、彼の「常識と理性」の世界は全く動かない。むしろ語り手は同業者仲間の不平や注文に動かされ社会的評判に影響されて、バートルビーとの対応の仕方を決めている。つまり、アンダソンの言う、根源的人間の利己心よりも社会的職業的利己心につき動かされている、と言った方がよい。

バートルビーが「やりたくない」と言って背を向けたものは、法律事務所がアメリカ社会の縮図とすれば、産業資本主義が進展する一九世紀中葉のアメリカ社会であり、またそれを産み出した西洋近代文明全体だと言えよう。バートルビーが、作品の最後で噂話として読者に知らされる、ワシントンの配達不能郵便物の取扱係だったという話は、近代の特徴としての人間関係の断絶と孤立を浮き立たせる。K・ウィドマーは、バートルビーを「我々が規範的で、法的で、閉塞的な状況と考えているものを、絶えず、行ったり受けとめたりすることをしたくなかった人間であり、効果的に我々の文明の秩序を疑問視する人物」（Widmer 120）と見て、またバートルビーから、「偽善の意識と大衆技術官僚社会の中に幽閉された生命に直面した時に黙従することを拒否しなければならないということを学べる」という点で、バートルビーを「絶えざる拒絶の聖者」（a saint of such continuing refusal）（Widmer 125）と見て、ニヒリズムの観点からバートルビーの存在を高く評価する。しかし、バートルビーの社会の拒否とニヒリズムの中にウィドマーが言うほどのポジティブな意味をメルヴィルが持たせたとは思えない。というのは、バートルビーはただ社会と人間世界から退却していっただけで、そこにウィドマーが「否定の情熱には強い道徳性が含まれる」（Widmer 125）と言うような「情熱」や「道徳性」は感じられない。バートルビーのイメージは、物静かで弱々しい。「蒼白できちんとした」、「哀れむべき」、「奇妙に落ち着いた」「青白い」「穏やかな」「ほっそりして平静な」などのバートルビーの形容から、バートルビーは一九世紀のアメリカ社会に深く疎外され全くの孤絶のなかでこの世界に絶望し、自らの死に向って深い諦念にも似た心境だったと解釈する。彼が盲壁に見ていたのは、最初は近代世界の闇だったろうが、しばらくするとそれは単なる白い空白だったのかもしれない。すでにバートルビーには、ウィドマーの言うこの世界の人間や社会への改革の気持など微塵もなく、自らの身体をも含めてこの世的なものへの執着も関心も全くない。これは消極的ニヒリズムの極北であり、このすぐ向こうにはグノーシス主義の世界がある。

ミルトン・R・スターンは、バートルビーは「確立された世界の犠牲者であると共に存在そのものの犠牲者である」(Stern 35)と言い、さらに、次のように論じる。

> 私は思うのだが、物語の真の苦悶は、人間は十分に人間的であろうとする場合、立派だと考えられ確立されているヴィジョンの表面を打ち破らねばならないというメルヴィルの人生観からきていると考える。しかし、もしも、そうすることにより、真実が凍りついたばかげたものであり、新しいヴィジョンが全体主義的で偏執狂的で反抗的なものとなった場合、人間は、もっと致命的で恐ろしい非人間的状況に突入することになるのだ。(Stern 39-40)

スターンの指摘は、さきに筆者が説明した、エイハブ、ピェール、バートルビーと続く、メルヴィルのヒーローたちの生命の幽閉感と、探求の果ての徒労性と無意味さと非人間性に関する表現として適切なものである。この妥協を知らない徹底的な探求の危険性は、「真実の軌跡をあまりにも遠くまで追うことは人間のなすべきことではない。なぜならば、そういうことをしたら、方向を定める精神の羅針盤を全く失うからである」（『ピェール』（第四巻））と書いたメルヴィルには分かっていたはずである。

この作品におけるメルヴィルの立場は非常に危うく微妙なところにある。一方の語り手の常識と理性からなる日常性の世界は、産業資本主義が進展する一九世紀のアメリカ社会の縮図であり、メルヴィルの皮肉と揶揄の対象であるが、他方、バートルビーの世界にはメルヴィル自身がかなりの心情的親近感を抱きその方向に傾斜しながらも、完全にはコミットはできず、ぎりぎりのところで日常性の世界に踏みとどまっているという状態である。この作品にはかすかに、この世的な価値を超えるものを求める気配はあるものの、ネガティブの裏返しのポジティブも含めてポジティブな人間やイメージはない。近代文明社会批判と追及がここまでくると、メルヴィルは自己を擬装し韜晦しなければ、作品の世界にも現実の世界にも生きられない。

註

＊ Herman Melville, *The Piazza Tales.* New York: Hendricks House, 1962. 24. 以後、テクストからの引用は

この版により、ページ数のみを記す。

引用文献

Anderson, Walter E. "Form and Meaning in 'Bartleby the Scrivener'." *Studies in Short Fiction* 18.4 (Fall 1981): 383-393.

Arvin, Newton. *Herman Melville*. London: Methuen, 1950.

Barrett, Walter. *The Old Merchants of New York*. New York: Carlton Publisher, 1864.

Barth, John. *The Floating Opera*. New York: Anchor Books, 1988.

Berthoff, Warner ed. *Great Short Works of Herman Melville*. New York: Harper & Row, 1970.

Chase, Richard. *Herman Melville: A Critical Study*. New York: Macmillan, 1949.

Davis, Merrell R. and William H. Gilman. eds. *The Letters of Herman Melville*. New Haven: Yale University Press, 1960.

Dillingham, William B. *Melville's Later Novels*. Athens, Ga: The University of Georgia Press, 1986.

Evans, Walter. "Hawthorn and 'Bartleby: the Scribner'." *The American Transcendental Quarterly* 57 (July 1985): 45-58.

Fiene, Donald. "Bartleby the Christ." *The American Transcendental Quarterly* 7 (Summer 1970):18-23.

Franklin, Bruce H. *The Wake of the Gods: Melville's Mythology*. Stanford: Stanford University Press, 1963.

Gilmore, Michael T. *American Romanticism and the Marketplace*. Chicago and London: The University of

Chicago Press, 1985.

Grenberg, Bruce L. *Some Other World to Find: Quest and Negation in the Works of Herman Melville.* Urbana: University of Illinois Press, 1989.

Howard, Leon. *Herman Melville: A Bibliography*: Berkeley: University of California Press, 1951.

Leyda, Jay. *The Melville Log: A Documentary Life of Herman Melville.* New York: Gordian Press, 1969.

Leyda, Jay ed. *The Complete Stories of Herman Melville.* New York: Random House, 1949.

Marx, Leo. "Melville's Parable of the Walls." *The Sewanee Review* 61 (1953): 602-627.

Melville, Herman. *The Piazza Tales*. New York: Hendricks House, 1962.

——"Cock-A-Doodle." *The Apple-Tree Table and Other Sketches,* New York: Greenwood Press, 1992.

——*Moby-Dick*. New York: Norton Critical Edition, 1969.

——*Pierre or the Ambiguities*. New York: Hendricks House, 1962.

Mumford, Lewis. *Herman Melville*. New York: Harcourt, Brace and Word, 1929.

Oliver, Egbert S. "A Second Look at 'Bartleby the Scribner'." *College English* VI (1945): 431-439.

Ronda, James P. *Astoria and Empire*. Lincoln and London: University of Nebraska Press, 1990.

Stern, Milton R. "Towards 'Bartleby the Scribner'." Ed. Duane J. Macmillan, *The Stoic Strain in American Literature*. Toronto, Buffalo: University of Toronto Press, 1979.

Widmer, Kingsley. *The Ways of Nihilism: A Study of Herman Melville's Short Novels*. Los Angeles: California State Colleges, 1970.

Wright, Nathalia. *Melville's Use of the Bible.* New York: Octagon Books, 1974.
久米　博「反グノーシスとしての原罪意識」『現代思想』20-2、青土社、一九九二年二月。
ヨナス、ハンス『グノーシスの宗教』人文書院、一九八六年。

第三章　幽閉する黒い影
――メルヴィルの「ベニト・セリーノ」

I

ハーマン・メルヴィルの中篇小説「ベニト・セリーノ」は、一八五五年秋に三回の連載方式で『パットナムズ・マンスリー・マガジーン』誌に発表された。翌年、他の作品と共に『ピアザ・テイルズ』という題名で本の形として出版されている。

当時の書評一〇篇を見ると概して好評である。だが、既に大作『白鯨』（一八五一）と『ピェール』（一八五二）を発表していたメルヴィルの作家としての紹介のされ方が、初期の「南海冒険物語『タイピー』、『オムー』の作家」というのが三つあり、『白鯨』や『ピェール』が当時の読者に十分理解されず受容されてもいないことが分かるが、この作品集『ピアザ・テイルズ』の好評もその最大の原因が「『タイピー』と『オムー』以来彼が発表したものの中では最も読みやすい」(Leyda 515-23) ことにあるようであり、メルヴィルの苦笑と悲哀を見る思いがする。また、「ベニト・セリーノ」を個別的に取り上げているのはただ一つのみであり、それも「非常に痛ましいが興味ある作品」(Leyda 522) と評しているだけである。その後、この作品は他の作品と同様に、一九二〇年代のメルヴィルの再評価の時まで、約七〇年間、闇と忘却のかなたに没してしまうのである。

II

「ベニト・セリーノ」の本格的な批評の展開は一九二六年になされたハロルド・H・スカダーによるストーリーの出典の発見に始まると言ってよい。これによって多くの批評家たちは出典と作品そのものを比較、検討することによって、メルヴィルの出典からの変更の意図やそこから導き出されるテーマを考えようとした。

この作品の批評史において、次に重要な批評家はF・O・マシーセンであり、彼は黒人奴隷の反乱を如何に解釈するかという問題を以下のように提起する。

「ベニト・セリーノ」において、蒼白のスペイン人船長に善、反乱するアフリカ人の乗組員に悪が体現されていると考えることは、絵画的にまた劇的には効果があるにしても、不幸にも答えられない疑問が呈されることになる。黒人たちの報復攻撃は獰猛であり、セリーノ船長の心に黒い恐怖心を注ぎこむが、彼らは奴隷であり悪はもともと彼らに対してなされたのであるという事実が残る。メルヴィルが話の範囲内でこの事実を考慮に入れることに失敗しているので、長い緊張には満ちているが、この悲劇を比較的表面的なものにしている。(Matthiessen 508)

つまり、マシーセンは次のように指摘するのである。奴隷船サン・ドミニク号(the San Dominick)上で行うスペイン人船員を生きたまま海に投げ込み、奴隷所有者のアレキサンドロ・アランダを殺害し、その遺体を三日間で白骨化して船首像の代りに使い、他の白人船員に対して命令を聞かなければアランダのようにしてやると脅したりする等のバボーを指導者とする黒人奴隷の反乱の残酷さを見れば、それは黒人奴隷の犯す「悪」と考えてもよいが、しかし、黒人たちが犯した残酷な悪行は、実は白人たちが作った奴隷制度——白人の「悪」——に起因しているのに、この事実をメルヴィルが作品の中で考慮していない、と。メルヴィルがこの作品の中で白人の「悪」に言及していないのかどうかについては後述するとして、マシーセン以後の批評家たちは、彼がここで指摘した二点——黒人の「悪」と白人の「悪」——のいずれをメルヴィルはこの作品において重点的に考察しようとしたのかを論じ、その結果、概括的に言えば大きく二派に分かれてしまうのである。

前者、つまり黒人の「悪」に力点を置く批評家にはロザリー・フェルテンシュタインやアーサー・L・ヴォーゲルバックなどがいる。たとえば、フェルテンシュタインはマシーセンが提起した問題に答えて、メルヴィルはバボーや他の黒人の隷属状態についてはこの作品では考察の対象とはせずに、焦点を「特定の状況で活動する悪」(Feltenstein 254) に置いていると言う。フェルテンシュタインの見方からは、黒人反乱の首謀者バボーは「純粋な悪の現れ」ないしは「悪の根源」(Feltenstein 247-248) となる。他方、奴隷船サン・ドミニク号のスペイン人船長ベニト・セリーノはその反乱を体験することにより、「悪」の力に抵抗する力を持たずに肉体的・精神的に崩壊した「純粋だが無力な男」(Feltenstein 249) となる。ヴォーゲルバックの説はほとんどフェルテンスタインのそれと同じであり、彼はバボーを「純粋な悪の権化」と見なし、その全くの悪行においては「まさに（シェイクスピアの）イアゴーの生き写しであり、……また、セリーノ船長をバボーに体現されている悪によって破滅させられた高貴で繊細な性格の人間」（Vogelback 114）であると主張する。フェルテンシュタインとヴォーゲルバックは共に、作品の歴史的・文明的なコンテクスト、言い換えれば、西洋文明が生み出した奴隷制度を考察の対象に入れずに、この作品を善と悪の寓意小説と見ているのだ。

ジョーゼフ・シッフマンはフェルテンシュタインやヴォーゲルバックとは全く対照的な見解を持つ。シッフマンは、バボーの邪悪さには動機があるのであり、

> 彼は奴隷の自由を求める闘いのために奴隷の反乱を率いているのであり、彼のすべての残酷な行為の指示はこの目的からなされたのだ。バボーは悪なる世界のために悪人になったのだ。
> (Schiffman 318)

と言う。さらに、シッフマンは、メルヴィルはバボーと彼の仲間の奴隷を、よく統率された有能な人間として、また白人と同じように「悪」を犯すことのできる人間として取り扱うことによって、黒人を白人が所有するものや動物ではない人間として描いたのだと述べ、「バボーは『ベニト・セ

リーノ』においては、道徳的勝利者として現れる」(Schiffman 323) と指摘する。シッフマンの説は、ウォーレン・ドアズヴェドによって引き継がれる。ドアズヴェドは述べる。

彼ら(バボーと他の黒人たち)は知的で、闘いによって奴隷状態から抜け出る道を求めている決意の固い人間である。バボーはアメリカ文学の白人の作家たちによって作り出された偉大な黒人の戦士たちの一人として際立っている。……彼は劇的状況下における素晴らしく、見事な反乱の指導者である。……彼の勝利と敗北の行動は英雄的である。(D'Azevedo 139)

シッフマンやドアズヴェドの解釈は歴史的・文明的コンテクストを踏まえたものと言えるが、いずれにしても、一つの作品の解釈がその見方によってこれほど極端に分かれ、その主要人物が一方では「純粋な悪の権化」、他方では「偉大な黒人の戦士」とか「道徳的勝利者」と解釈されるのも珍しい。

このような両極端な解釈が生じるのは、もちろん、作者メルヴィルの作品の素材からのデタッチメントにその原因の一端はあるが、何よりもメルヴィルの事実や真理を偽装したり韜晦したりする傾向に起因していると思われる。また、ストーリーの構造そのものが推理小説ないしはゴシック小説仕立てで、アメリカ人船長アマサ・デラノがサン・ドミニク号上で、バボーを首領とする黒人奴隷たちの反乱の偽装と隠蔽とに対して如何に反応し、見抜き、鎮圧するかというのがこのストーリーのプロットとなっている。しかもデラノ船長は、スペイン船上で疑問や不安や恐怖を感じながらも黒人奴隷の反乱の偽装を大詰の土壇場まで暴けずに身を危険に晒すまでになるが、その偽装の瞞着に逢うのはデラノ船長だけではなく読者もそうなのである。メルヴィルにあっては、事実は偽装され隠され、真理は捉え難い。したがって、単純な二元論や二分法的読解は足を掬われる危険性がある。上記の黒人の「悪」ないしは白人の「悪」のいずれかに力点を置く寓意批評や歴史批評は、いずれも解釈が一面的であるとの誹りを免れないであろう。

寓意批評の共通の欠点は、黒人奴隷、特にバボーの「悪」を強調する余りに白人の二人の船長に対する批判的な観点がほとんど出てこないことである。というよりも、フェルテンシュタインやヴォーゲルバックなどはセリーノ船長を「悪」によって破滅させられた「純潔な人」、「高貴な人物」として殉職者のイメージさえ与えようとしているのだ。しかし、セリーノ船長は、奴隷制度という「悪」を生み出したヨーロッパ文明の中に生き、また当時の慣習に従ったとは言え、黒人を意のままにに隷属化し取引の対象とすることのできる白人の優越性と権利を受け入れてそれらを実際に行使していた奴隷船の船長だったのである。マシーセンが指摘したように、セリーノ船長は、黒人に対して最初の「悪」をなした白人側の一人であるという厳然たる事実が看過されてはならないであろう。また、デラノ船長は、「珍しく人を疑わない善良な人物」*であり、また、寛大な心を持った勇気ある好人物であるが、当時の白人の持つ常識的な社会通念としての黒人観に囚われており、黒人を「忠実でおとなしく」(六八)、「やさしい心と頑健な体格の持ち主であるが、……でも、愚かであり」(九〇)、「向上心はなく、議論の余地なく劣った存在だ」(一〇〇)と信じており、バボーを金で買いたいとセリーノ船長に申し入れたりする。つまり両船長共に、奴隷制度をほとんど疑問も感じずに受け入れていたのだ。デラノ船長が、反乱が偽装されたスペイン船上の荒廃した様子や黒人や白人の不穏な動きやセリーノ船長やバボーの不可解な態度から、救助するために行ったスペイン船で、しばらくして、自分が襲われるのではないかという疑惑から不安や恐怖を感じるが、それらの疑惑や不安の対象はつねにセリーノ船長であってバボーや他の黒人奴隷であることはほとんどない。このことはデラノ船長が、白人の常識的な黒人観に如何に囚われていたかを示すのであり、黒人奴隷を反乱など起こすことはありえない牛馬に近い下等なものとして見ていたことを表している。このストーリーは作品構成上、推理小説仕立て、それもデラノ船長による謎解きの物語となっているが、解かれていくのは反乱の真相だけではなく、謎を解く当のデラノ船長の常識に囚われ鈍麻した思考と感性が捲られ暴かれていくのだ。見るもの(=デラノ船長)が見られて、解くものが解かれていく作品構造の逆説と弁証法が分からなければメルヴィルの奴隷制度とその「悪」に対する告発は見えてこない。

他方、このストーリーのテーマを黒人奴隷の自由を求める闘いと見なす歴史批評に対しては、黒人奴隷が自由を勝ち取るためとは言え、彼らが犯す残酷な行為が道徳的に無辜なのかという問題が残されている。彼らは実際に奴隷所有者のアランダやセリーノ船長や他の白人乗組員に対して残酷・冷酷無比な行為を行う。暴動を起こした彼らは、木挺や手斧を用いたり、あるいは縛って生きたまま海に投げ込んだりして白人船員を殺す。またアランダを殺害して三日後には彼を白骨化して、それを新世界の発見者であるクリストファー・コロン——実際は、もちろんコロンブスのこと——の姿の船首像の代りにつけて、さらにそれを白人船員に見せてこのように言って脅すのだ。

ここからセネガルまで黒人に忠誠を誓え。さもないと、精神においても、肉体においても、お前たちの指導者の後を追わせてやる。（一一九）

さらにメルヴィルは反乱の首謀者バボーを次のように描写する。

黒人バボーは、最初から最後まで陰謀者（plotter）であった。彼は殺人の全ての命令を出し、そして、反乱の操舵と竜骨（the helm and keel of the revolt）となった人間であった。（一三四）

メルヴィルのバボーや彼の仲間の残酷・非道な行為の描き方は、ドアズヴェドのようなバボーを「英雄的戦士」として評価する視点はなく、たとえ彼らの反乱が隷属状態から自由になるためになされたものであっても、目的が正しければその手段がすべて正当化されるとはかぎらず、彼らは人間として無辜では決してありえない。したがって、歴史批評が指摘するようにバボーを「道徳的勝利者」とか「偉大の戦士の一人」と見なすことは少々行き過ぎであろう。バボーや他の黒人たちはリマの法廷で裁かれ有罪となり、バボーは処刑されるが、処刑後晒しものになる彼の頭はメルヴィルによって次のように描かれる。

何日間も、あの悪智の巣箱であったその頭は、広場の柱の上に晒されて、悪びれることなく、白人たちの視線を見返していた。（一四〇）

この描写は二点において興味深い。一つは、メルヴィルがバボーの頭を「悪智の巣箱」(the hive of subtlety)と表現していることであり、これは作者メルヴィル自身がここでバボーの冷酷さとその有罪性を明らかにしていると解釈してよい。他の一つは、「悪びれぬ」(unabashed)という言葉が、黒人奴隷たちの残酷な行為が彼らの置かれていた隷属状態から脱却し自由を勝ち取るための必然的・不可避的行為であったことを暗示していることだ。彼らの行為の中でも最も残酷な所業である奴隷所有者アランダ殺害と白骨化は、「彼らが自由を意識するためであり、……水夫たちを服従させておくため」(一一七)だという。バボーが「悪びれぬ」のは行為に必然性と確信があったからであり、彼と彼の仲間が行った白人殺害は、彼らが自由になるための必然的かつ不可避的な確信犯である。確信犯は、「道徳的・宗教的もしくは政治的義務の確信を決定的な動機としてなされた犯罪」(『広辞苑』)であるから、バボーらの「悪」は「悪びれず」に確信を持ってなされたのだ。つまり、自由を得るための白人殺害はやむをえないとするバボーや彼の仲間の反乱の動機そのものに既に「悪」が必然的なものとして内包されているのをメルヴィルは見抜いているのだ。

このように、バボーの頭の描写には、メルヴィルの黒人奴隷反乱についての見解が凝縮されて表明されているのである。初めに、白人が作り出した奴隷制度という「悪」がある。この「悪」に対するメルヴィルの告発は明白である。次にその「悪」に対して自由を求める人間の闘い(=黒人奴隷の反乱）が起る。一般的にはこの闘いは「善」とされ、この次元においては「善」と「悪」との闘いという二元論で解釈される。つまり、奴隷制度をつくった白人は「悪」で、それと闘う黒人奴隷は「善」である。この作品がこの次元の解釈で終われば歴史批評が成立する。だが、既に指摘したように、奴隷制度の「悪」に対するメルヴィルの認識とそれへの告発は明白であっても、メルヴィルはその「悪」と闘う黒人奴隷の反乱を単純に二元論的に「善」と見なしてはいないのだ。ここに歴史批評の立場では十分に解釈されない点が生じる。つまりメルヴィルは、自由への闘いという「善」に基づいたはずの黒人奴隷の動機そのものに殺人を是認する「悪」が内包され、また実際に奴隷制度の「悪」との闘いにおいて冷酷・残忍な「悪」が犯されていくのを見ているのだ。要するに、メルヴィルがここで提示しているのは、「善」と「悪」との闘いという図式ではなく、「悪」との闘いにおいて新たな「悪」がなされるという関係である。後者の「悪」は、たとえそれが必然的・不可避的「悪」であれ「悪」はあくまで「悪」なのであって、歴史批評のように自由という大義のため正当化されたり看過されたり容認されたりしてはならないのだ。他方、後者の「悪」の冷酷さが目立つからと言って寓意批評のように前者の「悪」、すなわち奴隷制度の作品における意味を軽視したり無視してよいというわけでもないのだ。メルヴィルがこの作品で見通しているのは、「悪」と「悪」との弁証法であり、その相乗作用である。「悪」が「悪」を呼ぶのだ。メルヴィルには「悪」と対比する「善」が見えずに、「悪」を際立たせ「悪」の上塗りをするもう一つの「悪」を見ているのだ。ここにおいて、自由への闘いという「善」が大きく後退してしまわざるをえない人間世界の暗い悲劇性をメルヴィルは描き出していく。

この作品の基調の色合いは暗い。実際にこの作品は、デラノ船長の船が水の補給のために立ち寄った無人島の全てが灰色の夜明の描写から始まる。鉛色の海に空は灰色、飛び交う灰色の海鳥が霧と一体となって黒い影をつくって、「それはやがてくるいっそう黒い影をも予兆していた」(五五)と描かれるが、その暗さは、基本的にはメルヴィルが人間の所業に見る「悪」の相乗作用に起因している。言い換えれば、人間が巨大な「悪」と闘う時には、闘う人間の方が「化物」(八三)にならざるをえないし、「善」は現れず「悪」は全然消滅することはない。これがこの作品のテーマの一つである。このテーマはこの作品のすぐ前に書かれた『白鯨』のエイハブと白鯨との関係や、『ピェール』におけるピェールと彼の置かれた状況との関係の中にも現れるテーマである。この当時のメルヴィルの人生観は非常に暗く、善なるもの、肯定的なものの登場は晩年に書かれ、死後出版された『ビリー・バッド』(一九二四)まで待たねばならない。

III

これまでマシーセンの問題提起を中心に白人の「悪」と黒人の「悪」の関係を考えてきたが、このストーリーには、二人の船長が代表する西洋文明の旧世界と新世界のコントラストがあるのは明らかである。

リチャード・ハーター・フォーグルは、この作品にある白のイメージ、例えば、「白く洗われた僧院」(五八)、「エゼキールの乾いた骨の谷間」(五七)、「白い人間の骸骨」(一二九)等には、スペインやセリーノ船長に代表される西洋文明の旧世界の「腐敗と死が象徴的に表れている」(Fogle 121)と考え、さらに、「セリーノの秩序観にいかなる美徳があるにせよ、それは現実世界においては色あせたものになっている」(Fogle 123)と言う。そして彼はこの旧世界が、寛大で楽観的で現実的な前向きの行動力のあるデラノ船長の人間性が象徴するところの若さとエネルギーと自由と希望を暗示する新世界のアメリカとコントラストをなしていると指摘する。この点は確かに二人の船長に関しては言えるであろう。次に、フォーグルはバボーの行為と旧世界との関係を次のように指摘する。

バボーの報復行為は挑発行為よりもずっと激しいものである。しかし、彼は、白の表すテーマの中では部分的ではあれ正当化される。(Fogle 122)

「挑発」を行うものは、もちろん、白人の作り出した奴隷制度でありそこには悪があるが、メルヴィルはバボーの「報復」にもその動機の中にすでに「悪」が胚胎しているのを見抜いていたことは既に述べた。メルヴィルがこの作品の中で考察しようとしているのは、「挑発」の中の「悪」と「報復」の中の「悪」との弁証法であり、その相乗作用として現れる冷酷無情な極悪行為である。したがって、バボーの行為が「部分的に」でも「正当化される」ような「善」なるもの、肯定的なものはこの作品の中では現れてこないのだ。むしろこの作品においてメルヴィルが描き出しているのは、「悪」との闘いによって「善」なるものないしは無辜なるもの(=反乱を起こす前の黒人たち)が傷つき損なわれて別の「悪」が新たになされるという人間の状況である。ハリー・レヴィンは、「挑発」と「報復」の関係において、「報復」する者が持っている「善」が損なわれて「挑発」を行う側の世界の悪に拘束されていくことを明確に論じている。

原罪とは恐ろしい挑発に対する復讐のために反撃することであったと思われる。だから、べニト・セリーノに反抗する黒人たちと同様に、また『詐欺師』のなかで、暴力に訴えるインディアン嫌いと同様に、ビリーもまた復讐者なのだ。『ハムレット』からピェールが学んだように、善人が復讐すればその善を傷つけずに保つことは決してできない。世界の悪と闘えば、必ず自らそれにからめとられる。反抗するにせよ、耐えるにせよ、善人は屈服させられるのである。(Levin 196)

ハリー・レヴィンは、『ビリー・バッド』のビリーについて論じているのだが、ここでレヴィンは、原罪はもともと人間が本質的に持っている罪性というより、原罪の前には恐ろしい挑発があり、それへの反撃や復讐という形で原罪が生まれる、という慧眼を示す。つまり、レヴィンは、アダムが犯す原罪の前には蛇の挑発、ないしは、「木の実を食べてはいけない」という神の禁止の言葉があったことを暗示しており、罪を犯す前のアダムや善人は挑発への報復という形で原罪を犯すのだ。レヴィンとほぼ同じ趣旨だが、さらに論旨を発展させて、悪と善の同じ暴力行為の連鎖を、ハンナ・アレントは、『ビリー・バッド』への論及の中で以下のように述べる。

メルヴィルは自分の物語の基本的問題をその序言の中で（フランス革命に言及して）語って

いる。すなわち、「旧世界に遺伝的であった不正を正したのちに……すぐさま革命自体が加害者となり、国王よりさらに抑圧的になった」のはなぜか？彼はその回答を、善は強く、おそらく悪よりも強いという点に求め、しかも、善は「根源悪」と同じく、あらゆる強さに固有の根源的暴力、そしてあらゆる政治組織の形態に有害な根源的暴力を持っているという点に求めた。これは善を温和さや弱さと同一視している人々には全く驚くべきことである。……諸君はこの暴力行為から悪の同じ連鎖が続いているということが見えないのか。（アレント　九一）

反乱を犯す前の黒人は、クラッガートに挑発される前のビリーに譬えられるが、善人ビリーが悪人クラッガートに挑発されてクラッガートを殴り殺すという暴力行為により罪を犯すのと同様に、バボーを中心とする善人の黒人たちも、反乱行為によって残酷な悪を犯すという、善も根源的な暴力をもっており、その善の暴力は悪を犯すのだ。アレントが言う「暴力行為からの悪の連鎖」と悪の相乗作用がこの作品の基本テーマである。

Ⅳ

この作品のもう一つのテーマは、黒人奴隷の反乱によって明らかになった「悪」を二人の新・旧両世界の船長が如何に認識するか、という点にある。

スペイン船サン・ドミニク号の船長ベニト・セリーノは、黒人奴隷の反乱によって受けた衝撃によって「肉体的・身体的に崩壊する」(一三七)。彼は、バチェラーズ・デライト号(the Bachelor's Delight)のアメリカ人船長アマサ・デラノに救助され、リマの法廷で陳述し、そこから解放された後も肉体的・精神的に回復せず、チリの故郷へ帰ることもなく、修道院に入り、そこで三ヶ月後に死ぬ。

彼の人生からの退行・隠遁は彼の内部にある世界観の崩壊、言い換えれば、彼の倫理・価値体系や規範の解体を意味する。彼の精神と肉体の完全な崩壊は、結論から先に述べれば、奴隷制度の「悪」の認識とその奴隷制度の「悪」と闘うことにおいてなされたもう一つの「悪」の体験による。

まず、第一は、西洋文明が生み出した奴隷制度の「悪」に対する認識である。セリーノ船長は、避けられない必要悪として奴隷制度の存在を合理化していたかどうかは別として、彼が奴隷制度を積極的に受けいれていた事は確かである。というのは、彼の商船の船長としての仕事は他の船荷と一緒に黒人奴隷を運ぶことだったからだ。さらに、彼の法廷での陳述は、彼が、デラノ船長と全く同じような、黒人奴隷を忠実でおとなしく御しやすい存在とする考え方を持っていたことを示している。

この航海においては慣習であったのだが、全ての黒人はデッキの上で眠った。そして、誰も足枷をつけてはいなかった。というのは、所有者である彼の友人のアランダが、黒人はみんな御しやすいと言っていたからだ。(一二五)

彼は黒人の反乱によって、彼の今まで当然のものと受け入れていた白人至上の考え方や黒人が劣等なものであるという考え方に致命的な打撃を受ける。彼は事件解決後、商船の船長としての仕事に戻れないし、さらに彼は、黒人は彼と同じように悪なる行為も含めて何でもできる人間であることを認識し、そしてその黒人を奴隷の状態に置いてきた西洋文明の虚偽と腐敗と堕落を認めさせられることになるのだ。彼の肉体と精神の急激な崩壊は、まず第一には、彼の倫理・価値体系と規範の解体と喪失に起因している。第二は、奴隷制度の「悪」に対抗してバボーや彼の仲間たちによってなされたもう一つの「悪」の体験が彼に与えた打撃による。デラノ船長によって救助された後、リマへ向かう航海の間に、セリーノ船長とデラノ船長が語った会話に次のようなものがある。

「あなたの考えは一般論過ぎる、ドン・ベニト。それも嘆かわしいくらいだ。しかし、過去のことはすんだこと、それから教訓を引き出すことはないよ。忘れなさいよ。見なさい、向こうの明るい太陽は一切を忘れているし、青い海と青い空、これらが新しいページをめくってくれますよ。」

「それらは記憶を持たないからです。」彼は滅入ったように答えた。「それらは人間じゃないから。」(一三九)

もちろん、答える方がセリーノ船長であるが、ここには二人の船長の事件の認識の相違が明確に表れている。すなわち、デラノ船長は事件を自然的に捉え、セリーノ船長は歴史的に考えようとしている。自然は変化し繰り返すのみだが、歴史は時を堆積する。人間はいつも時を孕んだ歴史的現在の中にいる。その歴史的現在において起こった出来事は「記憶」としてその人間の中に堆積する。マックス・プッツェルは指摘する。

ドン・ベニトは、記憶と、歴史と、中世スペインと近代のスペイン系アメリカの罪と、そして、親の因果の報いが子に及んだこと(the iniquity of the fathers that is visited upon the children)に閉じ込められているのだ。(Putzel 202)

「記憶」の堆積が人間の中にあることと、知ることは別問題である。知ることは自己認識に通じる。セリーノ船長は奴隷船の船長であったのだから、「悪」なる奴隷制度に関するいろんな経験の蓄積やその記憶が彼の中にあったはずであるが、その「悪」については、今度の黒人奴隷の反乱までは厳密な意味で知っていなかった。彼が知ったのは彼自身の中にある西洋文明の暗黒面、すなわち、その虚偽と不正と頽廃と悪であり、またそれらが実質的には「恐ろしい挑発をする」ことによってバボーや彼の仲間らの新たな残酷な犯行を産み出していくことである。セリーノ船長が、デラノ船長の、「あなたは救われたのです。何がそんな影をあなたに投げかけているのですか?」(一四〇)という問いに対して、ただ一言「黒人」(The negro.)(一四〇)と答える時、この「黒人」によって筆者が指摘したセリーノ船長が認識した意味内容が総称的に表明されていると言ってよい。まずこの「黒人」は、西洋文明が生み出した「悪」なる奴隷制度の犠牲となった黒人であり、次にこの「黒人」は、その奴隷制度の「悪」と闘うことによって新たな「悪」を犯すことになる黒人である。セリーノ船長のこのような「黒人」の認識は自己の内部の「悪」の認識と同様であり、これによって彼は、自己崩壊に至るのだ。

自己認識によって自己崩壊するという点で彼はピェールに似ている。ピェールは、それまで理想像として尊敬してきた亡父と彼に関する暗い事実——彼には父の遺児である異母妹イザベルがいるということ——を知ってからは、母親とフィアンセのルーシーとの牧歌的な幸福な生活を送ることができずに、イザベルと一緒にニューヨークへ出るが、そこで一途に崩壊の道を辿るのだ。メルヴィルは『ピアザ・テイルズ』の冒頭の作品「ピアザ」の中で、「真実は暗闇とともにやってくる」(一五)と述べるが、この「暗い真実」は、メルヴィルの作品の主要人物に強烈な自己批判と自己否定を強いるように思われる。

V

真実はデラノ船長には訪れない。メルヴィルはデラノを、「珍しく人を疑わない善良な人物」(五五)、「揶揄や皮肉などを使えない素朴な男」(七五)と説明する。彼がサン・ドミニク号の乗組員や黒人奴隷に気前よく水や食料や新しい帆を与えているのを見、また、勇気を持って反乱を起こした黒人奴隷からセリーノを救出するのを見れば、確かに彼は、善良で寛大で健康的で現実的精神の持ち主であることが分かる。しかし、彼の性格の最大の欠点は、彼が白人のアメリカ人の持つ常識や通念に完全に囚われていてそこから一歩も出ることができないことである。デラノの黒人についての態度をシッフマン、ドアズヴェド、プッェルは、それぞれ次のように論評する。

メルヴィルは、たぶんデラノをその時代の黒人に対するアメリカ人の態度の縮図にさせるつもりである。(Schiffman 322)

大きな技巧とアイロニーを使って、デラノは、彼の時代の典型的な北部白人の黒人に関する紋切り型の評価のスポークスマンにさせられている。(D'Azevedo 133)

メルヴィルはデラノ船長に黒人に対する、特に黒人の召使に対する典型的なアメリカ人の寛大な態度を帯びさせようとしている。(Putzel 203)

デラノは紋切型のプリミティヴィズムを信じており、黒人を「忠実なやつ」(六八)であり「生まれながらの召使いであり理髪師」（一〇〇）と考えているが、また「大きな願望はなく自足した狭い精神に根ざしている従順さと、時々明らかに劣等な者たちが生まれながらに持っている感じやすい盲目的な愛慕心」（一〇〇）を持ったものと見なしている。また、白人は生来「賢い人種」（九〇）であり、黒人は「非常に愚か」（九〇）と考えており、「人がニューファンドランド犬を愛するように」（一〇〇）黒人を愛したのだ。彼の善良さや寛大さや気前のよさは、黒人を白人よりも劣等な牛馬と余り変らないものとして差別する白人の社会通念の範囲内のものである。彼はスペイン人に対しても、「これらのスペイン人たちもみんな変わった輩であり、スペイン人という言葉そのものが変な響きを持っている」（九四）と言って優越性を感じているのである。彼の人種差別と区別は、シッフマンが指摘するように、「当時のアメリカ人の態度の縮図」であるのかもしれないが、この態度を持ちつづけるかぎり西洋文明が生みだした奴隷制度の不正と虚偽と「悪」を見抜くことはできず、それらと闘うことによって犯される新たな「悪」や無辜なる人間の堕落の意味するものは全く理解できないのだ。彼は「人間の邪悪さ」（五五）については盲目なのであり、自己の存在の暗部にある西洋文明の堕落については全く感知していない。この自己認識の欠落によって、黒人奴隷の反乱の偽装工作を土壇場まで見抜けないし——もちろん、この表面的な理由はデラノが牛馬に近い黒人に反乱ができるはずがないと思い込んでいたことである——、セリーノの絶望と衰弱

——実際には、自己認識による自己崩壊——の意味が理解できないのである。デラノには老水夫が索で作る結び目は決して解くことのできない「ゴルディオスの結び目」(Gordian knots)(九〇)なのである。

デラノは不正や悪をその中に含んでいる社会通念を、全然疑問を感じないで受け入れている善良で情け深く寛大な人物である。(この点ではデラノは「書記バートルビー」の弁護士に酷似している。)メルヴィルのこの作品における意図の一つは、言わばこの社会通念ないしは常識を十分に身につけて日常性の中にどっしり根をおろしている人間の内実を抉り出すことである。彼の善良さや寛大さはある状況においては邪悪さや冷淡さに容易に転化する。というのは、そもそも彼が拠って立つ社会通念やその常識そのものの中に明らかな虚偽と不正と悪が内包されているからだ。スコット・ドナルドソンは、デラノを自分の観点以外の他人の観点を理解できない、「基本的に共感する能力のない性格」と言い、さらに続けて次のように指摘する。

この途方もない楽観主義的見方に閉じ込められて、彼は、世慣れしたスペイン人のベニト・セリーノを抑圧する暗黒、黒いヴィジョンを理解できないのだ。(Donaldson 1083)

VI

セリーノやデラノの立場は「新世界の発信者であるクリストファー・コロンの姿の船首像に取って代って付けられた」アランダの骸骨に表れているように思われる。アランダの骸骨が象徴するものの一つは、西洋文明の腐敗と死であり、それはセリーノにあっては、現在の彼の倫理・価値体系・規範の解体とそれによる彼の死を暗示するものであり、デラノにとっては将来の彼の解体と死を暗示するものであろうが、デラノ自身にはその事が知覚できない。ハリー・レヴィンによれば、「(船首像の)骸骨の意味するものは、新世界にとっては、発見から腐敗へのコースの変更である」(Levin 189-90) ことになるが、さらに、リチャード・チェイスは、「アメリカ人が旧世界の精神的深みに無知であり続けると、新世界で成し遂げるものは不成功に終わることを、メルヴィルは推測している」(Chase 159) と指摘する。

メルヴィルは、バボーが計画し指導した黒人奴隷の反乱によって、先ず、奴隷制度の不正と虚偽と「悪」の実態を明らかにし、次にそれらと闘うことによって「善」が生じるのではなく、善良なる黒人たちが、さらに新たな「悪」を生み出していく暗い人間の状況を提示する。この弁証法的、ないしは、相乗的な「悪」の現れ方がこの作品の第一のテーマである。第二のテーマは、これらの「悪」を二人の新・旧両世界の船長が如何に認識したか、という「悪」の認識の問題である。セリーノは自己の内面に巣食う「悪」の認識によって崩壊する。他方、ドナルドソンが指摘するように、デラノには、「暗い真実は最初から最後まで分からない」(Donaldson 1086) のであり、デラノは、メルヴィルの痛烈な皮肉や揶揄の対象になっている。そして、アランダの骸骨からは、一九世紀中葉の新世界のアメリカにも既に堕落と腐敗の予兆が感じとれるのだ。

註

* Herman Melville, *The Piazza Tales*. New York: Hendricks House, 1962. 55. 以後、テクストからの引用はこの版により、ページ数のみを記す。

引用文献

Chase, Richard. *Herman Melville: A Critical Study*. New York: Macmillan, 1949.
D'Azevedo, Warren. "Revolt on the San Dominick." *Phylon* 17 (1956): 129-40.
Donaldson, Scott. "The Dark Truth of *The Piazza Tales*." *PMLA*. LXXXV (1970): 1082-1086.
Feltenstein, Rosalie. "Melville's 'Benito Cereno'." *American Literature* XIX (1947): 245-255.

Fogle, Richard Harter. "Benito Cereno." Ed. Richard Chase. *Melville: A Collection of Critical Essays*. N.J.: Prentice -Hall, Englewood Cliffs, 1962.

Leyda, Jay. *The Melville Log*. New York: Gordian Press, 1969.

Levin, Harry. *The Power of Blackness—Hawthorne, Poe, Melville* —New York: Vintage Books, 1960.

Matthiessen, F. O. *American Renaissance*. London, Oxford, New York: Oxford University Press, 1941.

Putzel, Max. "The Source and Symbol of Melville's 'Benito Cereno'." *American Literature* XXXIV (1962): 191-206.

Schiffman, Joseph. "Critical Problems in Melville's 'Benito Cereno'." *Modern Language Quarterly* XI (1950): 317-324.

Scudder, Harold H. "Melville's 'Benito Cereno' and Captain Delano's Voyages." *PMLA* XLIII (1928): 502-532.

Vogelback, Arthur L. "Shakespeare and Melville's 'Benito Cereno'." *Modern Language Notes* XLVII (1952): 113-116.

アレント、ハンナ『革命について』志水速雄訳、中央公論社、一九七五年。

第四章　毒を以て毒を制す方法
——フォークナーの『アブサロム、アブサロム！』

『アブサロム、アブサロム！』（一九三六）は、白人がインディアンの土地を奪い黒人奴隷によって国家建設をしてきたアメリカの、シドニ・カプランがメルヴィル論の中で指摘した「国家の罪」(the American national sin) (Kaplan 312) を問うというテーマを、サトペンの隆盛と没落のストーリーに仮託されたアメリカ南部の歴史と人種の問題の中に織り込んで、フォークナーが真摯に真正面から取り組んだ小説である。この作品は、アメリカ国家とアメリカ人全体を包含するテーマの大きさと深さの点とそれが（歴史書ではなく）小説の形で表現された意味では、おそらくアメリカで最大の、かつ最も重要な文学作品と考えてよいであろう。この作品には、四人の語り手によりサトペンの隆盛と没落とそれに関わる多くの人間の物語が語られるという技法上の問題や、奴隷制度による白人と黒人の人間的、人種的、社会的交わりに伴う差別や血の混交の問題、南部プランテーションの政治、経済的社会構造の問題、共同体の倫理的価値観の問題等、問題点は多岐にわたるが、この章では、サトペンの「デザイン」の内容に絞り、それが、土地収奪を中心とする「国家的罪」と罰と救済の在り方にかかわるものとして検証したい。

I　サトペンの反発と報復

サトペンの「デザイン」(design)は、サトペン一家が西ヴァージニアの山間部から、ヴァージニアのタイドウォーター地方に下りてきたときに、サトペンが大農園の館に父の使いにやられ、黒人の執事から裏口へ回われと言われた時に感じた屈辱感や反発心から生じている。サトペンは、このとき、「所有している人間が所有していない人間を見下し、……所有する少数の者が他人の生殺与奪の権や物々交換や売買の権利を握っていることばかりではなく」(一八〇)*、白人と黒人の間や、白人と白人の間にも差別や弾圧があること知り、また、その社会では、物を所有していない人間は「何の当てもなくこの世に排泄されてきた鈍重で醜悪な家畜のようなもの」(一九〇)とみなされる。このように所有の観念を根幹として、人間を差別したり獣性に閉じ込めたりする社会体制への批判や反発から「デザイン」を抱くのだが、このときサトペンは、反論の理論的根拠として、以下のような、西ヴァージニアの山間の価値観を提示する。

彼が住んでいたところでは土地はみんなのものだった。だからわざわざその土地の一部を囲ってここはわしのものだという人がいたら、それは気違いだった。それは品物についてもおなじことで、誰かが人より多く持つということはなく、誰もが自分の力に応じて持てるものを持ち、自分が食べたり火薬やウィスキーと交換するに足りるもの以上に取ったり欲しがったりすることは正気の沙汰ではなかった。(一七九)

これは、土地の共有と物の過剰所有を否定する原始共産制的価値観であり、サトペンは、この屈辱的経験から、それへの対応策として「推し量る基準」(一八九)を求め「自分の納得のいくような生き方をしてゆくために」思いついたのが、「ライフル・アナロジー」である。語り手のクエンティンは次のように語る。

(サトペンの)イノセンスが誰よりも落ち着いた語り口で、ライフル銃の喩話を使って彼にその問題の意味を教えたのであり、それゆえ〈やつ〉と言わずに〈やつら〉と言ったとき、それは午後じゅうずっと靴を脱いで吊り床に寝ていられるようなくだらない人間ども以上の意味を持っていたのである。つまり彼はこう思ったのだ――「もし立派なライフル銃を持っているやつらと闘うつもりなら、何よりもまず、借りるにしろ盗むにしろ、こっちもできるだけ立派なライフル銃を手に入れることが先決じゃないか?」「しかしこれはライフル銃の問題じゃない。やつがやっているようなことをやつらができるようにさせている物を、こっちも手に入れなければならない。やつらと闘うには、土地と黒んぼと立派な家を持つことだ。」(一九二)

これが、サトペンの「デザイン」なのだが、サトペンがここで表明していることは、闘うためのフェアー・プレイの精神であり、ライフル銃はそれを表す条件である。だが、クエンティンの父が言うように、「サトペンのトラブルはイノセンスであり……道徳の構成要素をパイやケーキの成分」(二一一)のようにみなし、サトペンが、闘う手段としてライフル銃の代わりに「土地と黒んぼと立派な家」を持つことだと言ったときに、この手段に纏いつき、また、手段が孕む歴史性や社会性や道徳性、つまりアメリカ南部のエートスを考慮せずに捨象し、単に「土地と黒んぼと立派な家」をライフル銃と同等においたときにサトペンは大きな論理矛盾の陥穽に堕ち込むことになると言える。堕ち込ませたのはサトペンをそのよう性格付けをした作者のフォークナーなのであるが、サトペンは土地や物を所有する側の差別と弾圧と闘うために、戦う相手が所有する根源的要素を所有しようとするのだから、所有をめぐる大いなる矛盾と分裂の中にはまり込む。

批評家たちのサトペン観と彼らの「デザイン」解釈を見ておきたい。例えば、デイヴィッド・ミンターは、「サトペンは、大農園所有者の力と偉大さと対等になること、ないしは、それを凌ぐことを求め、家族の、特に、父の失敗を避けようとしたのだ」(Minter 154)と述べ、サトペンをほとんどアメリカの成功の夢を求める人物に近い存在と考えるが、クレアンス・ブルックスは、「サトペンを心理的には転向者(convert)として規定し、……もしも大農園経営者を打ち負かすことができなければ、彼らと一緒になるのがよい。彼らと一緒になることによってだけ彼らを打ち負かすことができる、そう思ってサトペンは人生をタイドウォターのプランターになることに捧げたのだ」(Brooks 293)と指摘する。そして、ドナルド・カーティゲイナーは、「サトペンの想像力の及ぶ範囲は、彼が山間部の故郷から低地へ移り彼がその社会の一部分になる特定の社会のデザインへの信仰であり、サトペンの行動は支配的な社会システムの中に素朴に自分を閉じ込めることであり、そしてこの社会システムを彼はその眼に見える構造を除いては理解できないものなのだ」(Kartiganer 88)と言う。このように、これらの批評家たちは、サトペンの大農園社会への闘争的精神をほとんど評価していない。そしてジョン・T・アーウィンは、「サトペンが少年のときに受けた侮辱への報復のターゲットは、生まれの良さや遺産としての富という人為的な有利な立場である。……サトペンは、一人の人間を別の人間より劣ったものにするその人為的基準に報復をしようとするが、彼は、その基準を取り払おうとはしないし、むしろ、ダイナスティーを設立し、自分の家族のために優れた人為的基準を確立しそれを息子に譲ろうとするという、サトペンの解決策のパラドックスに我々は直面する」(Irwin 51)と言う。アーウィンはサトペンが受けた大農園主の館での屈辱が、「生まれの良さや遺産」という人為的な基準によるものであることは踏まえながらも、その後のサトペンを、ただ大農園社会体制の権力構造の中に入っていく人物としてしか捉えていない。だが、サトペンがその人為的「基準を取り払おうとしない」という指摘は面白い指摘だが、南部の大農園体制という全体主義ないしは絶対主義的ともいえる社会組織が、個人の行為によって簡単に「取り払うこと」ができるものかどうかについては、後述する。また、J・ヒリス・ミラーは、「彼のファナティカルな目標達成の行為によってこのストーリーは、アメリカの夢の誇張された南部ヴァージョンとなっている」(Miller 262)と言う。このような批評に共通する問題は、サトペンの「闘う」姿勢とライフル・アナロジーによるその方法が抱える矛盾と分裂が明確に説明されていないことである。サトペンの行動で考えなければならないのは、サトペンが大農園社会へ批判や反抗をしながらも、形の上で、その批判や反抗の対象の側に立つ、俗っぽく言えば、反抗しながら敵側につくというサトペンの矛盾や分裂をどう解釈するかということが問題である。

サトペンは、「デザイン」達成のためにはかなりの大金が必要だから金儲けのために西インド諸島に行き、そこでサトウキビ農場の経営者の娘と結婚するが、最初の妻に黒人の血が混じっているという理由で妻と息子(チャールズ・ボン)を捨てる。そして、ミシシッピのジェファーソンに来て二度目の妻エレンと結婚し、ヘンリーとジュディスという子供ができるが、大きくなったジュディスに最初の妻の息子ボンが接近し、二人の間に恋愛と結婚の問題が生じ、近親相姦と異種族混交(miscegenation)の問題が起こる。その結果、ヘンリーがボンを射殺して、ヘンリーはサトペン屋敷から出奔するので、サトペンの「デザイン」は再度崩壊する。最初にライフル・アナロジーを話した時から三〇年後になるが、老人となったサトペンがクエンティンの祖父であるコンプソン将軍の事務所にやってきて、コンプソン将軍に語った話をクエンティンは、次のように語る。

玄関払いをくらった少年の話というのは、実はびっくりしてやけっぱちになった子供がでっち上げた作り話(figment)に過ぎず、サトペンの今の心境としては、あの少年を、二度と白亜の家の玄関の外に立ってノックしなくてもいいように中へ入れてやり、……永久にドアーを閉めそこで、その少年の名を聞くことすらないかもしれない彼の子孫たちが、静かな秘密の光に包まれながら自分たちがとうの昔に獣性から永久に決別しているという事実すら知らずに生まれいずる日をじっと待っている遠い未来を、見つめることができるようにと願っているということだった。(二二〇)

ここはクエンティンの語りの箇所だから、クエンティンのサトペンへの気持ちが投影されているのでサトペンの気持ちはある程度割り引いて考えなければならないが、サトペンのかなり人間らしい細やかな他者への配慮や精神状態が語られている。サトペン自身が、後から来る少年を差別のない世界に導くという、自分の話を人間味のあるヒューマニスティックな話に変更し歪めているので、サトペンらしい荒々しさがなくなっている。特に、ここでは、二点が重要でその一つは、少年の話は「やけっぱちになった子供の作り話」として、サトペンが自己の過去の経験を客観的なストーリー化していることで、他の一点は、サトペンとその子孫が「獣性」から脱却している状況を強調しており、一読すると社会体制の内側に入り大農園主になることが目的で、社会体制への反抗や報復がほとんど消えているように見えるが、人間を差別化して「獣性」に閉じ込めるのも大農園社会の体制なので、この「獣性」の問題は、地球上の生き物に対して人間に支配権を与えている聖書的世界観の強い世界では、「獣」的存在とみなされたことは人間以下とみなされることと同じで、強烈な屈辱感を味あわされることになる。ダーク・キューイック・ジュニアは、この原文の引用の箇所を重視し、サトペンの大農園社会への反抗は、人間を獣性から解放することにあった、と主張するが(Dirk Kuyk Jr. 209)、このようなヒューマニズムと他者への配慮と深い人間の認識を持つことはイノセントなサトペンにはそぐはないし、無理であり、また、このような認識があれば彼のような荒々しい行動は出てこないのではないかと思う。サトペンはこの少し先で大農園社会体制への基本的な反発や報復の気持ちは子供のころと変わらなかったことを、次のように語る。

わしは自分の計画を推し進めている途中で、自分でも知らないうちに一杯食わされていたある事実に直面し、それを認めざるをえませんでした。その事実はわしの計画の絶対的な、取り返しのつかない否定を意味していました。……それは、わしの目には、五〇年前にあのドアに近づいて追っ払らわれたあの少年を愚弄するもの、裏切るものとしか映りません。そもそもの計画なるものは、あの少年の復讐(vindication)のために立案され推し進められてきたものです。(二一九—二二〇)

「一杯食わされた」というのはハイチでの最初の妻に黒人の血が混じっていたことだが、それを認めることは、少年の復讐のために「立案され推し進められた」計画を「愚弄し、裏切るもの」とサトペンは言う。ここのサトペンの話では、少年サトペンが抱いた社会への反発や復讐は老人サトペンの中にまだ強く生きていることを示している。他方、ここでのサトペンは、黒人の血を強烈に否定し嫡出の白人の男子を持つことにこだわり、南部大農園社会の父系制一族形成（いわゆるダイナスティー形成）への強烈な意志も示している。サトペンはここでは差別し弾圧する側に立っているから、サトペンの「デザイン」がどこかで変更ないしは変質したことも表している。つまり、少年サトペンの復讐心が老人サトペンの中にも一貫して延々と流れていたのであれば、典型的な大農園主になり、人種差別と父系制一族形成に邁進するサトペンの姿は、大きな矛盾と分裂を生きたと解釈するか、ブルックスが主張するようにサトペンは「転向した」と解釈するか、それとも、醜い大農園主を自ら実践して見せたサトペンの自己韜晦の姿と解釈するしかないであろう。サトペンの分裂や矛盾をどう解釈するかが問題である。

II　サトペンの“passion”（情熱と受難）

サトペンが落ち込んだ論理の陥穽は、「土地と黒んぼと立派な家」を持つことへかけた彼の大きなエネルギーと行動と情熱（passion）が大きければ大きいほど逆にその情熱をかけた対象に捉えられて呪縛され支配されるという心理のメカニズムが働いたところにある。それは、人間が国家や社会を相手にして戦う場合や、神と対峙する場合など、人間が非常に大きな対象と対決する場合に起こる心理で、情熱と受難という（passion）の二面性がサトペンの中で起こったと考えられる。つまり、このときのサトペンの「土地と黒んぼと立派な家」を所有することにかけた情熱は、逆にその情熱の対象から捉えられて受難となる。さらに、手段が目的に変化し「土地と黒んぼと立派な家」を持つことにとりつかれ、サトペンは、デモニアックにまさに狂奔し暴走することになる。ジョン・T・マシューズが、「アメリカとイギリスはサトペンが生まれた一八〇七年には新世界での国際的奴隷貿易を禁じており、アメリカ国内の合法的な奴隷売買は国内の奴隷に限られたが、町の人たちがサトペンに反対したのは、サトペンが非合法な奴隷売買で手に入れた黒人奴隷を持ちこんだからかもしれない」（Matthews 250-251）と言っているが、この点ではサトペンは手段を選ばない暴走を行っており、そして、その手段に絡みつき纏いついている南部大農園制度のエートス（南部の歴史と社会と精神）にサトペンは不可避的に捉えられ、呪縛されていくのではないかと思われる。サトペンにとって、最初に「デザイン」を心に抱いたときに、南部の大農園社会体制に対する復讐とそのために彼が持とうとした手段は、最初から最後まで基本的には変わらなかったのではないか。そして、変わらせなかったのは彼のイノセンスであり、そして、イノセンスという人間性をサトペンに与えたフォークナーである。サトペンのイノセンスは彼から広く深い知識や認識力を奪い、その代わりに、莫大なエネルギーと行動力を与えている。サトペンが、イノセントな人間ではなく、常識や理解力と、他者への思いやりや配慮があり、クエンティンのように、南部社会の病根を理解し、その「南部が堅牢な道徳の岩ならぬ日和見主義と道徳的山賊行為の流砂の上にその経済構造を建立してきた」(二〇九)というような南部社会に対する深い洞察力があれば、サトペンの様な、取り付かれ、デモニアックに狂奔し暴走するエネルギーは出てこないであろう。

III　フォークナーのサトペン観

ここで、フォークナー自身のサトペン観を見ておきたい。サトペンはローザの話では悪魔的な人物、クエンティンの父のコンプソン氏によれば、ギリシャ悲劇的運命に支配された人物として描かれるが、フォークナー自身は、サトペンをそれほど悪者とは述べておらず、サトペンは人間の家族の一員ではなかったので憐れむべき人間だが、人間としては「大きな人物」といい、(big)という言葉を数回使っている。フォークナーは次のように言う。

彼（サトペン）は報復すること（revenge）を望んだ。また、かれは、人間精神は不滅であり、彼が人間である限り人為的な基準や環境が原因で他の人間に負けるわけにはいかなかったのです。（Gwynn and Blotner 35）

さらに、フォークナーの作品のうちもっとも悲劇的な人物はだれかと聞かれて、フォークナーは「一人だけを選ぶことはできないが、サトペンとクリスマスとディルシーの三人の中にある」と言っているが、フォークナーがサトペンを彼の作品の中で最も悲劇的な人物だと言っていることは、「人為的な基準や環境」という人間が作った制度や基準によって不滅の精神を持つ人間の優劣や価値を決めるという社会状況に対してサトペンが挑戦したことにフォークナーはサトペンの悲劇性を見ているのではないか、と思われる。サトペンは肩書や財産や社会的地位によってではなく、彼自身の体力と意志と精神によって南部大農園社会に挑戦し、その「制度」を越えようとしたところに、ヒューマニズムを超えた悲劇性を帯びることになるように思える。

Ⅳ「毒を以て毒を制す」方法

サトペンの「デザイン」は、前に述べたように、批判の理念や精神的根拠としては、西ヴァージニアの山間部で養われた原始共産制的な土地の共有と、個人の意志と体力と精神力を判断の根拠にしている。この点が典型的に現れているのが、サトペンが黒人奴隷と何度も行う殴り合いの行為だろうが、この原始共産制的土地共有の考えは、『行け、モーセ』の中の、アイザック・マッキャスリンの考えに似ている。マッキャスリンは、土地の相続権を放棄し、土地は本質的に個人が所有のものではなく、父やバディおじさんやインディアンのイッケモチュッベのものでもなく、土地は売買の対象にならないものだという考えを示す。

おいらには振り捨てることなんかできはしないよ。振り捨てることができるようなおいらの持物であったためしは一度もないんだからな。それは、父さんやバディおじさんの持ち物であったためしも一度もなくて、父さんやおじさんにもおいらが振り捨てるようにそれをおいらに遺すなんてことはできなかったんだ、というのは、それはじい様の持ち物であったためしも一度もなくて、じいさまにも、父さんやおじさんに残して、おいらが振り捨てるためにそれを後に残させるなんてことはできなかったからだし、それはまた、イッケモチュッベじいさんの持ち物でもなくて、イッケモチュッベじいさんにも、遺したり振りすてたりされるために、じいさまに売る権利はちっともなかったからなんだよ。(『行け、モーセ』二五六―二五七)

そして、マッキャスリンは、その根拠として聖書の考えを持ち出して、次のように言う。

なぜって聖書の神様の言葉によると、神様は大地を創造し、それをこさえそれをご覧になって、これでいいと言いなすってから、それから人間をお創りになったからだ。神様は大地をお創りになって、口のきけぬ生き物を住まわせになってから、それから、神様の代わりに大地を監督して大地に住む動物を神様の御名によって支配するように人間をお創りになったんだよ。……その大地を、同朋という誰の名前も特別についていない状態で、損なわれない、お互いのものとして保っていくようにというわけだ。(『行け、モーセ』二五七)

この個所は、旧約聖書の創世記の第一章一節(神の天地創造)と二七節(神の姿にかたどって神が人間を創造した箇所)、二八節(神が地上の生き物を創造し人間にその生き物の支配権を与えたという箇所)である。教会には三度しか行かなかったサトペンには信仰心はなかっただろうが、マッキャスリンとは土地の共有という考えでは一致し、それが大農園制度に対する否定と反発の理論的根拠になっている。特に、「その大地を、同朋という誰の名前も付いていない状態で、損なわれない、お互いのものとして保っていくように」というところに、土地の私有を拒否する考えが出ている。

ところで、アイザック・マッキャスリンが、聖書に基づいて土地の私有を否定したその全く同じ創世記の箇所が、プリモスその他の土地を白人がインディアンから収奪していく際の理論的根拠であったと、ピューリタン研究者のアンドリュー・デルバンコは次の様に指摘する。

(ピューリタンの)プリモスの領土保有の権利の防衛は、……創世記第一章二八節「大地を満たし支配せよ」(replenish the earth and subdue it)の伝統的な読解に基づくものであり、この考えから、すべてのイギリス人の植民者たちは、ピューリタンであろうがなかろうが、土地を徘徊し荒廃させている野蛮人から「使用されておらず、手入れもされていない土地」を奪い取ることを是認した。(Delbanco 90)

つまり、デルバンコによれば、野蛮人（インディアン）は「土地を徘徊して荒廃させており」それは、聖書の言葉の「大地を満たし支配する」ことにならないので、白人がインディアンから土地を収奪することは正当な行為であり、それは神によって認められたことだったと考えたのだ。ここには、定着的農耕生活ではなく狩猟を生活形態とするインディアンたちを、白人の立場から一方的に否定し、しかも、その正当化に神を持ち出す白人の常套手段が見て取れる。マッキャスリンは、土地の個人所有に纏いつく「南部の呪い」や罪と罰から解放されるために、言い換えれば、大農園制度とそれに付随する諸悪との関係を断つために、その制度の根幹にある土地の継承権を放棄し、大工になって精神的にはその外に出ようとするが、西洋の土地私有の歴史を考えると、これは全くの抽象的、観念的な理想論であり、現実的に批判の対抗軸を形成するにはあまりにも無力である。

サトペンは、逆に、反抗し報復しようとした当の相手である大農園制度の側に形の上では入り込む。サトペンには、この敵側に就くという方法ではなく、原始共産制の土地共有の考えと個人の力と意志と精神力と、平等主義的理念に基づき、これを推し進める形の南部大農園社会への対抗と報復の姿勢を、南部社会とは距離を置きながら、場合によっては、南部社会の外部から、対立的な姿勢をとり続けるという方法も理念的、ないしは、理論的な考え方としてはあったはずである。だが、サトペンはこの方法をとらない、というより、イノセントな性格付けした作者フォークナーがとらせていない。その理由は、おそらく、大農園制度は、土地の個人所有を根幹とする、政治的、経済的、社会的な、南部全体に広がる非常に強力な制度であり、しかも、それは神によって正当化されている制度だから、それに対して、土地の共有と個人の力と意思と精神力という対抗軸を打ち出し、しかも、たった一人で反抗するに及んでも当時のアメリカ社会では、何等の有効性を持ちえない、まったく無力な方法であるということを、フォークナーが考えていたからではないかと思われる。マックス・ウェーバーが「旧い権力の力を奪取することは、合法的上司にたいするカリスマ的指導者の反抗とカリスマ的追随者の創出をつうじてのみ可能であった」（ウェーバー　七一）と言うように、社会体制や権力を転覆する革命的行為には、権力の中枢にいる者たちの反抗が不可欠なのである。

それで、フォークナーがとった方法は、外形的には、サトペンという南部大農園社会に遅れてやってきた者に、その大農園社会の構成要素である、土地と黒人奴隷と大きな館と白人の妻と嫡出の男子等を、より純粋でより巨大な形で獲得させようとすることによって、その既存社会の現実や社会の構成員との間の時間差や意識のズレや歪み等を通して、南部大農園社会が持つ土地所有、黒人奴隷、人種差別、等の問題点を浮き彫りにすること、それは、南部社会体制に対してその社会体制の典型的なものをぶつけることであり、「毒を以て毒を制す方法」、言い換えれば、毒を明らかにして毒を洗い流す方法であり、この方法をフォークナーがとり、その方法を実践させられたのが、サトペンであったといえるのではないか、と思われる。

スラヴォイ・ジジェクは社会体制の転覆方法を次のように言う。

〈法〉を転覆する方法には二つの方法がある。「男性的」方法と「女性的」方法である。人は禁止を破る／踏み越えることができる。これは〈法〉を支える内在的な逸脱である。……これよりはるかに転覆的なのは、許されていることを、すなわち既存の秩序が明確にしていることを、単純に行うことである。……〈法〉に対する侵犯行為は、〈法〉に徹底的に従うことに比べるとなんて穏やかなのか、ということである。（ジジェク二〇九―二一〇）

ジジェクの言う「法」を「社会体制」に置き換えれば、サトペンは最も過激な体制転覆の方法を採ったのではないだろうかと思う。フォークナーもアメリカ南部の問題、というより、アメリカそのものの問題の解決方法は、南部体制に対立的な方法や理念よりも、この「毒を以て毒を制す」方法しかないのではないかと考えていたように思われる節があるのは、『行け、モーセ』の中で、アイザック・マッキャスリンに、先ほど引用した土地所有を否定する考えを出した直後に、土地所有に伴う諸悪をアメリカ南部の問題ないしはアメリカそのものの問題としてとらえ、南部の大地が呪われていることは、白人がヨーロッパからその呪いをアメリカに持ち込んだことによるのであり、フォークナーはマッキャスリンに、次のように言わせている。

白人の呪いを解くのはただ白人の血だけしかありえず、ただ白人の血だけがそうする力を持っていたということは、正義以上のこと、復讐以上のことだったかもしれないんだ。……というのは、神様はちょうど医者が熱を以て熱を燃えつくさせ、毒を以て毒を制する（poison to slay poison）ように、悪を持ち込んだその血を使って悪を破壊しようとなすったからだ。（『行け、モーセ』二五九）

白人がアメリカに持ち込んだ呪いは白人の血によってしか贖れないが、アメリカの南部体制の悪は、南部体制のそのものの悪によってしか償れず、修正されることもないのだ。

Ⅴ　所有が富であり、快楽であり、自由であり、救済であること

サトペンは、西ヴァージニアの山間部からヴァージニアのタイドウォター地方の大農園社会にぶつかるのだが、イギリス人によるアメリカ最初の植民地であったヴァージニアの植民地は、一般的には、歴史家によれば商業的企業であり、純粋な事業計画であったと考えられているが、ピューリタン学者のペリー・ミラーは、ヴァージニア植民地形成も、ニュー・イングランドと同様に神の意志の実践という宗教行為である面が強く、特に、「一六〇〇年から一六二五年の人々にとって、新しい土地は富であるとともに救済（redemption）でもあり、社会と組織の外に出る仕事は、救済（salvation）への努力以外は認められなかった」（Miller 101）と言う。さらにペリー・ミラーは、ニュー・イングランドでのキリスト教と社会階層について、次のように指摘する。

ジョン・ウインスロップは、「どのような時代でも、ある者が富み、ある者が貧しく、ある者に威厳があり、他の者は貧しく服従すべきである」ように、神は人類を社会階層のヒエラルキーに組み込んだという命題を、説教の「教理」として選び、そのような使命が託された基本

命題とした。(Miller 4-5)

この指摘は、一七世紀初期のピューリタニズムの教義だから、一九世紀のアメリカの南部社会でこの教義がどれほど強く生きていたかは定かではないが、前に引用した、旧約聖書における神の天地創造と、神の姿に似せて作った人間に地上の生き物の支配権を与えるキリスト教には人間を被造物の頂点におく世界のヒエラルキーの構造の考えがあり、また、マックス・ウエバーが言う、禁欲的なプロテスタンティズムに特徴的な、世俗的な職業のうちに自らの宗教的救いを確認しようとする考え等を考慮し、そして、実際に、『八月の光』に登場する、マッケカンやドック・ハインズなどの狂信的キリスト教徒を抱える宗教色の強い南部等を考えるとペリー・ミラーの言う、「神は人類を社会階層のヒエラルキーに組み込んだ」という考えは、南部社会ではかなり強力に生きていたのではないか、と考えられる。また、スティーヴ・エリクソンが『Xのアーチ』のなかで、「自分が所有するものからのみ、人は快楽を得る自由を持つ――それがアメリカの自由の本質なのだ。所有するものによってのみ自己を定義することが、やがてアメリカの本質になるように。」(Erickson 38) と言っているが、『アブサロム、アブサロム!』におけるアメリカ南部社会の人間は、土地や物を、まずは「富」として所有し、それらを所有することは「快楽」であり、また、「自由」

をもたらすものであり、そして何よりも、「救済」につながったのだと、考えられる。そして、南部の人間は、土地を中心により多くのものを所有する者が、社会階層のヒエラルキーの中のより高い地位におり、そのことが、神の御許により近づくことであるという宗教理念に支えられた社会的、経済的、精神的体制、の中に生きていたと言える。さらに、トルーマン・カポーティの『冷血』の中の殺人犯ペリー・スミスが手帳にメモしていたアール・スタンレイ・ガードナーの「あらゆる特権を以て自由を享受している者は、その自由が奪われていることがいかなる意味をするのかを理解することは不可能である」(Capote 147) という言葉は、アメリカの自由と所有の強い結びつきと、自由を持つ者の特権とそれが奪われている者が排除され追放される社会体制を明示する。このアメリカとアメリカ人の所有をめぐる問題は、本質的にまた根源的なところでアメリカの自由と平等を旨とする国家理念と決定的に矛盾し抵触する面を持つ。したがって、このような状況の中で、土地や物を所有しない者は、たとえば、貧乏白人のウォッシュ・ジョーンズは、富も快楽も自由も救済もない虫けらみたいな存在になる。サトペンはこのような社会に対して徹底したアンチテーゼを生きて、ついには、逆にその社会から捉えられた人間だと考えられる。

サトペンの問題は、土地所有が中心となった政治、経済、社会を中心とする巨大な社会システムに個人が反発し対抗しようとした時に、特にその社会のシステムが神によって正当化されているものであれば神への挑戦にもなるが、サトペンは、情熱の対象に取り付かれることと神への挑戦という点で、『白鯨』のエイハブに酷似する。この場合、挑戦するサトペンのほうもエイハブと同様対象から呪縛され悪魔的な化け物にならざるを得ない点を、語り手の一人のローザは敏感に感じ取り、サトペンを、悪魔、あらゆる不幸の原因、悪の張本人、食人鬼等と呼び、サトペンの悪魔的な側面を強調したのだ。そして、他方では、サトペンは、この点でもエイハブに似ているが、必然的に温かい人間の家族から逸脱していった人間として憐れむべき存在である、とフォークナーは言ったのだろうと、解釈する。

この大農園制度という社会システムに対抗する手段は何かというと、マッキャスリンが言うように、「白人の呪いを解くのは白人の血だけしかありえない」し、「毒を以て毒を制す」方法しかなく、南部の奴隷制度に基づいた大農園制度は大農園制度の中にいるものが内側から徹底的に批判し検証することからしか問題の解決はなかったのだろうと思う。クエンティンが言うように、「南部が堅牢な道徳の岩ならぬ日和見主義と道徳的山賊行為の流砂の上にその経済構造を建立した」のであれば、南北戦争がなくても、いずれ、アメリカ南部は内部崩壊する運命にあったものと考えられる。

註

* William Faulkner, *Absalom, Absalom!* New York: Vintage International, 1986. 180. 以後、テクストからの引用はこの版により、ページ数のみを記す。翻訳書としては、『世界文学全集4　フォークナー』篠田一士訳、集英社、一九六六年、を参照させていただいた。

引用文献

Brooks, Cleanth. *Toward Yoknapatawpha and Beyond*. New Haven and London: Yale University Press, 1978.

Capote, Truman. *In Cold Blood*. New York: Vintage International, 1965.

Delbanco, Andrew. *The Puritan Ordeal*. Cambridge and London: Harvard University Press, 1989.

Erickson, Steve. *Arc d'X*. London: Vintage, 1993.

Faulkner, William. *Go Down, Moses*. New York: Random House, 1942.

Gwynn, Frederick L. and Joseph Blotner, eds. *Faulkner in the University*. New York:Vintage Books, 1959.

Irwin, J. T. “Repetition and Revenge.” Ed. Fred Hobson. *William Faulkner's Absalom, Absalom!: A Casebook*. New York: Oxford University Press, 2003.

Kaplan, Sidney. “Herman Melville and the American National Sin.” *Journal of Negro History* 41 (1956): 311-338, 42 (1957): 11-37.

Kartiganer, Donald M. *The Fragile Thread: The Meaning of Form in Faulkner's Novels*. Amherst: The University of Massachusetts Press, 1979.

Kuyk Jr., Dirk. "Sutpen's Design" Ed. Fred Hobson. *William Faulkner's Absalom, Absalom!: A Casebook*. New York: Oxford University Press, 2003.

Matthews, John T. "Recalling the West Indies: From Yoknapatawpha to Haiti and Back." *American Literary History* 16 (2004): 238-62.

Miller, J. Hillis. "Ideology and Topography in Faulkner's *Absalom, Absalom!*." Eds. Donald M. Kartiganer and Ann J. Abadie. *Faulkner and Ideology: Faulkner and Yoknapatawpha, 1992*. Jackson: UP of Mississippi. 1995. 253-76.

Miller, Perry. *Errand into the Wilderness*. Cambridge, Massachusetts and London, England: Harvard University Press, 1956.

Minter, David. *William Faulkner: His Life and Work*. Baltimore and London: The Johns Hopkins University Press, 1980.

The Holy Bible. King James Version, American Bible Society.

ウェーバー、マックス『権力と支配——政治社会学入門——』有斐閣、一九七四。

ジジェク、スラヴォイ『脆弱なる絶対』青土社、二〇〇一年。

第五章　幽閉するアメリカ南部エートス
――フォークナーの『八月の光』

I

『八月の光』（一九三二）がフォークナーの最大傑作の一つであることは万人の評価の一致するところであるが、形式と内容の緊密な一致に重点をおく従来の小説観に囚われた見方からすれば、それがこの小説にはいささか欠けていることは否めないようである。例えばアルフレッド・ケイジンは、フォークナーの技巧が熟慮した一貫性のある目的から生じているというよりもむしろ「曖昧で放埓な混乱」（Kazin 457）から出たものである、とかなり手厳しい批判をしているが、この小説においても上部構造としてあるいくつかの話――よく批評家が作品の主要な「三つの構成要素」

(three strands)（O'Connor 72, Chase 18）として指摘する、（一）リーナ・グローヴとバイロン・バンチを中心とする話、（二）ジョー・クリスマスとジョアナ・バーデンを中心とする話、（三）ゲイル・ハイタワーを中心とする話——が、緊密に有機的に結びついてその結果として明確なテーマを提示しているかといえば、それには否定的な答えしか出てこないであろう。ウォルター・J・スレイトフは、上記のいくつかの話から出てくるテーマのいずれもこの小説に「全体に及ぶ統一感」を与えることはない（Slatoff 196）と述べている。

確かに作品のプロットの展開から言えば、三つの主要な話の中心人物であるリーナ・グローヴとクリスマスは実際には全く会わないし、クリスマスとハイタワーが会うのはクリスマスがパーシー・グリムに追われてハイタワーの家に逃げこんだ時のわずかな時間であるし、また、ハイタワーがリーナに会うのは彼がリーナのお産の手伝いをする時のみであるし、リーナとバーデン、ハイタワーとバーデンは全く会うことはない。話の筋の上からは、この作品の主要人物のリーナ、クリスマス、ハイタワーの三人は、一週間のうち二晩か三晩ハイタワーの家を訪ねてくるバイロンの話によって結びつけられているにすぎないのだ。つまり、上部構造としての三つの主要な話の結びつき方はかなり緩いし、かけ離れているとも言えるのである。この作品を従来の形式と内容の緊密性とその有機的連関性の観点から見た場合は、ケイジンやスレイトフなどの不平や批判が出てくるが、アーヴィング・ハウが、次のように指摘しているのは興味深い。

現代批評は、作品の形式と内容の深い一致を性急に考えすぎる傾向がある。……たしかに、成功した作品の形式と内容の緊密さを強調することには何らかの価値はあるが、それにも条件があって、人が、この統一は決して完全なものではなく要素間の関係も幾分完全とまではいかない、ということを心に留めておく場合である。(Howe 200)

この小説は、上部構造つまりプロット面での緊密な結びつきがないことが一つの特徴となっており、この作品の三つの主要な話はチェイスの言う「一種の三部作」(Chase 18) とも言うべきものであり、また、この作品の構造は、大橋健三郎が指摘する「コラージュの方法」(大橋 六五) をとったものと考えてよいであろう。

次に問題になるのは、かなりかけ離れている「三部作」ないしは「コラージュ」の各々話ないしは断片とその下部構造との関係に有機的連関性があるかということである。この点の考察には作品の成立過程を調べることが一つの有力な手掛かりを与えてくれることになるであろう。フォークナーは、ヴァージニア大学の学生の質問に答えて、あの小説は、リーナ・グローヴの話、つまり妊娠しているが何も持たずに恋人を見つけ出そうと決心した若い女の子についての考えから始まりました。それは、女性に対する、女性の勇気と忍耐力に対する私の尊敬の念から出てきたものです。(Gwynn and Blotner 74)

と言っているのは考慮に値する。というのは、周知のように、リーナがこの作品の全二一章のうち全面的に登場するのは最初と最後の章の二章だけで、後は子供を出産する一七章とその子供の父親ブラウン(バーチ)に会う一八章に部分的に登場するだけであり、この作品全体は、六章から一二章までのフラッシュ・バックによるクリスマスの幼年時代からバーデン殺害に至るまでの回想を核としたクリスマスの話が中心であり、ページ数の分量においても他の二つの話を圧倒しているからだ。つまりフォークナーの決定稿、言い換えれば、発表された作品においてはクリスマスの悲劇的人生が中心であるが、作品の基本的イメージ——例えば、『響きと怒り』では木の上に登った女の子の汚れたズロースが基本的なイメージであることは余りにも有名である——が妊婦のリーナにあり、そのイメージの発展や展開の過程で作者フォークナーの基本的構想の変化があったことが認められる。

他方、フォークナーの伝記を書いたジョーゼフ・ブロットナーによれば、フォークナーが短篇小説を書くために使っていた便箋大の白い紙の中央に、突撃していく騎兵の幻想に駆られるハイタワーの家を暗示したと思われる「暗い家」(Dark House)というタイトルを書いていたという(Blotner 701)。そして、一九三一年八月のある日の夕方、フォークナーが妻のエステルと一緒にベランダの椅子に腰かけていた時、エステルが、「ビル、八月の光は一年のほかの時とは違うように感じられたことはない?」と尋ねると、フォークナーは「それだ!」と言って椅子から立ち上がって、「暗い家」というタイトルの少し斜め上に「八月の光」(Light in August)と書いてその下に二度アンダーラインを引いたという(Blotner 702)。この時フォークナーの脳裏にはすでに南部社会の過去への幻想に浸るハイタワー像とは全く違う、むしろ彼と対照的なイメージをもつ人物像があったようであり、ハイタワー像には作品のテーマというよりむしろカウンターポイントの機能をもたせて、フォークナーは前者つまり「見知らぬ田舎道を歩く若い妊婦」(Blotner 703)のイメージを膨らませていたようだ。『八月の光』というタイトルも「見知らぬ田舎道を歩いていく若い妊婦」のイメージ、言い換えれば、自然と大地と生命と動きのイメージに関係があるのであり、フォークナーは後年ヴァージニア大学の学生のタイトルに関する質問に答えて、次のようにそれがリーナに関係があることを述べている。

ミシシッピの八月には、月の中頃の数日間、突然秋の気配を感じさせる涼しい時があって、その光には、柔らかさと光り輝くような特質があり、それはあたかも、今の時代のものではなく、昔のギリシャの古典時代の、どこかオリンパスからでも出てくるような光なのです。それは、ほんの一日か二日しか続かないで消えてしまうのですが、しかし、八月には毎年私の故郷では起こるのです。タイトルの意味するのはそれだけなんですが、それは私には楽しく思い起こさせるタイトルなのです。というのは、それは私にキリスト教文明よりも古い輝かしい時代を思い出させてくれるからです。たぶん、それはリーナ・グローヴと結びついておりまして、彼女はすべてを受け入れることのできる何か異教徒的な特質をもっていますから。(Gwynn and Blotner 199)

つまりフォークナーは、キリスト教文明以前のギリシャ的世界のイメージをリーナ像に対してもっていたのである。さらにブロットナーは、この作品中のもう一人の重要な人物であるクリスマス像が、皮膚の色が白く実際に白人としても通っていたチェス・キャロザース (Chess Carothers) やロブ・ボールズ (Rob Boles) といった現実の人物や、白人女性をカミソリで殺し群衆によるリンチの犠牲者となったネルズ・パットン (Nelse Patton) という人物などから生まれてきた事を述べる。クリスマスはあらゆる点でリーナとは対照的な人物、つまり、男性で、敵対的で、死をもたらす人物であり、混血らしい自分のアイデンティティの苦しい探求を行い、ごく早い子供の時から自分にふりかかってくる人種的偏見と懲罰的な狂的信仰の残酷な結果を身をもって示していくことになる人物である (Blotner 703-704)。さらにブロットナーは、クリスマスが徐々にフォークナーの想像力を強く捉えていくにつれ、他方、リーナはだんだんと「取り付かれ、宿命に支配されるクリスマスのカウンターポイント」(Blotner 761) として機能するようになったと説明する。

ブロットナーの伝記は、もちろん、想像や推測を加えて書かれたものであるから、細部事実についての完全な信頼はおけないが、『八月の光』が最初の構想ではハイタワーの物語から始まっていたことは、テキサス大学の図書館にハイタワーについての三葉の手書き原稿があることから事実であろう (Fadiman 31)。とすれば、先に引用した、この小説がリーナの物語から始まったと学生に答えているフォークナー自身の言葉は額面通りには受けとれないが、それでも、ハイタワー像とコントラストをなすイメージをもった人物ないしはカウンターポイントとして機能する人物としてリーナが二番目に考え出されて、次に、そのリーナとさらにコントラストをなす人物、ハイタワーのように「暗い家」に引き籠って疾駆する馬上の祖父のイメージという過去への幻想に魅惑された人物ではなく、現実の南部社会に生きその社会の虚偽と不正と悪の犠牲者となる人物、すなわち、クリスマスが登場し、そしてこのクリスマスが中心人物となる作品の構想が生まれたと考えてよいであろう。

少し長く作品の成立過程ないしはフォークナーの作品構想の変化に言及したのは、フォークナーは一つのイメージないしはテーマを提示する場合、パラレルやコントラストをなすものの並置によってそのイメージないしはテーマを多面的かつ重層的に展開しようとする傾向があるからだ。パラレルによってテーマを展開した作品の代表的例は、サトペンの隆盛と衰退の話を四人の語り手が語る構造を持つ『アブサロム、アブサロム！』、コントラストをなすものの並置の例は、「野生の棕櫚」と「オールド・マン」という、それぞれ独立した、互いに何の関係もない二つの作品を一章ごとに交互に織り込むという構造を持つ『野生の棕櫚』であるが、フォークナーの作品は、作品の上部構造のプロットの展開のみを見た場合かなり複雑にこみ入った構造をとる。この小説はパラレルとコントラストの両方の要素をもっているが、どちらかと言えばコントラストの要素の方が強い小説だと言える。

このように、フォークナーに構想の変化はあったにしても、最終的に出版された作品の形においてはクリスマスが中心人物となる。そしてその作品のテーマは、冷酷・非道な人種差別や偏見と狂信的で非人間的な宗教心のはびこる一九三〇年代の南部社会において、黒人の血が体に流れている可能性のある若者が一人の人間としての自己の存在と主体性を主張した場合いかに悲劇的な人生を送らねばならないかということである。クリスマスは南部社会の苛酷な人種差別と狂信的宗教心によって徹底的に人間性を抑圧され疎外される。クリスマスの悲劇は具体的には子供の時から彼が関係をもった人物——ドック・ハインズ、孤児院の栄養士、サイモン・マッケカン、女友達ボビー、ジョアナ・バーデン、パーシー・グリム——等によってもたらされるが、実はこれらの人物たちは南部社会のエートスを極端で歪な形で表わしているが、彼ら／彼女らもそうすることによって彼ら／彼女ら自身の人間性が深く歪曲され疎外されているという重要な一面があるのであり、クリスマスに悲劇をもたらす張本人は南部社会のエートス——以後、これを「共同体」と記す——そのものなのである。クリスマスが生命を賭して闘うのは具体的な個別的な人間ではなく「共同体」である。このクリスマスと「共同体」の関係がこの小説の核であり、これとコントラストをなす形のリーナと「共同体」との関係、というよりも「共同体」の影響をほとんど受けない自然と大地と生命の象徴的存在という人物配置があり、他方、うす暗い家に閉じ籠って過去への幻想にふけるハイタワーはこの「共同体」の歴史（過去）を暗示させる人物であり、他の主要な人物は「共同体」の現在と関係すると言ってよいだろう。

クリスマスが短い人生の最後にのっぴきならない関係に陥るバーデンは、南北戦争直後北部からやってきた奴隷廃止論者の家の娘という一族の歴史と、彼女が現在黒人の教育や地位向上のための仕事をしていることから「黒んぼ好き」として「共同体」の者たちから疎まれ、ほとんど没交渉であることを考えると「共同体」の過去と現在に後ろ向きに関係した人物と考えてよいであろう。(しかし彼女は、最終的にはクリスマスに「黒人」になることをおしつけ「神」を強制するのであり、クリスマスにとって他の「共同体」の一員と何ら変らない人物、というよりもむしろ「共同体」に長い年月背を向けたエネルギー分だけ「共同体」の悪と毒を他の「共同体」の人間以上に自らの中に吸いこんだ人物とも言えるのである。)この小説の根底には、図式化すれば、クリスマス:「共同体」:リーナという三極構造がある。それではこの「共同体」の具体的な姿はいかなるものであろうか。

II

クリスマスがリンチによって殺されるまでの三年間住んだジェファーソンという南部「共同体」の住民を見てみると大別して二種類の人間によって構成されていることが分かる。その一つは、バイロン、ドック・ハインズ、マッケカン、バーデン、グリム、ハイタワーなどのこの作品の主要な登場人物たちであり、彼らは変り者ないしは常軌を逸した人物ということで共通しているが、バイロンを除いて、常軌を逸しているからこそ一層強烈に歪んだ形で「共同体」の精神とその「規範」を体現しており、クリスマスを絶望と死へと追いやる人物である。他のグループは、ジェファーソン近郊に住み、リーナの旅を助けるアームステッド夫妻、バイロンの下宿のおかみであるベアード夫人、クリスマスとバイロンが勤めた製材所の職工長のムーニー、地方検事でクリスマスが殺された後その悲劇を解説するギャヴィン・ステーヴンス、クリスマスが逮捕された時の保安官、その他無名の「共同体」の人間である。彼らは作品の一部で登場し後は完全に引っ込んでしまうまったくの脇役である。彼らは「共同体」の平均的な普通の住民であり、「共同体」の集合意識を体現しているのであるが、彼ら／彼女らは、「共同体」の「規範」に抵触しない者には友好的かつ協力的でありながら、「規範」に反する者に対してはかなり暴力的になる傾向がある。

　クリスマスが関係をもつのは、もちろん前者の人間たちであるが、その中でもバイロンは、ジェファーソンに来て七年になるが「共同体」のもつ狂信性や人種的偏見に囚われない素朴で純真な人物であり、「人の気分を害したり傷つけたりすることがない」*ように土曜日の午後は製材所に一人残って、残業をしているようなおとなしく、受身的な、というよりむしろ人間関係を避けている人物であり、彼の「共同体」における唯一の話し相手は世捨人のハイタワーのみという孤独な人物である。彼はリーナと会うことにより前向きの行動的な人間となりハイタワーを幻想から現実へ目を向けさせ、また、クリスマスを救う努力をする人間となる。つまり彼は、変り者ではあっても、リーナとハイタワー、ハイタワーとクリスマスを会わせる、言い換えれば、クリスマス‥「共同体」‥リーナというこの作品の基底の三極構造をつなぐ働きをするところの、見方によっては重要な役割をもつ人物である。バイロンを除く前者の五人は「共同体」と異常で特殊な形で結びついている人間である。彼らは常軌を逸しているからこそそれだけ一層後者の平均的で普通の「共同体」の住民以上に「共同体」の精神とその「規範」を極端に露骨に尖鋭化し歪曲して体現している人物なのである。

バーデンは、南北戦争後の南部再建時代に北部からやってきた一家の娘であり、彼女の祖父と腹違いの兄は州議会の選挙についての黒人の投票権の問題でサートリス大佐に殺されており、彼女はこの祖父の奴隷制反対の精神と父の頑強なカルヴィン主義的信仰を受け継いでいる。この父から「白人の負っている宿命と白人にかけられた呪い」(二二一)を覚えておくようにと、白人としての黒人に対する罪の意識を植えつけられて育った彼女は、南部社会における黒人教育のための活動を行うが、そのために、彼女はジェファーソン郊外の家で生まれ育ったにもかかわらず、「黒んぼ好き」の「北部人」として「共同体」には、「他人、よそ者」(四〇)でありつづけるのだ。だが、一見すると「共同体」を相手にして黒人のための援助活動という人道主義的、博愛主義的行為を行っているように見えながら、実は、彼女は黒人を「雨か、家具か、食べものか、眠りのようなもの」、「人間としてではなく、ある物として」、見て「あらゆる白人、あらゆる人をおおっている影」(二二一)のようなものと思ったのだ。これは単なる観念としてのヒューマニズムないしは博愛主義であり、裏返しの人種差別である。したがって、バーデンはクリスマスとの性的関係が破綻すると、クリスマスを一人の人間として見るのではなく、そのためにクリスマスがもがき苦しんできた黒人と白人の区別を明確にしてクリスマスに「黒人」をおしつけて彼に黒人学校に行ってその後は彼女の仕事を継ぐ事を強制する。そして、それに失敗すると悔い改めぬ者として「神」への「祈り」を強要するのである。バーデンが最終的にはクリスマスに「黒人」と「神」をおしつける行為は、狂信的な人種差別主義の権化であるクリスマスの祖父ハインズや頑固一徹冷酷無情な長老派教会の狂信者のクリスマスの養父マッケカンと何ら変ることがないのである。バーデンは後ろ向きながら「共同体」の持つ二つの悪——苛酷な人種差別と非人間的な狂的宗教性——と密接な関係をもち、時間的にも「共同体」の過去と現在の両方に係り合うし、しかもクリスマスのもつもう一つの問題である性の問題とも関係するから、言わばクリスマスが苦しみ闘った南部「共同体」の諸問題を集約的に体現する人物と言えるのであり、その死には強い必然性がある。

ハイタワーもバーデンとは違った意味で「共同体」の過去と現在に関与している。彼の父は、堅忍不抜の精神と勤勉さによって自らを自然からだけでなく人間からも守らなければならなかった峻厳な開拓者時代へさかのぼることを考える。したがって、彼は奴隷制度を認めず不信心な父親も認めずに、南北戦争では敵を殺さない兵士として参戦したが、戦後は一変して妥協を許さない冷厳なピューリタン的信念を持った外科医としての生活者に変貌した。幼いハイタワーと病的な母親に黒人や他の白人に助けてもらうことを許さずに、その荒々しい健康と無意識な軽蔑的態度は二人にとって「未知の人間というより敵」(四一六)として感じさせた。ハイタワーはこの父を「幻影」(四一五)として受け入れずに、それに代って南軍に属して戦い、疾駆する馬上から射ち落とされた祖父の姿に魅惑され、祖父が戦死した場所であるジェファーンへ行って住むことを切望する。彼は神学校卒業後、新妻を伴ってジェファーンの教会に着任するが、その説教は「宗教を一つの夢のようにして、……、そして、信仰と走っていく騎兵隊とそして疾駆する馬上で射たれて死んだ祖父とを一つ一つに解きほぐすことができないようだったのだ」(五三)。この過去の亡霊にとりつかれて現実を見ない彼の態度を教会の会衆は瀆神的なものとさえ考え、またそれによって彼の妻は不品行に走り、メンフィスのホテルでスキャンダラスな死を遂げる。その結果、ハイタワーは牧師の職を辞任せざるをえなくなるが、さまざまな強い迫害にもめげず、ジェファーソンを退去することは厳として拒否し、ついには「共同体」の人々と折れあって世捨人としてそこに住み続けるのである。

ハイタワーがこの小説においてもつ役割のうち最も重要なものは、彼の祖父やその時代についての幻想は、「共同体」の歴史の転換点である南北戦争の時代に関係しているということである。祖父は、から威張りし、「単純な掟に単純に執着し」（四一三）、また、祖父を中心とした兵隊たちは「略奪や栄誉を目ざす男ではなく、いのち知らずの人生のとてつもなく大きな津波を乗り越えていく若者」（四二三）だった。そして「ここには、英雄を生み出す永遠の若さと穢れのない願望の素晴らしい典型があるのだ」（四二三）とハイタワーは考える。ただこれだけであれば、無鉄砲で粗野だが私利私欲のない純粋さと単純な掟を率直に固守する南北戦争時代の「共同体」の一人である祖父にハイタワーが魅惑されるのも何ら問題はないであろう。だが、この素朴で純粋な人間であった祖父は何の疑問も持たずに黒人奴隷をもっていたのだ。もちろん当時の南部は、「奴隷をもっているほうが、もっていないよりも出費が少なくてすむ時代と土地」（四〇九）なのだが、この人間の素朴さや純粋さと人間を物としてみなす人種差別の意識が一人の人間の中に同居しうるところに、人間がいかに時代と社会の産物であり、またいかに「土地の強制力」（二九五）の支配を受けるかという問題を明示している。ハイタワー自身、祖父の疾駆する馬上のイメージの幻想に浸りながら、祖父が奴隷をもっていた点に対しては全く罪悪感を持ってはいないし、バイロンからクリスマスを救うために偽証を求められてもこれを拒否するのである。この事からも、ハイタワーが過去への幻想に浸ることによって「共同体」の現在からは表面的に遠く隔っているように見えながらも、実際は「共同体」の精神の原型に近いものを体現する人物であることが分かる。アーヴィング・ハウは「ハイタワーは、衰退していくヨクナパトウファの伝統の典型である」(Howe 63-64) と言う。

クリスマスは留置場から逃亡した後、パーシー・グリムに追われてハイタワーの家に逃げ込み、そこにいたハイタワーを手錠をかけられたままの手に握ったピストルで「死を宣告する狂暴な復讐の神もさながらに」(四〇六) 打ち倒すが、このクリスマスの行為をフレデリック・J・ホフマンは、「この行為は、クリスマスのジョアナ・バーデンの取り扱いと同様に、彼の最終的な人間性の表明である。それは、彼に人間性を否定した者たちに対する彼の激しい反応を証明している」(Hoffman 72) と述べる。クリスマスの行為の表面的な意味においてはホフマンの指摘も頷けるが、この時点におけるクリスマスの行為はもっと深い意味が求められるべきであろう。もちろん、クリスマスが偶然か必然かは別にしてハイタワーの家に逃げ込んで、そこでパーシー・グリムによってリンチによる残酷な殺害をされるということは小説技巧上の一つの方法であろうが、このように技巧が明白であれば一層、その行動の表面的な意味合いよりももっと深層にある象徴的な意味が求められるべきであろう。フォークナーはここで「共同体」のスケープゴートとなったクリスマスに、「共同体」精神のまさに根源ないしはその象徴としてのハイタワーに対して天命への抗議とも言うべき最後の抵抗をさせたのである。クリスマスがここで反抗しているのは、もはや具体的な個人としてのハイタワーに対してではない。と言うのは、クリスマスはハイタワーの家に生命が助かるために逃げ込んだと言うよりも死ぬため（自殺するため）に逃げ込んだのだから。クリスマスはハイタワーを打ち倒した後、ひっくり返ったテーブルの後にうずくまって、そのテーブルの上側から自分の所在をグリムに示すように手錠でぴかぴか光る両手をのぞかせていたのだ（四〇六）。

クリスマスが苦悩の根源に遡行し、それに対して一撃を加えた後自殺しようとした時に、その自殺行為に手を貸すのがパーシー・グリムである。もちろんグリムは「共同体」の側から言えば、クリスマスを贖罪のためのスケープゴートにする祭の祭司長の役割を果す人物であるが、クリスマスにとっては自害の介錯人にすぎない。

グリムは、二五歳の州民軍の大尉で、欧州大戦の時、年が若くて戦争に行けなかったが、「そのことで両親を許しておけないという気持ちになった」（三九四）ほどの愛国主義者であり、彼は「肉体的勇気と盲目的服従とを崇高なものとしてひたすら信じ」白人種の優越とアメリカ人とアメリカ軍の優秀性に対する強い信念に凝固まり、「法と秩序を絶対遵守する精神をもっていた」（三九五）。バーデンを殺害したクリスマスが逃亡した話を聞くと、直ちに小隊を編成して、「自分の行動が正しく絶対にまちがっていない事を盲信し」（四〇二）、その顔は「宿望を達した表情に輝き、向こう見ずな深いよろこびに輝いていた」（四〇三）。そしてグリムは、ハイタワーの家に逃げ込みテーブルの向こうにうずくまるクリスマスにありたけの弾丸を射こんだ後、さらに肉切りナイフでクリスマスの男根切除を行った後、「これでおまえは、白人の女には手を出せないぞ、地獄でもな」（四〇七）、と言う。このグリムをフォークナーは、南部社会だけではなくどこにでもいるナチ的人物だと一般化しているが（Gwynn and Blotner 41）、グリムはアメリカ南部「共同体」の人種差別意識を強烈にもっているのであり、それと愛国主義的ファッシスト的性格が結びついたグロテスクな人物と言ってよいだろう。グリムがハイタワーの「若者版」であり、「自らの軍事的勇猛なヴィジョン」にとりつかれていると指摘したのはオルガ・W・ヴィッカリィ（Vickery 37）であるが、グリムは「共同体」がもつ、その体制に従わない者に対して行う拒否や圧殺の暴力の典型を体現している者であり、その象徴的人物と言える。

このようにクリスマスがジェファーソンで会う人物は、いずれも常軌を逸した特殊な人間であるが、だからと言って「共同体」の平均的な普通の人間——筆者が挙げた「共同体」の二種類の人間のうち後者の脇役や無名の者たち——とは無関係でかつ遊離した人間であり「共同体」の精神を十分にはもたない人間などとは言えないのであって、それとは逆に、彼らは常軌を逸し特殊であるからそれだけ一層平均的な普通の人間以上に「共同体」の精神を極端で歪な形で（グリム）、その原形的なものを（ハイタワー）、それとは後ろ向きに（バーデン）体現しているのである。

ところでフォークナーは、ジェファーソンの住民としてこのような異常で特殊な人間と、この作品ではほんの一部分に登場してすぐに引っ込んでしまう脇役や無名の住民しか登場させていない。言い換えれば、「共同体」の常識や良心を代表しそれを積極的かつ肯定的に表明する人物はいない。ハーヴァード大学出身の地方検事であるギャヴィン・スティーヴンスもこの役割を担ってはいない。彼はこの作品のプロットの展開にはほとんど関係のない人物であり、また作品の後半の一九章だけに登場して、彼が行うクリスマスの悲劇についての解釈も的はずれの間違ったものである。なぜ、フォークナーはこのように常軌を逸した特殊な人間とほとんど日常性に埋没して時の流れに流されているような住民しか登場させていないのであろうか。結論から先に述べれば、その理由は、この小説を書いた時点では、作者フォークナー自身が「共同体」の不正と悪の実態を認識し、その犠牲者を表現するので精一杯で、それ以外には彼はただこの悪に対照的な善なるもの、自然で素朴な人物（リーナ）像を提示して、悪に対しては自然の治癒力（リーナの及ぼす影響力）を並置させたにすぎず、「共同体」の常識や良心を代表する人物像を形成できないでいたと言えないだろうか。「共同体」の内部から出てこの「共同体」の不正や悪に積極的に立ち向かっていく人物像は『行け、モーセ』（一九四二）において、一族の歴史を記した土地台帳を見て、そこに虚偽や不正と悪を見いだして大農園の継承を拒否するアイザック・マッキャスリンや、『墓場への闖入者』（一九四八）で、無実の殺人の罪を着せられた黒人ルーカス・ビーチャムに対し、積極的に行動して無実を証明し白人暴徒たちのリンチから彼を救い出す少年チャールズ・マリソン・ジュニアまで待たねばならない。フォークナーはこの作品においては歴史を孕んだ「共同体」の不正と悪の実態をクリスマスというその犠牲者を通して描いているのであり、そのコントラストをなす自然の化肉としてのリーナ像は、小説技巧上としての並列の域を出てテーマと密接な関係を持っているとは言えず、その関連性は余り強くはない。言い換えれば、この作品の基底にある三極構造（クリスマス：「共同体」：リーナ）のうち一極（リーナ）の他の二極に対する結びつきは緩いものと言わねばならない。だが、この作品の核心にある「共同体」に注目して、その「共同体」と登場人物との関係を詳細に論じた批評家としては先駆的であり、かつまたその論文が優れた説得力あるものとして世評が高いクレアンス・ブルックスは、この作品におけるリーナの役割を非常に高く評価し、あたかもリーナがこの作品における中心人物（主人公）であるかのような理論を展開する。次にブルックスの論旨を紹介しながら筆者の考えとの違いを明らかにしたい。

III

ブルックスは、フォークナーが「ある種の有機的な共同体感覚」を持っていると述べ、「共同体は人間の行動の場であると同時にその行動が判断され規制される規範でもある」と、共同体の概念規定をする。そして、この「共同体」から切り離された個人の苦悩が現代文学の主要なテーマであると指摘し、この作品においてもそのほとんどの登場人物が何らかの意味で「共同体」からしめ出されたり切り離されたりした「社会ののけもの、反抗的なさすらい人、ひきこもった静寂主義者、単なるよそ者」といった「追放者」(outcasts)(Brooks 55)であると言う。例えば、バーデンとハイタワーは共に「個人的な歴史」によって束縛され、そのいずれもが「生きた伝統」ではなく、その過去を現在に結びつけることができない。だから「共同体」から「正当で十分な理由によって」拒絶されているのであると言う(Brooks 60)。クリスマスは、子供時代の「トラウマ的な経験」によって「意味ある過去からも、……いかなる絆からも切り離されている」(Brooks 58)。グリムは、「共同体」との一体感を強烈に感じていなければならない男で、彼は自分がその「共同体」から「切り離されて」いることを強く意識し、「共同体の価値観」を暴力によって手に入れようとする男であり、クリスマスによって拒絶される「共同体の慣習や制度」が危機に瀕していると考え、それを守るためには軍隊を起こしてもよいと思う人物であると言う（Brooks 62）。このように、『八月の光』における主要な男性の登場人物は「共同体」から切り離された疎外感に苦しみ、その「共同体」に反発し、自然にも反抗するのだ、というのがブルックスの主張である。

　そして、リーナは、この「共同体」に静かに入っていくが、「共同体」の彼女への反応は「深く健全な本能」に根ざしている。彼女は「生命を運ぶ人」であり「共同体」が存在するかぎり守られ育まれなければならない人物である。つまりリーナは、「どんな人間の共同体も基づかなければならない原理」を体現している存在である。フォークナーは、彼女のこの作品における役割を、隔絶された人物がそれによって判断されることになる「一種の損なわれない全体性」（a kind of integrity and wholeness）である、とブルックスは主張する（Brooks 65）。そして、『八月の光』におけるフォークナーの力点は「共同体」からの孤立に必然的に伴う「歪みや倒錯や不毛性」（Brooks 66）にあるのであり、「追放者」の「救い」に対しても「共同体」が重要な役割を果しており、「共同体へ戻ることが彼らの救済にとって不可欠な事である」（This coming back into the community is an essential part of their redemption.）（Brooks 65）とブルックスは主張する。

　このようなブルックスの論旨には次の三点において疑問がある。（一）「共同体は人間の行動の場であり、その行動が判断され統制される規範でもある」と述べるがブルックスには、「規範」そのものの妥当性や正当性に対しての疑問が全く欠落している。(二)「共同体」と主要人物の関係について、ブルックスは彼らの異常性や特殊性を個人的な経験や心理の問題に帰して、「共同体」そのものの中にある異常性や特殊性を看過している。(三)リーナの存在(自然の象徴)と「共同体」(歴史)を一体化ないしは混同している。

第一の点について言えば、フォークナーが彼の文学において苦闘した最も大きなテーマの一つは、「共同体」の「規範」の妥当性や正当性に関するものであり、むしろそれが住民の拠り所としては機能せず、住民はその倫理的価値基準を見失って孤立し、「規範」はむしろその住民の人間性を抑圧し疎外する一つの「暴力」として働いている状況の中で、人間がいかに生きるか、という問題だったのであり、ブルックスの「規範」が住民の価値判断の基準であり彼らの拠り所であり救済の場でもあるという考えはフォークナーの共同体観からかなり遊離しているという点である。

具体的に言えば、『八月の光』において、プロットの展開に関係がある名前をもった登場人物——ハインズ、マッケカン、バーデン、ハイタワー、グリム、クリスマス等——は、ことごとく孤立しているばかりでなく、常に何ものかからつき動かれている人物、言い換えれば、人間性や主体性を抑圧され疎外されて何ものかの手先や道具になっている人物である。

例えば、クリスマスの悲劇的人生を決定した祖父ハインズは、一人娘のミリーがサーカス団員と駆落ちを計った時、その男が黒人の血を引いていると信じ込んで男を射ち殺し、また自分の娘に対しては、「わしの妻はわしに淫婦を生んだ」(三三〇)と言い、妊娠していた娘の出産の時に医者を呼ばず、その結果娘を死なせてしまう。そして生まれた赤ん坊を、「悪魔の歩く種」(三三五)と考えて孤児院に捨て、「それは神の呪いであり、わしは神の意志の手先だ。」(三三三)と言って、彼自身はその孤児院のボイラー焚役となって、その赤ん坊(クリスマス)を見張るのだ。ハインズの考えや行動は、自らは神の選民でありその他は救いようのない罪人だとするカルヴィニズムの妄想から出ており、その選民意識には白人優越性と黒人蔑視のアメリカ南部の人種差別意識が別ちがたく結びついている。彼はまたその狂信性において彼自らの人間性を疎外された「神の意志の道具」にすぎない。

次に、練り歯みがき事件の後、クリスマスを養子として育てることになったマッケカンは、クリスマスを「神をおそれ怠惰と虚栄を忌み嫌う」人間にするための冷酷無情な宗教教育を行い、教義問答書を覚えないクリスマスに厳しい鞭打ちの体罰を与える。この時のマッケカンの鞭の打ち方をフォークナーは、「マッケカンは規則正しく、ゆっくりと、念を入れて力強く、でも熱意や怒りは込めずに打ち始めた」(一三一)と描写する。マッケカンはクリスマスが一八歳の時、子牛を売った金で背広を買い、ボビーという女に会いに行っている事実をつかんで、それは「怠惰、忘恩、不敵、瀆神」の罪であり、それに「嘘つきと淫乱の罪」（一四四）が加わると言う。彼は「自分が正しいと確信している事に従って育ててきた若者」（一七七）に対して「純粋な、個人的なものではない怒り」(pure and impersonal outrage)（一七六）を覚えて、学校で行われているダンス・パーティーの場へと乗りこんでいく。この時のマッケカンをフォークナーは、「怒りに満ち報復的な神の現実社会の代表」（一七八）と表現する。マッケカンはこの時にクリスマスの振り上げた椅子によって打ち殺されるのだが、マッケカンが、自分の行為が絶対に「正しい」と考え、不正や罪を行った者に対する彼の怒りが「純粋で個人的なものではない」ものであるところに根深い問題がある。それは「正しく」「純粋な」行為をしていると思っている人間が、逆に途方もなく「人間的」なものや「個人的」なものから離れていくばかりでなく、それらを明らかに疎外し圧殺しているという背理である。マッケカンの声は次のように描かれる。

彼の声は不親切ではなかった。それは、人間らしくも、個性的でもなかった。それはただ冷たく、無慈悲であり、書かれた言葉ないしは印刷された言葉のようであった。（一三〇）

この背理は、マッケカン自身が自らの人間性を喪失して神の「代理人」(representative) になっているから生じるのである。ハインズにしろマッケカンにしろ見落してはならないのは、彼らが神の「道具」や「代理人」となって一人の人間 (クリスマス) の人間性を抑圧し疎外するばかりでなく、彼らもまた彼らが信じかつもっている「神」や「人種差別意識」によって人間性を喪失し冷酷無情なおどろおどろしい人間となっていることである。そして最も重要なことは、ハインズやマッケカンのもつ信仰や信念が彼らの住む時代や社会と関係のない全く彼らの個人的な信仰や信念というわけでは決してなく——ブルックスは人間の疎外や歪曲をその人間の個人的な信念や心理の問題に帰せようとする——それらは「共同体」が容認しその住民が精神的な支えとしてきたものが、「共同体」の内側から極端で歪んだ形でできたものであるということである。

すでに説明したように、バーデンやハイタワーやグリムなども「共同体」のもつ「神」や「人種差別」の意識を異常で特殊な形で体現しているのであり、またそうすることによって彼ら自身も「共同体」から人間性を抑圧され疎外されているのである。特にクリスマスを追うグリムは、「チェス盤」(the Board) の上で彼を「駒」(pawn) として動かす「指し手」(Player) に「盲目的に服従した」(四〇五) と描かれる。この時点における「指し手」とは一つの「暴力」と化した「共同体」の意志にほかならない。

ブルックスは、「共同体」を代表する人物がこの小説にはいないがその必要もない、「共同体」はアームステッド夫妻や保安官や中古家具修理屋兼販売人や他の無名の人物を通して現われる(Brooks 56) と言う。確かに、アームステッドは、リーナを馬車に乗せてやり、一夜の宿を貸し、夫人は瀬戸物の貯金箱を割って金を出してそれをリーナに与える。リーナに対しては、「共同体」の人間は皆「親切で」ある。第一章には「親切」という言葉が頻出し、強調される。保安官は、捕えられたクリスマスが群衆によってリンチされないように配慮し、また、バイロンの助言によってブラウン（＝ルーカス）がリーナに会うように手はずを整える。そして中古家具修理屋兼販売人は、出産後また旅を続けるリーナとそれを追うバイロンを快くトラックの荷台に乗せてやる。これらの人たちは「共同体」の平均的な普通の人間であり、彼らのリーナやバイロンに対する親切や配慮には彼等の善意や好意をはっきり読みとることができる。だが問題は、これらの平均的で普通の住民や無名の人たちが、バーデンに対しては「彼女が黒んぼも白人も同じと言うから、彼女の家には出かけて行かない」(46) と言うのであり、また彼らの中の一部のレイシストたち（K・K・K・）が、ハイタワーが料理人として黒人の男を雇うと、その黒人とハイタワーに対してリンチを行うのであり、また、クリスマスが逮捕された時に、グリムが小隊を編成するととまどいを感じていた町の者たちは、クリスマスが逃亡した知らせを聞いてグリムが追跡し始めると、「自分では気がつかずに、今までとは打って変わってグリムに敬意を払い、おそらく少しは畏怖の念をいだき、そして、深い信頼をよせた。あたかも、この町のこの時に臨んでの彼の洞察、愛国心、矜持が、自分たちよりもいっそう敏感であり、かつ、いっそう真実であるかのようだった」（四〇〇）と感じるのである。

平均的な普通の「共同体」の住民が、親切で善意をもっているのは本当であろうし、また同じ住民が人種差別意識を持ち「共同体」の体制や規範に合わない人間を拒絶し抹殺する暴徒と化すのも確かな事なのだ。つまり、平均的な「共同体」の住民は、「共同体」の意志に抵触しない者（リーナ）に対しては親切なのであり、そうでない者（クリスマス）に対しては暴力を振るうのである。優しさや親切の裏側に冷淡で凶悪なものを秘めているのが「共同体」の平均的人間の実態である。このような住民の意識の実態は、既に説明したハイタワーの祖父の人間性——精神の素朴さや純粋さをもちながら同時に人種差別意識をもつこと——を考えあわせれば、この意識は「共同体」の形成期に近い、「共同体」が奴隷制度をもった時代から現在までその住民の中にある独特な意識であることが分かるのだ。

この点を「共同体」の「規範」との関係で述べれば、南部「共同体」の「規範」には、「共同体」の初期の時点から既にその中に不正や悪や暴力が内包されていたのであり、「規範」は南北戦争を境としてその外面的な形は変っても、その本質的な部分は変らずに存在しているのである。そして「規範」の中の不正や悪の元凶は、偏狭で狂信的な宗教心と人種差別意識である。さらに重要な点は、この「規範」に則って他人（例えばクリスマス）の人間性を抑圧し疎外し抹殺しようとする者たち（ハインズ、マッケカン、バーデン、ハイタワー、暴徒化した無名の住民）も「規範」そのものによって人間性を抑圧され疎外され抹殺されているという「規範」をその中心にした否定的弁証法的関係である。

ここまで述べればブックスの論文に対する第二、第三の疑問点の理解は容易であろう。ブルックスは主要人物と「共同体」との関係について、「共同体」の中にある不正や悪には全く言及せずに、主要人物の異常性や特殊性の原因を専ら彼らの個人的な経験や心理に求めているが、ハイタワーが魅せられる祖父のイメージは「共同体」の歴史の一部であり、バーデンが受け継いだ黒人への罪の意識も「共同体」の住民が持たねばならないものであり、グリムの強烈な国家主義的、人種差別意識は「共同体」の住民の意識に根深く巣くっているものの顕在化したものにすぎない。したがってブルックスが何度も使っているこれらの人物が「共同体」から「切り離されている」という表現とその結果として彼らに「歪みと倒錯と不毛性」が出てくる、という指摘は明らかに不適切であり、彼らは「切り離されている」どころか非常に密着しているのであって、ハインズやマッケカンと同様に、「共同体」の「手先」(instrument) や「代表」(representative) であり、――グリムは「駒」(pawn) ――「歪みや倒錯や不毛性」をもつのはむしろ「共同体」そのものなのであり、彼らはただそれを体現しているにすぎない。

ブルックスに対する疑問の第三の点は、彼のリーナ解釈である。確かに、リーナはブルックスが「命の運び手」と言うように、臨月の身重の体を「共同体」に運び込み、新しい生命を生むばかりでなく、半世捨人のバイロンに影響を与えてバイロンを現実社会で行動する人間にし、またそのバイロンを通して世捨人ハイタワーを幻想の中から一時的ではあれ現実の中へと引き出し――彼はリーナの出産を手伝いバイロンが連れてきたハインズ夫妻に会って話を聞いてやる――生命を持った人間と関係させるから、人間性の抑圧や抹殺に駆りたてられる人物が圧倒的に多いこの作品の中では、彼らと全く対照的な人間性回復や生命の誕生に力がある人物と言える。さらに彼女は、彼女が捜しているお腹の子供の父親でこの作品の中で最も軽佻浮薄な男であるブラウン(=ルーカス・バーチ)を「私たちのあいだの口約束」(一八)はいらないと言う程素朴に信頼しているのであり、「子供が生まれるときには、家族はみんな一緒にいなければいけないと思います。とくに最初の子のときは。神さまがそうしてくださると思います」(一八)と言うように神に対する素朴な信仰がある。そしてアラバマ州からミシシッピ州のジェファーソンに来るまで「みんなが親切にしてくれた。ほんとに親切な人ばかりだったわ」(一一)と、素直に人の善意を期待しているところもある。このようなリーナの生命を生みだす力や人間に対する素朴な信頼や期待そして神への素朴な信仰などは、「共同体」の「規範」と言うべきものがなく、またそれが及ばないところにリーナがいた――彼女は材木を切りつくしてしまえば自然に消滅してしまうほどの「村とは言えないほどの小さな村」(五)に住んでいた――からであり、また彼女が「規範」の影響を最も受けにくい人間――ジェファーソンにいる間に起ったクリスマスの悲劇に彼女はほとんど関心を示さない――だからだ。リーナの両親は彼女が一二歳の夏に相次いで死亡しており、その後彼女が一緒に住んだ兄は二〇歳も年齢が離れていて、兄妹の愛情の交流や会話はなく、リーナはただ毎年子供を産む兄嫁を助けてほとんど女中のように家事を引き受け子供の世話をしていたのだ。フォークナーは、リーナを「村とは言えないほどの小さな村」で成長させ、一二歳の時の両親との死別により、両親を通しての社会化の芽を摘むことによって、彼が『サンクチュアリ』を書いた時に「想像しうるかぎりの悲しい話」を考えたと言ったのと同様に、リーナを南部「共同体」に生きる人間としては「想像しうるかぎり」「共同体」の「規範」の影響を受けない自然に近い存在として描いている。彼女が一二歳の時に両親が死亡しているのもある意味では象徴的な出来事であり、一二歳の子供と言えば、人間関係や世界の基本的な事柄は理解できるが、より高度で複雑な人間関係や社会構造やその「規範」といったものには理解が及ばない年令である。リーナの人間に対する素朴な信頼や期待や神への素朴な信仰とクリスマスの悲劇に対して関心を示さない態度を見ると、彼女の人格の成長は一二歳くらいでほぼ止っていると考えてよい。

このようなリーナの人間性は、ブルックスが言うような「共同体」の核心に存在しその「規範」の中心になるとは決して考えられず、むしろ「共同体」の「規範」の中に生きる人物の対極に位置する自然に最も近い存在、ないしは「共同体」を「大地」に基づく人間の「歴史」的な営為の空間と考えれば、リーナは「共同体」が見失っている「大地」(人間と「自然」の素朴な関係)を象徴する存在だと言えよう。

ほとんどの批評家はリーナを「自然」や「大地」の象徴的な存在と考えている。例えば、チェイスはリーナを「一種の地母神」(Chase 22)と言い、ハイアット・H・ワゴナーは「一種の自然ないしは豊穣の女神」であり「彼女には神聖なイメージがある。」と指摘する(Waggoner 128)。サリー・R・ペイジなどは、リーナをフォークナーが考える「永遠の美と真実」(eternal beauty and truth)(Page 140)だと持ち上げるが、これほどでなくても、「共同体」の「規範」によって人間性を抑圧され歪曲された人物を前提に考えた場合は、リーナが一つの願望像である事は確かであろう。だが、ハウの考えは少し違っており、ハウはリーナを「一種の道徳的ヒロインないしは大地母神か聖者と思われるもの」などに持ち上げる傾向をたしなめて（Howe 206）、「善良で静かで植物的なリーナが生き残れるのは「身を離しておくことのできる鈍感さ」のせいだ、と指摘する（Howe 205）。ハウが強調するのはリーナがもつ現実的な側面――物静かで善良だが精神年令は一二歳くらいで「共同体」の中での出来事にはほとんど無関心な態度――である。確かにこの面もリーナのもつ事実なのだが、リーナには他の一面、つまり象徴的な役割を持つことも否定し難いというよりもこの面の方が強いように思われる。その象徴的な役割は次の点から考えられるであろう。（一）彼女がただ存在するだけでバイロンやハイタワーを動かす力をもっていること――マイケル・ミルゲイトはこの力を「一種の非個人的な触媒的力で、変化をもたらすが自身は変化しない」（Millgate 72）とうまい表現をする。（二）ほとんどの登場人物が死ないしは死のイメージと関係をもつが、彼女は子供を生むという生命の誕生に関係すること、（三）前述のように、作品の基底の三極構造のうち、リーナと他の二極との結びつきが弱いので、リアリスティックな解釈以上に象徴的な意味を求めるべきだということ。さらに、リーナの象徴的な解釈の方に重点を置くべきだと思うのは、（四）フォークナー自身が、既に引用したように、この小説の構想の段階で、古典ギリシャ時代の光ないしはキリスト教文明よりも古い時代の異教徒的性格とリーナを結びつけて考えていたからである。

リーナがジェファーソンという「共同体」にいる間に起った出来事にほとんど関心を払わずに作品の最後で「共同体」から出ていくのは、彼女が「共同体」の住民とは異質の存在、というより対極的な位置にある存在、「自然」と「大地」とそしてそこにある「生命」と「動き」を象徴する存在であることを表わすフォークナーが使った文学的手法である。逆に、もしも彼女が「共同体」の出来事に関心を示し「共同体」の中に留まれば、彼女はすぐに「共同体」の中に組み込まれ、その「規範」に拘束される存在となり、彼女のコントラストとしての機能や象徴性は消滅するであろう。

※

ブルックスは既に言及した論文の一二年後の一九七五年に、ミシシッピ大学で開かれた「フォークナーとヨクナパトウファ会議」で「ヨクナパトウファ小説における共同体感覚」("The Sense of Community in Yoknapatowpha Fiction") というタイトルでスピーチを行っている。

ブルックスはこのスピーチで、前の論文に対して読者の同意と反発があった事を素直に認め、再度フォークナーの作品における「共同体」の重要性を敷衍して説明するものだ、とことわっている。ブルックスは、この度は慎重にW・H・オーデンの「群衆」(crowd) と「共同体」(community）の概念規定を紹介することから始める。（前の論文では「共同体」の概念規定が十分でない事にも反発があったようだ。）そして「共同体」を「共通の好き嫌い、反感と熱狂、趣味、ライフ・スタイル、道徳的信念等によって結びつけられる人々のグループ」（"The Sense of Community 4"）と規定して、その「共同体」は、宗教の腐敗、道徳的相対主義、都市の膨張、産業化や機械化の進展等によって、「共同体」がもっていた共通の背景や伝統的な信念や緊密な人間関係などによって生み出される「結合力」（cohesion）が壊されていくと述べる（"The Sense of Community" 4-5)。ブルックスは、この「文化的結合力」を強調し、「共同体」には、「制限」や「強制力」があるが、「文化的結合力」の喪失は、「真の重大な喪失」と言えるもので、人間が孤独や原子化状態に苦しむ現代世界においては大きな問題であると言う（"The Sense of Community" 5)。ここまでは「共同体」の一般論を述べたもので特に問題はない。しかし、フォークナーの作品に現われる「共同体」についてのブルックスの考え方は、前の論文より「共同体」の否定的な側面――その「強制力」や「暴力性」――についての論及はあるが、その基本的な考え方は変らないようである。例えば、赴任直後の若い牧師ハイタワーに対する「共同体」の住民や会衆の態度の変化――その当惑や驚きや怒りや暴力行為、そして同情や寛大な態度など――を、「共同体の（ハイタワーに対する）見方の変化は個人の態度の変化に似ているのであって、個人は時には憤慨や怒りに駆られるが、基本的には、寛大で、同情的なのだ」（"The Sense of Community" 12）と言い、また、ハイタワーがK・K・K・によってリンチされる事件を、「ほとんどの緊密な共同体には過激派がいるもので、個人はその暴力を止められないのだ。」（"The Sense of Community" 12）と言う。

これらの意見において、ブルックスは、「共同体」と「個人」の実態の検討をせず、したがって、その質的相違を無視してほとんど同一化している。この同一化は、「共同体」の構成要素やその「規範」の分析・検討がないことから生じている。次に、ブルックスは、K・K・K・のハイタワーに対するリンチという極めて南部「共同体」的な事件を「すべての緊密な共同体」と一般化することによって問題を曖昧なものにしているし、さらに、「過激派、狂信的異端分子」（lunatic fringe）の（fringe）は、もともと「本質的な部分に付属する末梢部分」とか「本流から逸脱した分派集団」の意味であるが、ブルックスが考える南部「共同体」の「本質的部分」とは何なのか、という点が明確にされない。「共同体」の中には、もちろん、隣人愛や相互扶助の精神やブルックスの言う共通の歴史や慣習による住民の一体感や団結力という良い点もあるだろうが、南部「共同体」の「規範」の本質的部分を占めている冷酷な人種差別意識と狂信的な宗教心に本格的な検討を加えない「共同体」論は全く説得力がない。

このブルックスはクリスマスを次のように解釈する。曰く、「共同体」からの「孤立」とその結果は『八月の光』ではクリスマスの話に強く現われている。もしも我々がこの小説の第一のテーマを「人種的偏見」と考えるとそれより大きな問題についてもっている小説の意図を見失うことになる。というのは、クリスマスの「白人の共同体」に反抗した人生は、また「黒人の共同体」も拒絶した人生だったのだ。クリスマスは「白人」としても「黒人」としても生きようとしたが、「白人世界」にも「黒人世界」にも安らぎを見いだせないのだ。彼は、自分が「共同体」を失い、「二つの世界の間で宙づりになった人間」だということが分かるのだ。クリスマスの「不安と故郷喪失感は、彼の遺伝子の問題ではなく、彼の歪んだ心理（a warped psyche）の問題である」（"The Sense of Community" 15）、と。

このようにブルックスは、クリスマスの「共同体」に対する行動の表面的な現象しか見ず、その現象を生み出す元になるものへの論及がないので論理は常に上滑りなものである。クリスマスが「白人」にも「黒人」にもなろうとしたがどちらにもなれず、「白人世界」にも「黒人世界」にも安らぎを見いだしえず、ついには、両方の世界に反抗し、拒絶するのは、ブルックスの指摘する通りであるが、クリスマスのこれらの行為は単なる現象なのであり、クリスマスの真の反抗の相手は、人間や社会を「白人」と「黒人」というように二分法や二元論で分けて、二つを強烈な差別の体系の中においてしまう「共同体」の「規範」そのものである。この点に関して、オルガ・W・ヴィッカリィは、次のように指摘する。

この行動パターンの基礎は、個人が、人種、カラー、地理的出身等によって分類されることを認めることによってのみ社会のメンバーになれるというジェファーソンの人々の確信にあるのだ。(Vickery 27)

その「規範」、言い換えれば、ヴィッカリィの言うジェファーソンの人間の「確信」がクリスマスを一人の人間としては生きることを許さず、「白人」か「黒人」かに「分類」し、そしてそういうものとして生きることを強要する。クリスマスがこの「規範」へ反抗しようとする時に、反抗の現象としては強制された「白人」ないしは「黒人」に反発し、拒絶するという形をとるのは当然である。したがって、クリスマスの「共同体」への反抗や拒絶を考えるとき、当然問題にしなければならないのはその「規範」の内容であり、ブルックスが「歪んだ心理」と言うように個人の心理の問題に帰するのは筋違いである。この「共同体」の「規範」が人間性を抑圧し疎外して、「歪んだ心理」の持主にするのであり、またその結果として「不安感や故郷喪失感」をもつのである。

IV

クリスマスはバーデンとの関係が破局に至った時に、祈りを強制するバーデンを殺害することが不可避的なことを予感しながら、「俺が望んだものは心の平安（peace）だけだ」（九七）と思い、「それだけだ、……そのくらい求めたってたいしたものではあるまい」（一〇〇）と言う。そしてまた、バーデン殺害後、保安官や警察犬に追われながら、「俺が望んだものはそれだけだ。三〇年間それだけだ。三〇年間でそのくらい求めたってたいしたものではあるまい」（二八九）と思う。

この低い無意識の呟きに似た「心の平安」（peace）の存在論的意味内容は重い。そして、クリスマスが主人公であるこの『八月の光』を論じる場合、この（peace）の意味内容の考察は避けられないであろう。

クリスマスの与える印象で特徴的なものは、「砂漠の中に立っている一本の電信柱よりさらに孤独に見えた」（九九）孤立感であり、それと同時にもっている「傲慢で」「誇らしげな」（二七）態度である。クリスマスの他者との関係には常に大きな精神的な距離がある。マッケカン夫人やバーデンが作った料理を床や壁に投げつけるし（一三五、二〇八）、マッケカン夫人の小銭を盗んだ時も、「おれはくれとは言わなかった。覚えておいてくれ。くれるだろうと思ったから、くれとは言わなかったんだ。俺はただ取ったんだ。」(一八二)とマッケカン夫人の優しい思いやりを敢えて拒絶する。また、関係をもったある女がつけてくれたばかりの下着のボタンを「外科医のように冷酷無残にナイフで切り落とす。」(九三)ジェファーソンにいても「半年たっても誰にも話しかけない」(三一)し、ジェファーソンにいた三年間にバーデンを除いては唯一の密接な関係をもったブラウンは、彼が「よそ者」(二三六)であった事がその大きな理由である。

このようなクリスマスの他者との人間関係の拒絶ないしは切断は、そうしなければ、それらの「手先」や「代表」や「駒」によって「共同体」の「規範」の中に、その「暗い穴」や「深淵」(一〇一)の中に引きずり込まれるからである。クリスマスは、バーデン殺害後の逃亡中に次のように思う。

彼には、彼が白人の男たちから狩りたてられて、ついには、三〇年間彼を待ち構え、試し、溺れさせようとする黒い深淵(the black abyss)の中に彼自身が入って行くのを見、そして、今、とうとう実際に入ってしまったことを見ることができるように思われたのだ。(二八九)

この「黒い深淵」のイメージが意味するものは「共同体」のエートスそのものが内包する冷酷な人種差別や狂信的な宗教心から出てくる不正や悪であるが、ハインズやマッケカンやバーデンなどのその「手先」はクリスマスをこの「黒い深淵」の中へと突き落とそうとしたのであり、そして、クリスマスのその力への反抗や拒絶の行為が、マッケカンやバーデン殺害という結果になるのだ。この行為は、もちろん、「黒い深淵」という「共同体」の「規範」の中で人間性を剥奪され疎外されることを拒否し、孤独の中で人間としての尊厳と誇りをクリスマスが選びとったことを表わしている。

だが、この孤独の状態がいかに人間にとって過酷なものであるかは、唯一に愛情の対象であったレストランの女ボビーの裏切りにあった時に、八歳の時、マッケカンから教義問答書を覚えないからといって革帯による鞭打ちを受けた時には全く平静で「顔筋ひとつ動かさなかった」(一三一)クリスマスが、泣きながらボビーを罵り激しく殴る行為に現われているし、バーデンから結婚を申し込まれた時に、その申し入れを、「駄目だ。もしいまおれが屈服したら、おれがなりたいと思った自分にするために生きてきた三〇年間をすべて否定することになる。」(二三二)と考えて拒否するものの、一瞬の間、「結婚すれば、これから一生のあいだ楽々と安心していられるのだ。もう二度と放浪しなくていい」(二三二)と思うことにも現われている。そしてクリスマス自身、「彼が逃げようとしていたものは彼自身からではなく孤独からだったのだ。」（一九七）と思うのである。つまりクリスマスは、「黒い深淵」とそれを拒絶することによって選びとった一個の人間としての尊厳や誇りに必然的に付随する「根無し草の状態」（something definitely rootless）（二七）と孤独地獄の間で引き裂かれた存在である。そして、クリスマスが悲劇的なのは、引き裂かれた二極のいずれもが、彼に極度の不安と緊張と苦痛を強いるだけのもので心の安らぎを覚える場ではないということだ。クリスマスはバーデンを殺さざるをえなくなり、その結果として、ついには、この「黒い深淵」の中に引きずり込まれてしまう。次の文章はクリスマスとクリスマスをついにはのみ込んでしまった「共同体」の力との関係を適切に表現したものと言えよう。

彼は、静かな矛盾した気持で、彼は信じなかったと思っているが、宿命の意志なき召使であった、と思った。（二四四―二四五）

圧倒的な「宿命」の力を前にして、言い換えれば、「共同体」の「規範」を相手にして、クリスマスは自分を自由意志が無きにも等しい宿命の召使と感じる。だが、他方において、クリスマスの人生は「自分のなりたいと思ったものになるために」、徹底的に自分が「宿命の自由意思なき召使」

となることを拒絶し、自由意志と主体性をもった一個の人間であることを主張する人生であったのだ。ここにおいて、クリスマスの闘いは「宿命」ないしは天命への抗議にも等しいものになる。ワゴナーはクリスマスがすべての小さな満足を軽蔑し「マスクを打ち破って」絶対の真理を求めた点でエイハブ的な人物だと指摘しているが（Waggoner 125）、クリスマスには、エイハブほどのスケールの大きい神への挑戦の姿勢と求道者的精神はないが、自己の宿命への反抗や天命への抗議という点ではエイハブに似ていると言えよう。

人間の天命への抗議が死を伴うのは必然である。抗議された天命の方がクリスマスの死を求める気配——保安官や警察犬——を感じながら「黒い深淵」を拒否した過酷な「根無し草」の人生において、最終的には、クリスマスは「自分のなりたいと思ったものになる」ことができずに、「まるで籠に入れた卵のように、（自分の）いのちをもち歩くのがいやになる」（二九四）。彼は、「黒んぼらしいこともしなかったし、白人らしいこともしなかった」（三〇六）ので、——これは先に引用したヴィッカリィのいう「人種、カラー、地理的出身等によって分類されることによってのみ社会の一員になれる」ことを拒否する態度だが、——これが一般民衆の激怒を買う。しかしこれは、彼が最後まで、自分が一個の人間であることを主張した事を表わしているが、モッツタウンの町に、「わざと捕まるためにでてきた」（三〇六）のは、「共同体」のつくる「輪の内側」（二九六）からでることができず、したがって、南部社会のシステムの内側に強烈に幽閉されており、外部への道が固く閉ざされていることを悟ったクリスマスの自殺行為である。クリスマスが死によってしか人間との結びつきを得られず、またこの点においてキリストのイメージとの共通性がある、と指摘したのはリチャード・ブリロウスキィ（Brylowsky 117）であり、さらにミルゲイトは「クリスマスは最後の苦悶において神のような存在になる」（Millgate 76）と述べる。

※

クリスマスが三〇年かかって求めた「心の平安」（peace）とは、「白人」としてや「黒人」としてではなく一個の全人間的存在として、人間の内面的分裂や緊張や疎外のない状態で生きることだと言えるだろう。この意味で「静かに落ちついた心の中の光があり」（一六）、「平和な廊下のようなゆるがない静かな信念」（一六）をもつリーナは、作品の中で二人は会うことはないが、クリスマスにとっては一つの理想像であろう。そして、作品全体のテーマの点からもリーナがクリスマスと「共同体」の関係にコントラストをなす一つの理想像ないしは象徴的な存在であることは既に述べた通りである。このようにこの作品は、偏狭で非人間的な狂信的信仰心と冷酷な人種差別意識という不正と悪を含む「共同体」の「規範」を中心にして、それに捕えられてその「手先」となっているグロテスクな人物とクリスマスの関係を第一のテーマとし、そのコントラストとして配されたリーナと「共同体」との関係を第二のテーマとするものである。作品の基底構造の三極は、つきつめれば、「歴史」（「共同体」）と「人間」（クリスマス）と「自然」（リーナ）ということになるであろう。

註

＊ William Faulkner, *Light in August*. New York: The Modern Library, 1959. 48. 以後、テクストからの引用はこの版により、ページ数のみを記す。なお、翻訳書としては、冨山房出版、須山静夫訳、一九六八年を参照させていただいた。

引用文献

Blotner, Joseph. *Faulkner: A Bibliography 1*. New York: Random House, 1974.
Brooks, Cleanth. "The Community and the Pariah" Ed. David L. Minter. *Twentieth Century Interpretations of Light in August*. N.J.: Prentice Hall, 1969.
——"The Sense of Community in Yoknapatawpha Fiction." Eds. Harrinton Evans and Ann J. Abadie. *The*

University of Mississippi Studies in English. 15. Mississippi: The University of Mississippi Press, 1978.

Brylowsky, Richard. *Faulkner's Olympian Laugh: Myth in the Novels*. Detroit: Wayne State University Press, 1968.

Chase, Richard. "Faulkner's Light in August." Ed. David Minter. *Twentieth Century Interpretations of Light in August*. N.J.: Prentice Hall, 1969.

Fadiman, Regina K. *Faulkner's Light in August: A Description and Interpretation of the Revisions*. Charlottsville: The University Press of Virginia, 1975.

Gwynn, Frederick L. and Joseph L. Blotner. eds. *Faulkner in the University*. New York: Vintage Books, 1959.

Harrington, Evans and Ann J. Abadie. eds. *The University of Mississippi Studies in English* 15. Mississippi: The Department of English of the University of Mississippi, 1978.

Hoffman, Frederick J. *William Faulkner*. New Haven: College University Press, 1961.

Howe, Irving. *William Faulkner: A Critical Study*. New York: Vintage Books, 1951.

Kazin, Alfred. *On Native Grounds: An Interpretation of Modern American Prose Literature*. New York: Reynal and Hitchcock, 1942.

Millgate, Michael. "Faulkner's *Light in August*." Ed. David L. Minter. *Twentieth Century Interpretations of Light in August*. N.J.: Prentice-Hall, 1969.

O'Connor, William Van. *The Tangled Fire of William Faulkner*. Minneapolis: The University of Minnesota

Press, 1954.
Page, Sally R. *Faulkner's Women: Characterization and Meaning*. Deland, Florida: 1972.
Slatoff, Walter J. *Quest for Failure: A Study of William Faulkner*. Ithaca, New York: Cornell University Press, 1960.
Vickery, Olga W. "The Shadow and the Mirror: *Light in August*." Ed. David Minter *Twentieth Century Interpretations of Light In August*. N.J.: Prentice-Hall, 1969.
Waggoner, Hyatt H. "*Light in August*: Outrage and Compassion" Ed. Robert Berth. *Religious Perspectives in Faulkner's Fiction: Yoknapatawpha and Beyond*. Indiana: University of Notre Dame Press, 1972.
大橋健三郎『フォークナー研究2』南雲堂、一九七九。

第六章　閉じ込められる黒人の命
——フォークナーの「黒衣の道化師」

I

『行け、モーセ』(*Go Down, Moses*, 1942) の第三番目のストーリーである「黒衣の道化師」("Pantaloon in Black") の主人公、黒人ライダー (Rider) は、サイコロ賭博に加わり、いかさまをした白人のバードソング (Birdsong) の喉を剃刀で切りさいて殺した後、州境を越えて逃亡しているだろうという保安官補の予想を完全に裏切って、真昼間、自宅の庭で眠っているところを逮捕される。このライダーは、前日、妻マニー (Mannie) と死別し、その悲しみや苦痛から食事も喉を通らず、また二人が結婚生活を送った家で眠ることができずに林や野原を歩き回っているが、殺人を犯して始めて眠りを得ることができたのである。
常識的に考えて、狂人でもないかぎり、人間が殺人を犯した場合には、強度の精神的不安や動揺をきたして安らかな眠りは得られないはずであり、眠るためには、人は心の平安や落ちつきを必要とする。ほとんどの批評家が見のがして言及さえもしていないこのライダーの殺人を犯して始めて得られる眠りの意味するものは何であり、それがテーマとどう関連するのであろうか？事件を担当した白人の保安官補によって以下のように彼の妻に語られるこのライダーの眠りは、明らかに黒人を人間的感情を持たない野牛のような存在と考える保安官補の侮蔑と嘲笑と諧謔の対象となっている。

だから、おれたちがやつの家のそばを通り過ぎたのは、全く偶然だったんだ。……すると、やつはそこにいるじゃないか。開いた剃刀を片ひざに、弾丸のつまった猟銃をもう一方の膝に置いて、かんぬきをおろした表のドアの後ろに座ってやがったとでも思うのかい？いいや。やつは眠っていやがったんだぜ。ストーブにのっけたでっかい鍋の中の豆をすっかり平らげて、真昼間、ただ頭をベランダの影の中にちょっと突っ込んで、あの裏庭にひっくり返って眠ってやがるじゃないか。(1)

ところで、フォークナーは「黒衣の道化師」に関しては、特にライダーの眠りの件が記憶にあったとみえ、後年、『尼僧への鎮魂歌』(*Requiem for a Nun*, 1951)の中で、テンプル(Temple)に次のように語らせている。

彼の妻は死んだばかりで、——それも結婚してたった二週間しかたっていなかったんですが——彼は妻を埋葬した後、最初は夜疲労し眠るために田舎の道を歩こうとしたんです。でもそれに失敗すると、こんどは眠るために酔っ払おうとしたんです。それで、それにも失敗すると、彼は喧嘩をしてサイコロ博打で白人の喉を剃刀で切ったんです。そうするとやっとすこし眠ることができたんです。そして、保安官は、彼が妻と、結婚と、自分の人生と年取ってからのために借りた家のベランダの木の床の上で眠っているところを発見したんです。(2)

テンプルの話では、妻を埋葬した後のライダーの行動の全ては眠るためになされたことになっており、保安官補のように侮蔑と嘲笑と諧謔の対象として片づけたり、またほとんどの批評家のように無視することは決してできず、ライダーの眠りの意味内容の解明には、ライダーという一人の黒人の人間存在全体の考察が要請され、またそのことが即テーマの解明に結びつくほどの重要性を持っ

ているのである。ライダーは、眠っているところを保安官補に起された時に、

ええだよ。白人のだんながた。おらがやりましただよ。ただおらを閉じ込めねえでおくんなせえ。（二五七）

と言って犯行を素直に認めているが、「閉じ込めないでくれ」（Jest don't lock me up.）と言うライダーの言葉は、この作品のテーマに密接に関係するキー・ワードであり、二〇世紀前半の南部において、黒人が白人を殺して捕えられ、その黒人が法による刑の判決を受けない時にはほとんど確実な白人のリンチによる死が待っているという歴史的、社会的状況を考えた場合には、ライダーは刑務所に閉じ込められ白人の法による刑の判決とその執行を拒否して、むしろリンチによって殺害されるのを覚悟していることを示している。とすれば、ライダーの眠りは自己の死を確信した上での眠りでもあるのだが、ライダーが命を賭してなぜ「閉じ込められる」ことに反発するのか、そして、「閉じ込める」ものの実態は何であり、また殺人を犯し自己の死を確信した後眠りを得るライダーの存在状況は如何なるものであるのか、作品に即して検討したい。

II

わずか六カ月間の結婚生活を送っただけで死亡した妻マニーを埋葬して家に帰ったライダーが門に手をかけた時の気持ちは次のように書かれる。

突然彼にはその向こうには何もないように思われ、……あたかも一つの場所で眠りに落ちて、それから突然目が覚めて別の場所に自分がいるのに気づいたかのように感じられ、……さらに、目の前の貧弱な厚板と屋根板の骨組みが凝固して、瞬間彼は、とても中に入れそうにもないと信じるのだった。（二三九）

マニーとの人間的な結びつきが切断され、精神の空白を感じているライダーにとって、人間の手から離れたモノとしての家が――「厚板と屋根板の骨組」――が、裸形のまま露出し、自己主張するように感じられたのだ。言い換えれば、マニーと一緒の生活を前提として初めて関係と意味を持ち得るところの、張り変えたベランダの床や建てなおした台所や二人が買ったストーブなどが、その関係が断たれ意味を剝離され、単なるモノの次元にすべり落ちたのだ。それ故に、「いまでは新しい床板や敷居や屋根板、それに暖炉やストーブやベッドでさえもが、全て誰かほかの人間の記憶の一部のようになりはてた」（一三九）と感じられるのである。

ライダーがルーカス・ビーチャムにならって結婚した夜に暖炉に火をつけ、それ以来ずっと燃えつづけていた火は消えていたが、この火は、フォークナーが『行け、モーセ』の最後のストーリーである「行け、モーセ」の中で言ったように、「昔ながらの人間の結合と連帯のシンボル」（三八〇）なのであるが、――因に、メルヴィン・バックマンは、「この火は愛の象徴」（Backman 596）と言っている――ライダーはこの時、死んだ妻マニーとの間の「人間的結合と連帯」が断たれた状態にあったのだ。ライダーと家や家具との関係が断たれ、家や家具の持つ意味性が剝離されて、それらが単に存在しているモノの次元にすべり落ちた状態は、逆に、ライダー自身も、社会における日常の人と人との関係の次元、つきつめて言えば、マニーとの間の「人間的結合と連帯」の次元から切断されて一個の存在しているモノの次元に転落したことを示している。ライダーは、結婚して一カ月たった頃、

おらにゃ、でっけえ犬がいるだよ。何週間はおろか、一日だっておらと一緒にいてくれるの

はおめえだけしかいねえだでな。（一三九）

と言って、マスティフの血が混じった大きな猟犬を飼っている。この犬は、ライダーにとって、彼が留守中に、マニーという「一緒にいてくれる唯一の人間」を守るために、そして「家を管理し、守護する」（一三九）ために必要だったのだが、この犬に関するライダーの考え方からも分かるように、ライダーにとってマニーは、人間性の根源的なところでつながっている存在であり「結合と連帯」の相手として唯一絶対の存在であったのだ。このようなマニーの喪失は、日常生活の秩序と安定の基盤の喪失であり、ライダーにとって彼がそれによって生きてきた世界の秩序とイメージの完全な崩壊を意味し、人と人との根源的な関係の切断、ひいては、自己と社会や全体との関係を明らかにする世界像の崩壊を意味すると言っても過言ではない。人と人、人と物との根源的な関係から切り離されて孤立した一個のモノとしての存在を痛烈に意識しているライダーは、この時点において存在論的な意味で非常に死に近づいている。このようなライダーの存在論的なコンテクストにおいて始めて、マニーの亡霊が理解されるのである。

犬は表のドアのすぐ外で立ち止まり、今ではそこにその姿が見えたが、その犬は頭をさっと振りあげて吠えはじめたそのとき、彼もまた彼女の姿を見た。彼女は台所の戸口に立って、彼を見ていた。彼は動かなかった。落ち着いた声が出るようになるまで息もせず、しゃべりもせず、顔もまた、彼女を驚かせないようにじっとそなえていた。「マニー、」と彼は言った。「なんでもねえだよ。怖がっちゃいねえだで。」(一四〇)

ライダーが見るマニーの亡霊を、ワルター・タイラーが言うように、フォークナーが小説技巧として使ったゴシック・ロマンスの要素として考える(Taylor 438)こともできようが、ライダーが見るマニーの亡霊は、ライダーの心が生み出した幻影なのであり、彼が存在論的に限りなく死に近づいているからこそ現われるのである。この時点においてライダーは、精神的に死んだマニーとほとんど一体化している。そして、ライダーとマニーの間にある違いは、モノとしての肉体が生きているか死んでいるかの違いだけである。それ故にライダーは、マニーとの一体化を阻止する自分の生きているモノとして肉体を痛烈に意識するのである。

だが、彼女は去ろうとしていた。今ではすばやく去ろうとしていて、彼は二人の間に、他の人間なら二人かかってやっと扱える丸太をたった一人で扱うことのできるあの力そのもの、あまりにも強く敵しがたく生命を求めるあの血と骨と肉の乗り越えがたい障壁が立ちはだかっているのを、ありありと感じることができるのだった。それというのも、かつて少なくとも一度彼は、突然の激しい死においてさえも、たぶん若い男の骨と肉そのものではなくても、生き延びようとするその骨と肉の意志が現実にいかに頑強なものであるかを、おのが目で思い知ったことがあったからだったが。(二四一)

つまり、ライダーとマニーの間には、「あまりにも強く敵しがたく生命を求めるあの血と骨と肉の乗り越えがたい障壁」が立ちはだかっており、その「骨と肉」は「生きのびようとする意志」を持っているのである。それで、二人の「結合と連帯」は成就されずマニーの亡霊はライダーの前から消えてしまう。この後、ライダーは、叔母が持って来てくれていた豆を食べようとするが、「凝固した生命のない塊は彼の唇に触れると跳ねかえるように思われ」(二四一)、一口も食べずに、その家を出て、林や牧場や丘を明け方まで歩き回るのである。テクストでは、ライダーはこの戸外で横たわるのであるが、それも、「明け方の薄暗がりの中」(一四二)であり、その日の製材所には火夫を除いては一番早く来ているので、ほとんど睡眠らしき睡眠はとっていない。この後のライダーの行動――製材所での激しい労働、密造酒の痛飲、サイコロ賭博等――は、留置場でライダーが、

笑いつづけながら、

どうやら、おらァ、どうしても考えることをやめることができねえみてえだて。どうしてもやめることができねえみてえだて。(一五九)

と言うように、人と人との関係ないしは「人間的結合と連帯」を切断され、モノの次元にすべり落ちた一個の単なる生きている存在としての彼の「生きのびようとする意志」を持つ肉体、すなわち、「血と骨と肉」は如何なる状況にあり、またそれらをどう生かしてゆけばよいかを「考え」模索する行動である。クレアンス・ブルックスは、「彼は深い死別の苦しみを味わう。しかし、彼はその自分を激しい行動でしか表すことができない」(Brooks 255) と述べるが、確かにライダーの激しい行動は、妻を失った「深い死別の苦しみ」から出てはいるが、その激しい行動によって「死別の苦しみ」に包まれている自分を表わそうとしているだけだろうか?「考えることをやめることができない」と言うライダーは、マニーの死によって崩壊したそれまでの日常生活の秩序と安定、さらには、人と人、人と物との関係に対する根源的な疑念を懐いているのであり、彼は行動によってこの疑念を解明し、そしてその崩壊した状況の中で、彼の「血と骨と肉」を如何に生かしてゆくかを思考しているのである。このためには彼は、自己とその自己を取り巻く状況であるところの南部社会を再検討し再確認しなければならない。チャールズ・H・ニロンは、ライダーの行動を次のように述べる。

ある意味でライダーの努力は人生からの逃避の試みである。彼が試みる逃避は非現実的というわけではない。彼は仕事を通して、ウィスキーを通して、ギャンブルを通して逃げようとする。これらの試みのいずれにおいても、彼は、彼の心から妻の思い出を押し出してしまうように現在の経験を強く体に負わせようとするのだ。(Nilon 35)

ニロンの考察を筆者の論理の展開に合わせて考えれば、ニロンが言っていることは、ライダーは、彼の「生きのびようとする意志」を持つ「血と骨と肉」すなわち肉体に過重な経験を負わせることによって――分り易く言えば、肉体を痛めつけることによって――心から妻に対する思いをしめ出そうとする、そのことは、結局死別の苦しみに包まれた自分自身から、自己の人生から逃避しようとしているのだ、ということである。このニロンの論理をつきつめれば、妻を喪失した苦痛から、人生からの徹底した最終的な逃避は自己抹殺ということになり、ライダーのバードソングを殺害したことによるリンチによる死は、ライダーの死別の悲しみによる自殺行為ということになる。とすれば、願望としての自己の死を目前にして、留置場で暴れる必要はないであろうし、またライダーの神への不信の念や「考えることをやめることができない」という言葉はどう解釈したらよいであろうか。恐らく、ライダーの行動の方向は、ニロンの考えとは逆方向であり、ライダーの「生きのびようとする意志」を持つ肉体は、当然妻に対する思いや妻との死別の苦痛を背負っており、ライダーはこの苦痛から逃避しようとするのではなく、逆に苦痛へ執着し、それに徹底して身を浸すのであり、この意味で彼は人生へより深くコミットしてゆくのである。

III

ライダーのこの後の行動は、製板所での激しい労働であり、森の中で白人から買った密造ウィスキーの痛飲であり、製材所の道具部屋で開かれているサイコロ賭博をすることである。これらの行動は、表面的には六カ月前に、「おらァ、そんなことは全部やめた」(一八三)と言って、女遊びと博打とウィスキーをやめてマニーとの結婚生活に入ったライダーが、再び旧態へ転落するかのような印象を受ける。だが、六カ月前と今度とは、それらに対するライダーの行動の仕方やその行動の意味するものが全然違うのである。

ライダーは、六カ月前までは、女遊びをし、博打をし、ウィスキーを飲むことは、平均的なアメリカ南部の黒人労働者がする普通の行為として何の疑問も感じないで行ったのだが、「生まれてからずっと知っていたマニーをはじめて眼にとめて」（一三八）、言い換えれば、マニーを「人間的結合と連帯」の相手として意識して、それらの行動に対する疑念が生じて、それらと縁を切り、黒人の生活としての秩序と安定を求めてマニーとの結婚生活へ入っているのだ。だが、この段階のライダーの意識は黒人の通常の生活領域内にあり、その領域内における疑念であり前進と向上なのであって、ライダーはまだより包括的でより深い認識、すなわち、白人と黒人をその中に含む南部社会に住む一人の人間の生き方や人間とその社会との関係の在り方についての認識はなかったのだ。だから、ライダーとマニーの結婚生活は黒人としては衣食住の満ち足りた、愛と信頼のある豊かとさえ言える生活として描かれるのだ。ライダーは、人一倍頑健な体をし――「身長は六七フィート以上、体重は二〇〇パウンド以上」（一三五）――「仕事にあぶれることもなく……たっぷり金を稼いでおり」（一三七）、「残った金をエドモンズの金庫に預けて」（一三八）さえいたのだ。つまり、このライダーの生活は、タイラーが指摘する通りである。

アメリカでの人生は、彼と同じ人種の人には（将来を）ほとんど約束することはないのだが、ライダーには多くのものを与えていたように思われる。（Taylor 435）

この黒人の生活としては秩序と安定性のある豊かな生活が、マニーの死によって一挙にその根底から瓦解するのである。マニーの死因は書かれていない。これについて唯一の本格的な「黒衣の道化師」論を展開しているタイラーは、次のように論じる。

黒人がほとんど成功することはないような社会で、ライダーはマニーを失うまでは失敗を経験することがなかった。フォークナーは、適切に、死別の悲しみの原因をけっして特定しない。何であれマニーの死の理由を明らかにすると、それはフォークナーにライダーの苦悶を黒人の経験の偶発的な事件と結びつけざるを得なくさせる。原因を特定しないことによって、ライダーはマニーの喪失を意識的にただ神の行為としてだけ説明できる人間として示すことができるのだ。（Taylor 435）

確かに、タイラーが指摘するように、マニーの死因を明らかにしないことによって、フォークナーはライダーの死別の悲しみを「黒人が経験する偶発的な事件」と結びつけずに、「神の行為」としている。「黒人が経験する偶発的な事件」とは、タイラーは、例えば、「乾燥の九月」（"Dry September"）（1931）で、ミニー・クーパーという四〇歳に近い白人の独身女性の鬱屈した欲望が生み出した黒人によって強姦されたというつくり話が広がり、偏見に捉われた白人のリンチによって殺害されるウィル・メイズの事件などを言っているのであろう。白人の気まぐれや嘲笑や諧謔の対象として、そして、差別と抑圧と搾取の対象として、黒人は常に「偶発的な事件」にさらされているのだ。マニーの死因を明示すれば、ライダーの死別の苦痛は、一つの「偶発的な事件」という具体的なものの中に還元されてしまい、アメリカ南部社会が孕む階級的、人種的、経済的問題に対する認識の芽を摘んでしまうかもしれないのだ。よってライダーは、マニーの死を「神の行為」として、神への告発へと向かうのである。叔母の夫アレック（Alec）叔父が、

おめえは、大丈夫てこたぁねえだぞ。神様は与え、取り給う、だぞ。神様を信じ信頼するがええだ。（一四五）

と言うのに対して、ライダーは

何を信じ信頼するというだね？いってえマニーは神様に何をしたというだね？なんだって神様はおらにお節介をしにこようなんどと――？（一四五）

と言って、無実の人間に対して行う神の気まぐれな残酷さに反発し、叔母の、

神様のほかにゃ、おめえを助けることのできることのできるものは何一つねえだぞ！神様におねげえするがええだ！神様はきっと、おめえの話を聞いて助けてやりたいと思っておいでだ！（一五〇）

という言葉に対して、

もしその神様が神様なら、おらが話して聞かせる必要はないはずだぞ。もし神様が神様なら、もうちゃんと知ってなさるはずだて。なに、ええだよ。おら、ここにいるだて。神様のほうからこけぇ降りてきて、何かおらの役に立つことをしてくんなさるがええだ。（一五〇）

とライダーは言って、黒人のライダーの苦しみを知ろうとしてはくれない神、何の役にも立たない神を告発する。この黒人のライダーに対して無理解で、何の役にも立たず、気まぐれに残酷な仕打ちを行う神は、アレック叔父の言葉、「神は与え奪い給う」(De Lawd guv and He tuck away.)ではなく、「神はただ奪う」だけではないのか。ライダーの意識は、神から南部白人の神へと向かい、そして、南部社会の上部構造としての神への告発を契機として、下部構造、経済的社会構造へと向かうのだ。それによって、マニーとの結婚生活までは白人によって支配され統制された経済的、社会的、人種的枠組の中に組み込まれた黒人の生存領域に限定されていたライダーの意識が、その領域を突き破り、南部の社会構造全体へ向かい、その南部社会における一人の人間の生き方にまで進み、その社会が孕む問題の焦点である階級的、人種的問題に突き当たるのである。

従って、マニーの死後ライダーが行う労働や飲酒や博打は表面的には結婚以前の状態への転落に見えるが、実はそれとは全く異なり、それらの行動は、南部の社会構造全体に対する認識の目が開かれたライダーが、今までに自分が行って来た事柄の再検討、再認識の行動なのである。勿論、彼の行動にはマニーの死から生じた悲しみが付与されており、思考を行動によって表わす彼の態度から、また事柄の核心を把握するには行為の徹底性が要求されるために、彼の行動が激しいものであることは当然である。そして、特に注意を払うべき点は、ライダーは徹底的な激しい行動をしながらも、その行動からデタッチメントがあり、自分の行動を客観視している態度を持っていることである。これはライダーの行動が自己と社会の再検討、再認識を目的になされている事を如実に表わす態度である。

ライダーはマニーを埋葬した翌日、火夫を除いては一番早く製材所へ出かけて行き——このことを保安官補は妻に、ライダーは妻が死んだ翌日に「一日休暇をとるくらいの分別」もないと言う（一五六）——、それまでも「時々自分の力に対するうぬぼれから普通なら二人の男が取り扱う丸太を一人で取り扱っていた」（一三七）が、——これは南部の社会的、経済的、人種的構造の枠組の中に捉えられた自己に対する疑念を全く抱かなかった時のライダーである——その日は、今まで一度も相手にしたことがない大きな丸太を頭上高く差し上げてトラックから投げ降ろすのだ。この一番早く製材所へ行き、今まで相手にしたことがない巨大な丸太を取り扱う行動は、ライダーの行動の徹底性を表わしているが、ライダーは、「午後もまだ日が高いうちに」（一五六）人夫頭にも誰にも何も言わずに仕事をやめて森の方へと歩いて行くのだ。保安官補は、この行動をライダーの支離滅裂で不条理な行動と解釈するが、むしろこの行動はライダーの仕事からの意識のデタッチメントと考えるべきであり、それは言ってみれば、人一倍仕事をすればするほど人一倍白人から差別され搾取される結果にしか終らない仕事に対する認識とその仕事の放棄なのだ。

ここで指摘しておかなければならないことは、ライダーが巨大な肉体を持ち、「彼が頭をしている組仲間が、ほかのどんな組仲間に比べても一・三倍もの量の木材を陽のあるうちに運んだ」（一三七）程の有能な労働者であったという事実から、ライダーをニロンのように、「一種のスーパーマン」（Nilon 37）とかウォーレン・ベックが指摘するように「素晴らしい動物としての人間の理想化」（Beck 370）と指摘するだけで、ライダーが、南部社会に対して有能な労働者としてより深くコミットしてゆけばゆくほど、彼が搾取され疎外される存在であるという認識がなければ、彼の悲劇性は理解されないということである。

次に、ライダーは森の中へ入って行き、白人の密造ウィスキー売りから普通は一人に対して一パイント瓶しか売らないのに強引に一ガロン入りの瓶を買って、そのウィスキーを浴びるように飲む。これもライダーの行動の徹底性を表わすものだ。そしてライダーはそのウィスキーに対して挑戦するように話しかけるのだ。

これで、ええだ。おらを試してみるがええだ。おらを試してみるがええだぞ、この生意気やろうめ。おらのここには、おめえをぶちのめしてくれるもんがちゃんと入っているんだぞ。

（二四七）

さあ、こい。おめえはいつもおらより強えと言い張りやがったな。さあ、来るがええだ。その証拠を見せるがええだ。(一四七)

ライダーは明らかに、その時まで一人の人間としての意識の弛緩と酩酊を強いてきた密造ウィスキーの向こうに白人と白人社会を見ている。ライダーは、奴隷廃止論者ジョン・ブラウンが、

私は、ただ白人だからという理由だけで強い者によって奴隷状態に置かれている黒人だから弱いのだという考えには反対なのだ。(二八五)

と述べたように、皮膚の色の違いだけで「常に強いと主張する」白人に対して「それを証明してみろ」と追っているのである。そしてライダーが「おらは今ここに、おめえをぶちのめすことのできるものを持ってるんだ」と言う言葉の「もの」(something)とは、白人と白人社会に対して挑戦しようとするライダーの決意と意志力とでも解釈されるだろう。勿論、ウィスキーを体が拒絶反応を示すまで徹底的に飲んだ後も、ライダーは、肉体的な酔いは多少あるにしても精神的には完全に覚めている。この覚めている状態とは、言い換えれば、自己の存在状況と白人の差別と抑圧と

搾取に対する覚醒である。

ライダーは、次に、この差別と抑圧と搾取の実態を徹底究明するために製材所の道具部屋で開かれているサイコロ博打へと出かけてゆく。ライダーは結婚した時まで、白人の夜警のバードソングから、「いかさまサイコロについている黒ぼちの数が読めるくらいに大きくなってからずっと、おそらく確実に自分の賃金の平均九九%にあたる金をおとなしく文句も言わずにすりつづけてきたその同じ博打にすぐに仲間入りして」(一五六)、同じようにいかさまをしたバードソングに対して、

「おらは、どんな(いかさまサイコロによる)負けの目だって勝てるがね。でも、ここにいる若い者たちは――」(一五三)

と言って、彼の喉を剃刀で切りさいて殺すのだ。

労働に対しては正当な評価がなされその評価に相当する賃金が支払われるべきなのであるが、黒人は、奴隷の状態から解放された南北戦争後約八〇年後――このストーリーの年代は一九四〇年代に置かれている――においても、経済的にはカースト制度によって社会構造の最下層に組み込まれ、差別と搾取の対象となっているのだ。アリソン・デイヴィスとバーレイ・B・ガードナーとメア

リ・R・ガードナーは深南部の社会人類学的調査・研究の中で、製材工場労働者の白人と黒人の賃金格差についてグラフと表を示して、さらに次のように述べている。(調査年は一九三三年だから作品発表年の一〇年ほど前である。)

どんな分野であれ黒人の平均的な週給は白人労働者のそれよりひどく劣っている。そして、黒人労働者のわずか一〇パーセントの人が一時間一五セント以上の賃金が支払われるが、他方、白人労働者の五一パーセントの人にこの高い給与が支払われるということは、現在の工場の賃金体系においても全面的に制裁的な階級制度が適用されていることを示している。このような制裁的な措置がとられる理由は主に、地方の白人社会は、工場が町にもたらす金の総額が増大することに価値を置くというより、仕事の関係における地方の階級構造を維持することのほうに高い価値を置いているからである。(Davis and Gardner 436-437)

つまり、ライダーに支払われた賃金そのものが、人種差別からくる「階級制度による制裁」によって、不当な低賃金であったと考えられる。さらに、ライダーの賃金の九九%がバードソング等の白人のいかさま博打によって巻き上げられていたという事実は、白人の不正と悪を強調するための文学的な誇張された表現なのではなく、デイヴィスとガードナーは全く同じような土木作業員についての恐るべき事実を報告しているのだ。

請負業者は、ギャンブルと売春のための施設を広く組織化することによって、土木作業員を経済的に支配する十分に発達したシステムを維持している。このシステムは、三〇年間数えきれない数のキャンプで「ゲームの経営」をしたギャンブラーを含む幾人かの労働者によって説明されている。この男は、請負業者によって雇われてダイスとカードのゲームを経営していた。賭けはすべて経営者側の黒人の代表を相手になされる。ゲームは、給料日にはいつも開かれ、土曜日の午後から日曜日の朝まで続く。経営者は、どんな賭けのゲームでもその下にある統計上法則によって儲ける金をたっぷり持っている。そして、そのキャンプのほとんどすべての労働者はギャンブルをするから、経営者は、土曜日の正午に支払った賃金のほとんどを月曜日の朝のギャンブルの終わりまでには取り返してしまうのだ。(Davis and Gardner and Gardner 439)

階級制度と博打や売春による二重の差別と搾取の構造は徹底している。南北戦争によって廃止された奴隷制度は名ばかりの廃止であり、その奴隷制度に制度化された不正と差別と搾取の形態が取って代っただけなのだ。勿論、『行け、モーセ』の最初のストーリーである「昔あった話」“Was”——時代は南北戦争前におかれている——で、バック（Uncle Buck）やバディ（Uncle Buddy）の博打の賭の対象とされ、サイコロを振る自由も与えられていないトミーのタール（Tommy's Turl）とは違って、一九四〇年代に生きるライダーや他の黒人たちはサイコロを振る自由と主体性だけは与えられてはいる。しかし、彼らの自由と主体性とは、いかさまサイコロ（crooked dice）（一五六）を振ってほとんど確実に「負けの目」（missout）を出すように仕組まれて与えられたものにすぎないのだ。歴史学者ジェイムス・W・シルヴァーはミシシッピ州の自由と平等の問題について次のように述べている。

今日ちょっとした詭弁家の一人は、平等は金で買い取らねばならないもので、決して力や法律で達成されるものではない、と主張する。忘れられている真実は、一八七五年から一八九〇年の間に、不平等が力によって行使され法によって規則化されているということである。世紀の終わりまでに、黒人たちは長い間ミシシッピの自由には政治的平等も他のいかなる種類の平等も含まれていないということを知っていた。カースト制度が、明らかに決定的に、奴隷制度に取って代わり、黒人は自分のおるべき場所におり、社会は再度閉ざされ、犯すべからざるもの(sacrosanct)になった。(Silver 4)

ライダーの剃刀による白人の夜警バードソング殺害は、「カースト制度が奴隷制度に取って代わり」、「不平等が力によって行使され法によって組織化され」、「自由にいかなる平等も含まれてはいない」、白人が支配し統制するアメリカ南部の社会構造に対するライダーの絶望的な自己の死を賭けた切り込みであったのだ。このライダーの行動はまた、「熊」の第Ⅳ章の言葉を使えば、「生殺与奪の権を握って奴隷として所有してきた人間」(二五四)の末裔に対する挑戦であり、「今まで二〇〇年間その中にありこれからの一〇〇年間もたとい血を流す内乱があったとしても完全に解放されることはない桎梏」(二五五)を突き破ろうとする行動であったとも言える。

Ⅳ

ライダーは翌日、州境を越えて逃亡しているだろうという保安官補の予想を完全に裏切って真昼間、自宅の庭で眠っているところを発見され、「おらがやりましただよ。ただおらを閉じ込めないでおくんなせえ」（一五七）と言う。ライダーが自宅の庭で眠っていたことは、彼に逃亡の意志が全くなかったことを表わしているが、「閉じ込めないでくれ」と言うライダーの意図は何だったのだろうか。この後ライダーは、そこに駆け付けた叔母と一緒に留置場の独房に「閉じ込められる」が、ボルトで止めた鉄のベッドをそっくり床から引っこぬいて、そのベッドを壁に投げつけて、鉄格子のドアを壁から引き離して独房から歩き出し、

大丈夫だ。大丈夫だ。おらァ、逃げやしねえだから。（一五八）

と喚いている。そして、他の囚人たちから取り押さえられた時も、

おらァ、逃げるつもりはねえだぞ。おらァ、逃げるつもりはねえだぞ。（一五九）

と言っているのだ。エドモンド・L・ヴォルピーは、留置場で暴れるライダーを「死んだ妻について考えることからのがれる（escape）ために暴力に訴えているのだ」（Volpe 235）と言っているが、見当違いも甚しい。ライダーは死んだ妻からも白人が支配し統制する差別と搾取の社会構造か

らも「逃げるつもりは毛頭ない」のだ。むしろライダーが、妻を失くした悲しみを自らの「生きのびようとする意志を持つ」体に背負い、妻を奪った神への告発から南部の社会構造への告発へと進んだことはこれまでみてきた通りである。逃亡の意志のないライダーが留置場で暴れるのは、ただ単に、「閉じ込められる」のに耐えられないからである。すでに南部の社会構造に対する認識の目が開かれた状態にあるライダーは、もうこれ以上、全人間的存在のうち九九％以上は白人の抑圧と搾取の対象になり、一％しか自己のものとはならない状況にある黒人の過酷な桎梏の中に「閉じ込められている」のが耐えられないだけなのだ。そして、ライダーが逃亡の意志がなく保安官補によって「閉じ込められる」のを拒否していることは、南部の白人と黒人の関係の歴史的、社会的事実から判断して、ライダーは白人のリンチによって自分がほぼ百パーセント確実に殺されることは覚悟の上であることも示している。事実、ライダーは、保安官補によって「四二票の有効票」（一五五）を持つためにリンチを黙認されたバードソングの一味によって、黒人小学校の鐘の引き綱に吊されて殺されるのだ。

このライダーや他の黒人を、事件を担当した保安官補は、二本の足で歩くが人間ではなく、正常な人間感情などは持たない野牛同然の存在とみなすのである。

「ああいういうろくでもない黒んぼたちめ、」と彼は言った。「いや、まったく、ああいうやつらがいるというのに、今みたいに厄介事が少ないのは不思議というもんだよ。なぜかって？だってやつらは人間じゃないからさ。そりゃ、人間みたいな顔つきはしているし、人間みたいにちゃんと二本の足で歩きやがるし、しゃべることもできれば、やつらのいうことをこっちが理解することもできる。いや、少なくともときにはこっちの言うことをやつらが理解しているような気がすることもあるがね。しかし、いったん正常な人間感情とか、人間の情などということになると、やつらは全くろくでもない野牛の群も同然なんだ。」（一五四）

保安官補と言えば、社会秩序の維持者であり、シルヴァーが「正当性」（orthodoxy）（Silver 32）と呼ぶものの遵奉者であり、そしてその社会で「正常」と思われているものの体現者であるはずであるが、その彼が実は「黒人は人間的感情を持たない野牛も同然の存在」と断定するところの非情で、「異常」な人間であるという事実が、社会そのものの非情性と「異常性」を如実に表わしている。（遡及してこの社会を作った人物を考えれば、その一人として、例えば、「熊」においてアイザック・マッキャスリンが、「不当行為の上に築かれ残酷な搾取によって建てられた」（二九八）大建築物としての農園の中に祖先の罪と悪を見い出して土地の相続権を放棄するが、この農園を作り出したアイザックの祖父、老キャロザーズ・マッキャスリンを考えることができるであろう。）さらに、その保安官補がライダーの事件を妻に語って、ストーリーの最後で感想を聞くと、彼の妻はその質問に対しては答えずに、

「おまえさんがこの家でほんとに夕食を食べるつもりなら、あと五分の間に食べてもらいたいもんだと、あたしゃ思うよ、」と食堂から妻が言った。「それからこのテーブルをかたずけたら、あたしゃ映画を見に行くつもりなんだから。」（一五九）

と言って、事件を単なるありふれた日常的な出来事の一つとみなしているのだ。これは恐ろしい程の感受性の鈍麻を示すものであり、このような人間が社会の平均的で「正常」と言われている人間であるのならば、まさにこの社会は狂気の社会である。

このようなコンテクストを踏まえて始めてストーリーの題名、「黒衣の道化師」の意味が明らかになるのだ。狂気の社会において、一人の人間が正気になればなるほどその社会にとってはその人間が「正当性」や「正常」と思われているものから踏みはずれた「道化」にみえてくるという、恐ろしい逆説である。さらに、その社会にとって「道化」は必要でない。従って、「道化」は社会か

ら追放されるか抹殺されるかの運命にあるのだ。それ故に彼は「道化」になって抹殺されない為には、社会と一緒に狂っていなければならないのだ。

※

ライダーは、狂気の社会と一緒に狂っていた状態から、妻マニーの死を契機として黒人としての自己の存在状況に覚醒し、自己の全人間的存在の九九％以上が差別と抑圧と搾取の対象になっている非人間性を認識し、人間性と正気を取りもどすために「道化」となって白人を殺害する。勿論、「道化」が社会から抹殺されることは承知の上であるから、彼は自己の死を賭けて正常な人間になろうとしたのである。ライダーにとっては、白人のバードソング殺害は、彼の人間的存在の九九％以上の抑圧と搾取を拒否する行為であり、自己の疎外された存在を奪還し一個の正常な全人間的存在となるための不可欠な行為であったのだ。さらにライダーの行動は、自己が一個の人間となるためという自己目的のためだけになされたばかりではなく、バードソングを殺害する時に、「おらは、どんな（いかさまサイコロによる）負けの目でだって勝てるがね。でも、ここにいる若い者たちはー」（一五三）と言っているように、自分は「道化」として社会から抹殺されるのを覚悟の上で、

「若い者たち」のために捨石になる決意を持ってなされているのである。このように、自己が一個の人間になるために自己の死を賭けなければならないところにライダーの、ひいては二〇世紀前半のアメリカ南部社会の黒人の存在論的悲劇がある。ライダーが留置場の中で、「おらァ、どうしても考えることをやめることができねえみてえだ。」（一五九）と言うが、ライダーの「考えることをやめることができない」ものとは、勿論、黒人の悲劇的存在状況である。

ライダーが一人の人間になった時間は、バードソング殺害後リンチによって殺されるまでの一日にもならないわずか一〇数時間である。妻マニーの死後、眠ることができなかったライダーが眠りを得ることができたのは、ライダーが人間になった一〇数時間の中においてである。全人間的存在としての自己に対する認識によって、ライダーはやっと眠ることができるだけの心の平静と安定と安らぎを得たのである。勿論、これが強くて深い心の平静と安定と安らぎからは程遠いものであることは言うまでもない。

最後に、「黒衣の道化師」を『行け、モーセ』全体のパースペクティヴの中にどう位置づけるかという問題については、包括的な『行け、モーセ』論を展開しなければならないので、稿を新たにするほかはない。だが、一言付け加えれば、フォークナーが南部の白人と黒人の包括的な関係をマッキャスリン（McCaslin）一族を中心に追及した作品である『行け、モーセ』において、「黒衣の道化師」は、黒人の現在（一九四〇）における存在状況を描き出したものとして、テーマの上で『行け、モーセ』に欠くことのできないストーリーである。この意味で、スタンレイ・ティックの七つのストーリーのうち「黒衣の道化師」だけはストーリーの点でマッキャスリン一族とほとんど関係がないものであるので『行け、モーセ』全体の「構造に統合しないものであり、それ故に非本質的な部分である」（Tick 329）という意見は首肯しがたい。むしろ、筆者は、「黒衣の道化師」はマッキャスリン一族から視野を広げるためにある、というマイケル・ミルゲイトの立場（Millgate 226）をとるものである。

註

（1）William Faulkner, *Go Down, Moses*. New York: Random House, 1942. 157. 以後 "Pantaloon in Black" のみならず、*Go Down, Moses* 所収の他の短編、"Was" "The Bear" "Go Down, Moses" からの引用はこの版により、ページ数のみを記す。翻訳書としては、冨山房出版、大橋健三郎訳、一九七三年、を参照させていただいた。

（2）William Faulkner, *Requiem for a Nun*. New York: Random House, 1951. 198. ちなみに、テンプルの話では、結婚して二週間で妻が死んだことになっているが、実際は、"Pantaloon in Black" においては六ヶ月後であり、眠った場所も裏庭からベランダに変わっている。

引用文献

Backman, Melvin. "The Wilderness and the Negro in Faulkner's 'The Bear.'" *PMLA*. LXXVI. (December 1961) : 595-600.

Beck, Warren. *Faulkner*. Madison: University of Wisconsin Press. 1976.

Brooks, Cleanth. *William Faulkner: The Yoknapatawpha Country*. New Haven: Yale University Press, 1963.

Davis, Allison, Burleigh B. Gardner and Mary R. Gardner. eds. Deep South* *A Social Anthropological Study of Caste and Class*. Chicago: University of Chicago Press, 1941.

Faulkner, William. *Go Down, Moses*. New York: Random House, 1942.

——*Requiem for a Nun*. New York: Random House, 1951.

Millgate, Michael. "The Unity of *Go Down, Moses.*" Eds. Francis L. Utley, Lynn Z. Bloom and Arthur F. Kinney. *Bear, Man, and God: Eight Approaches to William Faulkner's "The Bear."* New York: Random House. 1964.

Nilon, Charles H. *Faulkner and the Negro*. New York: The Citadel Press, 1965.

Silver, James W. "Mississippi: The Closed Society." *The Journal of Southern History*. 1-XXX, (Feb. 1964) : 3-34.

Taylor, Walter. "Faulkner's Pantaloon: The Negro Anomaly at the Heart of *Go Down, Moses*." *American Literature*, 44-3, (Nov. 1972) : 430-444.

Tick, Stanley. "The Unity of *Go Down, Moses*." Ed. Linda W. Wagner. *William Faulkner: Four Decades of*

Criticism. East Lasing: Michigan State University Press, 1973.
Volpe, Edmond L. *A Reader's Guide to William Faulkner*. London: Thames and Hudson, 1964.

第七章　檻の中のアメリカ中産階級
――オールビーの『動物園物語』

I

生後二カ月で劇場経営者のオールビー家の養子となり、実父母を知らずに育ったエドワード・オールビー（Edward Albee）は、養父母との折り合いが悪くなり一九歳で家を出て、いろいろな臨時の半端な仕事をしながら一〇年間のボヘミアンの生活を送った。その後、ニューヨークの西四番通り二三八番地の安アパートの台所のテーブルの上で、自らの「三〇歳の誕生日のプレゼントとして」（Downer 112）一幕劇『動物園物語』（*The Zoo Story*）を書き上げたのは、一九五八年のことであった。若い劇作家の例にもれず、オールビーはその書き上げた脚本をニューヨークの多くのプロデューサーに送りつけたが悉く上演を断られた。その後、友人のウィリアム・フラナガンを通してその脚本はイタリアの作曲家に送られて好評を得、さらにそれはスイスの男優に送られ、そしてその男優はそれをテープにレコーディングしてフランクフルトのS・フィッシャー・フェルラーグという出版社のドラマ部門の主任のステファニー・フンジンガーに送った。ここでも認められて、ついにベルリンで最初の上演がなされたのは、一九五九年九月二八日で、アメリカ上演はそれに遅れること四カ月で、一九六〇年一月一四日、場所はニューヨークのオフ・ブロードウェイのプロヴィンスタウン・プレイハウス(Provincetown Playhouse)であった。*

オールビーの最初の脚本の上演がニューヨークではなくベルリンであったことは、ある意味ではオールビーにとって僥倖であったとも言える。というのは、この作品が一幕物でアメリカの商業ベースの上演に乗りにくかったいうことの他に、そのアヴァン・ギャルド的とか不条理演劇的とか言われる——その実体の検討は後で行うとして——オールビーの手法とテーマの斬新さと前衛性が、一九五〇年代半ばから前衛劇の波が押し寄せて、イオネスコやベケットやジュネ等が活躍するヨーロッパでは受け入れられても、イプセンやチェーホフ等の伝統に即したリアリズム劇が主流のアメリカでは受け入れられにくかったという背景があったからである。それは、オールビーの鋭敏な感性と洞察力が時代と社会に先行した証左であり、ユージン・オニール(Eugene O'Neill)に始まり、アーサー・ミラー（Arthur Miller）、テネシー・ウィリアムズ（Tennessee Williams）へと繋がるアメリカ近・現代劇の六〇年代の旗手としての地位を占めるにふさわしい出来事であったのだ。

さらに、『動物園物語』のニューヨークのオフ・ブロードウェイでの上演は、ベケットの『クラップの最後のテープ』（*Krapp's Last Tape*）との二本立てで上演されるという幸運にも浴している。ハロルド・クラーマンによると、当時のアメリカにおけるベケットの受け入れられ方は、「懐疑主義と無関心と敵対心」をもってなされたが、「ヨーロッパにおけるベケットの名声と評価を無下に無視できず、今回の『クラップの最後のテープ』への反応には誠意がある（Clurman 153）」、というような微妙な言い廻しには、当時のアメリカには、まだ不条理演劇の受け入れの下地は十分に出来ていなかったことが表れている。

また、『動物園物語』のアメリカでの初演は、一九六〇年代に一四日間だけずれ込んでいるが、そのテーマが、人間関係の断絶、孤独、言葉と行為の分裂、正気と狂気の不分明さ、価値基準の崩壊、神の不在等であることを考えると、オールビーのドラマの世界が、ジョン・バース（John Barth）やトマス・ピンチョン（Thomas Pynchon）やカート・ヴォネガット・ジュニア（Kurt Vonnegut Jr.）等の六〇年代のポストモダニスト達のブラック・ヒューモアの小説世界にも近似しているのであり、またそれは、ヴェトナム戦争に全面的に介入し、黒人暴動が頻発し、近代資本主義文明の閉塞状況が露呈され、ビートニックやヒッピーという、体制からドロップアウトしていく若者を産み出す動乱のアメリカの六〇年代と、その荒地としてのアメリカの状況を見据えて切り拓く作品となっているのだ。

II

『動物園物語』の登場人物は二人だけで、場面はセントラルパークのベンチという、四〇ページ程の短い一幕劇だが、冒頭の台詞から最後のクライマックスまで、スリルとサスペンスに満ちた非常に刺激的な作品である。

日曜日の午後、セントラルパークのベンチで本を読んでいる中年男ピーター（Peter）に対して、全く見知らぬ他人であるジェリー（Jerry）が言う冒頭の台詞は観客や読者に強烈なインパクトを与える。

「おれは動物園に行ってきた。」（ピーターは気付かない。）

「おれは言ったんだ。動物園に行ってきたと。旦那、おれは動物園に行ってきたんだよ。」(一二)

「動物園に行ってきた」という経験の陳述は、親子、兄弟姉妹、友人関係などのごく親しい人間関係の間でなされた場合、ごく普通の行為や経験の事実を伝えたことにすぎない。しかし、これが人間関係の全くない他人同志の間というコンテクストでなされると、この言葉は一挙に不安定で不条理で危険性を感じさせる言葉となる。「私」も「動物園」も「私が動物園に行ってきた」ことも他人には全く関係のないことであり、人は特定の場合を除き、他人との何らかの人間関係が成立していなければ、自己の経験した事実を全く赤の他人に話すことはない。ジェリーの「動物園に行ってきた」というピーターへの話しかけは、このごく当然の常識や人間関係の前提を全く無視した行為であり、人間関係が成立せず、共通の認識や場、相互性、了解事項等が欠落した状況でのジェリーの一方的な行為であり、ここには、自己の経験を強引に他人に押し付け、その他人との関係の断絶を一挙に埋めようとする言葉の暴力性があり、また常識や了解事項から逸脱していく狂気に近いものが見られる。冒頭の台詞と卜書によって、すでに行為の一方性と相互性、暴力と平和、狂気と正気というコントラストが見られ、そしてその背後に人間関係の断絶が横たわっていることが感じとれるのだ。

ピーターは四〇代前半の男で、ツィードのジャケットを着て、パイプをふかし、角製の眼鏡をかけている。ト書によれば、彼は、「太っても痩せてもいないし、ハンサムでも器量が悪くもない」（一一）男で、作者オールビーはピーターの体型や器量の点で目立った点や特徴を意図的に消し、彼が中産階級の平凡で何ら特徴のない人間であることを強調する。ローズ・A・ジンバードーはピーターを、

彼は、実際、いかなる点においても特徴がない。ピーターは中産階級のステレオタイプとしてのエブリマンの現代版である（Zimbardo 10）。

と極め付ける。それから、ジェリーの強引な質問責めによってピーターは、結婚していて、二人の娘がいて、小さな教科書出版会社の重役のポストにあり、年収は、一万八千ドルでニューヨークのレキシントン街と四番街の間の七四番通りに住んでいることが分かる。彼は、家庭で猫とオウムを飼い、『タイム』誌を購読し、日曜日にセントラルパークのベンチで本を読むことを楽しみにしている。多くの批評家のピーター観はほぼ一致しており、マシュー・C・ラウダネは、ピーターは

「アイゼンハワー時代の体制順応主義者で、個性や特色を欠き……中産階級の上の部類の代表的な人物である」(Roudané 19) と言うが、ピーターの典型的な体制的で他人志向的例は、ジェリーの質問に対して「娘が二人いる」と答えたのに対して、さらにジェリーが、「しかし、男の子がほしかったのだね?」と問うと、「そうだね、当然、みんな男の子がほしいもんだよ。」(一六) と答えるところであろう。彼の「息子がほしい」という希望は、彼個人の独自な内的欲求や人生観から出てくるのではなく、「みんながほしがるから」ほしいのだ。また、マイケル・E・ルーテンベルグは、「オールビーはピーターをぴったりとアメリカの成功の鋳型にはめ込む」(Rutenberg 20) と指摘する。ピーターは、「僕は普通あまり話さないんだ」(一九) とか、「僕は自分をうまく表現できないんだ、ときどきね。」(二〇) と言うが、出来るだけ見知らぬ他人とは係わり合いを持たないように努め、対立を避け、従って他人事には口をはさまず、心地よい豊かな中産階級の生活の中に逃げこみ、C・W・E・ビッグズビーのいう「唯我論」(Bigsby 6) と「逃避主義」(Bigsby 10) の中に安住する。また、その「自己満足した心地よい孤立状態」(Bigsby 19) の中で、社会の価値基準や成功の観念を信じて、以下のラウダネの言う「自己欺瞞」(bad faith) を隠れ蓑にするのだ。

男も女も人間であることに伴う責任を自らを偽って避けようとするか、または、自由を認識しそして自由にかかわるための勇気を見出すそうとするかのいずれかの態度を採る。(Roudané 19)

ピーターはまた、ジョージ・ウエルワースが言う「社会の防柵に囲まれている」(Wellwarth 277)。同時にマーティン・エスリンが指摘するように、このような人間は「永久に孤独で、主観の独房(the prison of subjectivity)に閉じ込められて、彼の気持ちは仲間の人間にはとどかない」(Esslin 353)のだ。

ジェリーが、彼が住んでいる安アパートの貧困と孤立の中に閉じこめられ沈み込んでいる人間たちと、そのアパートの女家主と犬の滑稽でグロテスクでかつ真剣な関係のあり方——人間の欲望とコミュニケーションの断絶状態——について話したとき、ピーターは、「僕にはわからない」(三六)と言って理解を拒み無関心を装う。『タイム』誌を読み、「非常に多くの作家が好きで」ボードレールやJ・P・マーカンドも知っており(二一)、日曜日には、静かなセントラルパークのベンチに読書をしに来るピーターが、ジェリーの話を理解できないはずはない。ピーターは、ジェリーの話す貧困と孤立が産み出す悲惨と不幸を分からないふりをしているだけであって、理解し係わり合うことに伴うトラブルを避けて中産階級の物質的に豊かで安定した小市民的な「唯我論」のエゴイズムの中に逃げこんでいるだけなのだ。ピーターが「僕にはわからない!」と言った時に、ジェリーが即座に怒って「それは嘘だ。」(三六)と言ったのも当然であって、ジェリーの話が分からないくらいでは、ピーターが読書によって身につけた社会的知識と教養は何の役に立つのか?彼が仕事として行う教科書の出版はどういう意味を持つのか?ここには、読書による知識や教養とその人間の認識や実践的力との乖離、言葉と行為や実体との齟齬やずれ、意味から遊離した言葉の空しさ等が明らかになる。ジェリーの「『タイム』誌は馬鹿が読むものではないのか?」(一三)という言葉はピーターへの痛烈な皮肉となり、この揶揄の言葉は、「低能!おまえは頭がのろいぞ。」(四二)と言うジェリーの嘲笑や罵倒へとエスカレートしていく。

ドラマは、この直後からジェリーの話に関心と理解を示さないピーターに対して、ジェリーが小突き、殴り、最後には、ナイフによる殺傷沙汰を行うというクライマックスに突入する。ジェリーのピーターへの物理的攻撃は、基本的ないしは第一義的には、ジェリーの話の内容に表されるジェリーの孤独と絶望による自殺行為が、ピーターを挑発し、ピーターの反発を引き出し、ピーターに自殺幇助的行為をさせる形を取って行われることを意味するのだが、第二義的にはジェリーの攻撃は、言葉による話だけでは中産階級の小市民的意識の中に深く沈潜しているピーターをそこから引き出せないので、引き出すためには暴力的行為が必要なのだということを言わんとしている。
ピーターが読書のために使っている公園のベンチは、彼が安住する中産階級の小市民的「唯我論」を象徴するが、ピーターはベンチをめぐってジェリーと争う時に次のように言う。

僕は何年間もここに来ているんだ。僕はここですごい楽しみと満足を得ているんだ。そして、そういうことは人間には大事なことなんだ。僕は責任ある人間で、大人なんだよ。これは僕のベンチなんだから、君には僕からベンチを取り上げる権利はないんだ。(四五)

このピーターの話は、公共のもの(=公園のベンチ)を私物化する公私混同の論理の破綻が先ず見られ、さらに、私物化に伴う個人の「楽しみ」が、「大人の責任のある人間」には容認されている、という主張がある。「大きな楽しみ」はピーターのものだが、それが「私に重要」ではなく、「人間には重要」(important to a man)として一般化されている。このピーターの公私混同は、公的に容認されているアメリカの成功の観念や中産階級の理念が個人主義に基づき、個人のエゴイズムと表裏一体となっていることを暗示している。従って、ジェリーの暴力行為によるベンチの強奪は、その一つの意味として、ピーターに打撃を与え、彼を彼の住む世界から引き離すこと、つまり、中産階級の体制順応主義とエゴイズムに対する強い批判の象徴的行為であることは明らかであろう。

数人の批評家のベンチについての批評を見ておく。アン・パオルッチは、ピーターは、「彼にとって厄介なもの」(Paolucci 39) から身を離している人間であり、女性ばかり――妻と二人の娘――の家に長くいることに耐えられず公園に来るのであり、公園のベンチは、「彼の避難所であり、男の独立のシンボル」(Paolucci 40) であると、フェミニズム批判をにおわせるが、ベンチの象徴するものは、ピーターの住む中産階級の価値観そのものというよりもっと大きなものを考えるべきであろう。他方、ブライアン・ウェイは、ベンチをピーターの「所有物の避難所」と見なし、ジェリーは、ピーターの「中産階級的自己満足から彼を引き離し、孤立し絶望的な人間の状況にまともに対面させることに成功する」(Way 21) と述べるが、最後の「成功する」かどうかは議論があるところであろう。(この点については後半、ジェリーの人間性や行動の意味について検討するときに言及することにする。) さらに、メアリー・C・アンダソンはベンチ争いについて次のように指摘する。

ピーターのベンチに対する権利に挑戦して、ジェリーは、彼らを分け、また、ジェリーが中し込む基本的な友情関係をピーターが受け入れることのできないようにする社会構造からピーターを引き離すのだ（Anderson 104）。

アンダソンは、所属する人間の社会構造が違えばその人間間の友情関係は成り立たないことを示唆しているが、ベンチがピーターの所属する中産階級の世界を象徴するものとすれば、ジェリーが暴力によってピーターをそれから引き離す行為は、アンダソンが言うように「彼らを分ける社会構造からピーターを引き離す」ことと言えるであろう。このジェリーの暴力行為は、自己の死を招くものになるのだが、次章では、このジェリーの死の意味するもの――それがピーターを解放するための自己犠牲の死なのか、それとも孤独地獄の中での自殺行為なのか――について考察する。

III

批評家によるジェリー解釈は二つに分かれる。一つは、この作品の中のキリスト教的シンボルに注目しながら、ピーターとそしてピーターが代表する中産階級の人物の救済者としてのジェリーの役割を強調する。この派の代表的批評家は、ローズ・A・ジンバードーとC・W・E・ビッグズビーであり、ビッグズビーは、ドラマの最後の場面におけるジェリーのナイフによる死は、ピーター救済のための自己犠牲的行為であると解釈する。他の一つは、ジェリーはあくまで社会の「のけもの（outcast）」であり、他者とのコミュニケーションの断絶に悩む孤独な人間であると考える批評家たちであり、この派には、メアリィ・M・ニランやマイケル・E・ルーテンベルグ等がおり、彼らは、ジェリーの死は、それ以外のやり方では他人と結びつきようのない孤独な男の最後の手段だと考える。前者は、キリスト教的寓意批評、後者は、実存主義的批評としてまとめることができるであろう。

ジェリーを救済者として見た前者の批評家として最も早い者は、ローズ・A・ジンバードーであり、ジンバードーはこの作品が上演された二年後（一九六二年）にジェリー救済者説を発表し、以降、この説の継承者に対しては勿論のことだが、反発者にも大きな影響を与えた批評家である。ジンバードーは先ず、オニールからウィリアムズまでのアメリカ演劇を概括し、それが観念を現実化するために象徴主義を使ってきたことを述べた上で、オールビーは、テーマを描くに当って象徴主義と自然主義を融合した方法を使っていると言う（Zimbardo 10）。そして象徴主義の中でもオールビーが特に使うのは、キリスト教的象徴であって、それは以下のように作品の中に具体的に表われていると指摘する。

ニューヨークのイースト・サイドの七〇番街の小ぎれいなアパートに住むピーターと違ってジェリーは、ウェスト・サイドの四階建ての褐色砂岩造りの安下宿屋に住んでいるが、同じ下宿屋には、黒人の同性愛者、多くの子供を抱えた貧しいプエルトルコ人の家族、いつも泣いている女性等の運のつきた、社会から見捨てられた人たちが住んでいる。そして、この安下宿には、太って薄汚れて、性欲丸出しの女家主と、いつもジェリーに咬み付いてくる「黒い獣の怪物」(三〇)である大きな血走った眼をした門番の犬がいる。ジェリーは安全に通り抜けるために、犬の歓心を買おうとして犬にハンバーガーの肉を投げ与えるが、犬は与えられた肉をむさぼり食い終わると、またすぐにジェリーに襲いかかってくる。ジェリーは、ついには、肉に毒をもって犬を毒殺することまで考える。ジンバードーは、この下宿は地獄ないしは下界を暗示しており、犬はこの地獄の番犬ケルベロスであり、ジェリーの犬に対する冒険は、(ギリシャ)神話のヒーローの、ないしは、神の地獄への下降であると考える(Zimbardo 14)。そして、ピーターはキリストの第一の弟子ペテロを暗示すると言う。(英語では、St. Peter でスペリングも同じだ。しかし、ジンバードーは、ピーター=St. Peter という名前の指摘だけで、アナロジーの内容の説明は全くしていない。)ジンバードーは、ジェリーは、小市民的世界の中で自我の牢獄に閉じ籠り魂の死の状態にあるピーターを、自らの死をかけて救済するのであり(Zimbardo 15)、そして、この作品のテーマは「数千年前からのテーマである古い人間の孤立と犠牲を通しての救済」（Zimbardo 16）であると指摘する。確かに、この作品では、現代都市文明社会の地獄的状況とジェリーの死がピーターの人生観に大きな打撃を与えるが、これらが、ギリシャ神話やキリスト教のイエスの死と救済のテーマとの間に緊密なアナロジーが成立するかどうかは、作品の具体的な内容をもっと検討する必要があろう。端的に言って、ジェリーを救済者であると言うのであれば、ジェリーは何故、ジンバードーが言う、安下宿という地獄の住民を救おうとはせずにピーターだけを救うのか、という疑問がすぐに出てくる。さらに、ジンバードーはジェリーとイエスの同一性を指摘している。例えば下宿屋の女家主が、ジェリーが毒を盛った肉を食べて病気になった犬のことを嘆いて、ジェリーに犬のために祈ってくれるように頼むと、ジェリーはそれに答えて次のように言う。

おばさん、祈るとなりゃまず僕のためだ、黒人のオカマ、プエルトリコ人の家族、会ったことのない前の部屋に住んでいる人、ドアの後ろではっきりと泣いている女、いたるところにある安下宿の他の無数の住民等がいるんだが、それにしても、おばさん、僕は祈り方を知らないんだ。（I don't understand how to pray.）（三三）

つまりジェリーは、犬のために祈るくらいならば同じ下宿屋に住む貧しく不幸な人のために祈らなければならないのだが、しかし、その「祈り方を知らない」と言う。ジンバードーは上のジェリーの台詞を引用した後に、

この現代のメシア（救世主）は、まず自分を追放者や悩めるものと一体化して、それから、彼らに対して責任ある行為を採ろうとする（Zimbardo 14)。

と指摘するが、ジンバードーは、上記引用のジェリーの台詞のうち、筆者が引用した、「祈り方を知らない」という肝心の箇所を引用していないし、また、ジェリーは安下宿屋の住民とは没交渉で何ら関係を持つことはないのであり、彼らと「一体化し」「彼らに対する責任を取ろうとした」形跡は全くないから、ジンバードーの論文はかなり強引な論理のこじつけが目立つ。ジェリーとイエスのアナロジーを指摘するのならば、上記引用のジェリーが「祈り方を知らず」そして、「神が、かなり前に、あらゆるものに背をむけた」(God who, I'm told, turned his back on the whole thing sometime ago.)（三五）——この箇所もジンバードーは無視している——という箇所を踏まえて、現実世界における神の不在や消滅を考えているジェリーの神観念を、そのイエスとジェリ

ーのアナロジー論の中に入れて考察するべきであろう。

C・W・E・ビッグズビーもジンバードーの影響を受けながら、ジェリーの死をキリスト教的犠牲者のそれとして位置づけて次のように言う。

> ジンバードーが指摘したように、ジェリーが必然的なものとして受け入れる犠牲はオールビーによって本質的にキリスト教的なものとしてみなされる。ジェリーはピーターと彼の同胞が救済されるために十字架にかけられるのだ (Bigsby 14)。

ビッグズビーも、筆者が指摘した「祈り方を知らず」「神の不在」を言うジェリーの台詞を踏まえていないので、その解釈は説得力に欠ける。ビッグズビーは、また次のように指摘する。

> 彼はベンチの上に崩れ込む。そうしてベンチが、人間的接触からの逃避の場としての価値から究極的には人間性を抱擁するものの場へとその象徴的価値を変るのである。ジェリーが彼の弟子（ピーター）に本をもって立ち去るように指図するとき、その本は孤立の象徴としての以前の機能はなくなり、その代わりに、それは新しい愛の福音書となるのだ。(Bigsby 14-15)

ビッグズビーが述べるように、公園のベンチがピーターにとって「人間的接触からの逃避の場」から「人間性の抱擁の場」へと一八〇度の変化するのはどうして起こったのか？また、ピーターの持つ本が「孤立の象徴」から「愛の福音書」へと本当に変わったのか？ドラマの最後のジェリーの自殺行為からそれをキリスト教的犠牲の行為として解釈し、それから作品のいくつかの要素をキリスト教的アレゴリーに基づいて解釈し結論を出すのは安易すぎるように思われる。キリスト教的寓意批評の共通の特徴は、ジェリーの死を犠牲死と見てそれをイエスの死のアナロジーと見ることによって、過大な意味を付与し、作品の細部事実を踏まえずに、ないしは、看過して、性急にピーター救済論を展開するところにある。ジェリーの死の意味を正確に理解するには、ジェリーのこれまでの人生の細部の分析と実態把握と理解が先ず必要である。

ジェリーは、他の安下宿の住民と同様に社会の「のけもの」であり、家族との繋がりは一切なく、一人の友人もいない天涯孤独の一人者であり、「動物にも好かれず……また、関心さえも持たれない」(三〇)。ジェリーの母は、ジェリーが一〇歳半の時に浮気して家族を捨て、酒浸りでアラバマの沼地で死に、その直後、父は街を走るバスにぶつかって死ぬ。その後、ジェリーを引き取った陰気な叔母は、ジェリーの高校の卒業式の日に階段でポックリ死ぬ。ジェリーにとって家族の死は「中部ヨーロッパ的なひどいジョークであり、……それについて何ら感じるところはない」(二四)

と言う。この家族の死と家庭の崩壊を「ジョーク」だと言うジェリーの言い方は、『ヴァージニア・ウルフなんかこわくない』(*Who's Afraid of Virginia Woolf?*, 1963) の中の少年が、誤ってライフル銃の事故で母を死なせ、さらに、父と一緒に仮免許で自動車の運転練習中に事故にあい、病院のベッドで意識が戻ったときに、父の死の事を聞かされてゲラゲラ笑い出す話を思い出させる。少年が笑うことによって常軌を逸した不条理な両親の死の事態に対応しかろうじて正気を保ったように、ジェリーも両親や叔母の死を人生と運命の「ジョーク」と考えて、心を鈍磨して「感じない」(have no feeling) ことにしなければ、生きては行けないからだ。

家庭は人間の基本的な人格形成の場であり、またそこで人は、人間関係と社会と世界の成り立ちや了解事項の基本を学んでいく。しかし、オールビーの作品では、このジェリーの家庭だけではなく、他の作品においても家庭は徹底的に崩壊している。『アメリカの夢』(*The American Dream*, 1959) では、子供のいない夫婦の養子になった息子は、親の考え方に合わないという理由で、目をえぐり出され、鼻をそぎ落とされ、手首や局部を寸断されて殺される。また『デリケート・バランス』(*A Delicate Balance*, 1965) では、家族構成は、五〇代後半の夫婦に四度目の離婚をして帰ってきた三六歳の娘と、妻の妹で同居しているアルコール依存症で自殺未遂をした未婚の女性である。そこに、非常に怖い経験をしたと言って転がり込んでくる古い友人夫妻もいる。夫婦の間にも不信と嫌悪の亀裂が入っており、家族はきわめてもろく「きわどい均衡」で維持されているにすぎない。そして『ヴァージニア・ウルフなんかこわくない』では、架空の息子の存在で、かろうじてその関係が保たれている大学教師の夫婦が深夜の酒宴の席で行う壮絶で凄惨な揶揄、嘲笑、毒舌、罵倒の行為を見ると、もはや夫婦でいなければならない理由は、お互いを徹底的に傷つけること以外にはなくなっており、その究極の行為が、夫婦間の最後の共通の了解事項であり夫婦関係の拠り所であった、架空の息子殺しである。

オールビーは、彼の作劇法として、誇張とデフォルメと戯画化を意識的に取り入れており、オニール、ミラー、ウィリアムズへと続くアメリカ演劇の伝統が、リアリズムから象徴主義の手法に基づいていたものが、オールビーになって、ヨーロッパのベケットやイオネスコ等の反リアリズム的不条理演劇の影響も一部受けて、かなりアヴァン・ギャルド的手法になったことは確かである。従って、オールビー劇における家庭の崩壊の描き方は、オールビー自身の養子としての経験も一部理由としてありながら、その崩壊を通して、アメリカの一般家庭、特にピーターのような中産階級の家庭の実態を誇張とデフォルメと戯画化の手法で検証する意図があったのだが、オールビー劇における家庭の崩壊をリアリズムの次元で解釈すれば、一部の批評家が行っているように、そこからは、オールビーのペシミズムやニヒリズムしか出て来ないのであり、それは、オールビーの意図を正確に理解したことにはならないであろう。

ジェリーの話に戻る。ジェリーは不条理な両親や叔母の死による家庭崩壊や個人が分断され孤立化した現代社会の人間の状況などから、本来、人間が本能的かつ直観的に理解し感じとるはずの人間関係や社会や世界の基本的成り立ちが分からなくなっている。その結果、彼の人間関係は、たとえありえたとしても一時的であり、「女性とは一回だけの関係であり」（二五）、継続的な関係は結べないし、公園管理人の息子と同性愛の関係に陥ったりする。しかし、この点に関しては、トム・F・ドライヴァーように、ジェリーの死の原因を「同性愛から抜け出ることの出来ない若者の精神異常」（Driver 275）と解釈するのも作品全体の構成や要素を見ない大きく偏向した解釈の典型的な例だと言わざるを得ない。人間関係が継続しない一回限りのものであれば、彼の人生そのものが定着せず、不安定な「永遠の渡り鳥」（三七）となってしまう。ジェリーがドラマの最初のト書で、「彼の体の優雅さがなくなっているのは、不節制を暗示するべきではなく、正確には、極度の疲労を覚えているからである、」（一一）と外見の説明をされるが、ジェリーが「極度の疲労感」をおぼえるのは、常に不安と緊張を強いる人間関係の一回性と渡り鳥性との浮き草性からくる恐ろしい孤独地獄のせいである。彼には、勿論、心を開き、心を委ね、心が安らぐ他者はいないし、神への信仰もない。カート・ヴォネガット・ジュニアの『プレイヤー・ピアノ』（*Player Piano*, 1952）の主人公が言うように、「人間は、そこが砂漠の中であれ、赤土の荒野であれ、または、岩だらけの海岸や市街地の中であれ、何らかの根っこなければ生きていけない」（Vonnegut Jr. 227）のだから、「永遠の渡り鳥」性から脱却するために、ジェリーが必死に自分以外のものとの関係の在り方を模索したことは次の引用文で分かるだろう。

つまりね……つまりね……（ここでジェリーは異常なまでに緊張する）……つまり我々は、人間と交渉ができなかったら、どこかほかから始めるしかない。動物からだ！（今やずっと早口で、陰謀を図るような口調で）わからない？人間は何らかの方法で何かと係わりを持つことは必要だ。人間同士でダメなら……人間でダメなら……ものでいい。ベッドとでも、ゴキブリとでも、鏡とでも……いや。鏡は無理だ、それは最後の手段。ゴキブリとでも、それから……それから……カーペット、トイレットペーパー……（三四）

ジェリーは、「人間との係わり合いを持てなければ、どこかで始めなければならない、動物とでも……そして何かと（with SOMETHING）」と言った後、「何か」の具体的内容に当たる言葉が、「ベッド、ゴキブリ、鏡、カーペット、トイレット・ペーパー」と引用文の範囲内では続き、この後も、「街角、一条の煙、ポルノのトランプ、金庫」と物質的なものが続き、次に、「愛、吐き気、泣くこと、激怒、金、唸ること」という人間の感情を伴う行動がきて、さらに、「神」になり、そして、最後に「思想、観念」がくる。この延々と続く「係わり」(deal with)の対象となる「何か」の内容は、一般的には、個々の人間にとってほとんど自明のものとしてその人間の周囲(物質的なもの)や心の中(感情、観念的なもの)のあるべき場所に納まっているものなのだが、ジェリーは、これら一つ一つとの関係を新たに始めなければならないのだ。この時点のジェリーにとって、世界は壊れた積木細工のようにバラバラに崩壊しており、その世界の中で、ジェリーは、パスカル的な、実存的絶対的な孤立の真只中にある。あるいは、彼は発狂寸前の人間だとも言えるであろう。

このジェリーの精神的状況は、例えば『動物園物語』とほぼ同じ時期に書かれ、ビート・ジェネレーションのバイブルといわれたジャック・ケルアック(Jack Kerouac)の『路上』(*On the Road*, 1957)の主人公のサル・パラダイスのそれに似ている。彼は、友人のディーン・モリアリィと一緒に、アメリカ大陸を東のニューヨークから西のサンフランシスコやロスアンジェルスまで何度もあてどない自動車の旅をし、スピードとジャズに酔い、酒とセックスとマリファナの快楽に身をまかせながら、第二次世界大戦後のアメリカ物質文明社会に背を向け、そこからドロップアウトし、そしてその人間性を抑圧し歪めて疎外していくアメリカ社会の体制の欺瞞性や冷酷さと、またそれへの順応主義を批判するが、このサル・パラダイスが、行く場所、場所での人との交わりのなかで、何度も吐露するのは、彼自身のなかの「崩壊感覚」(Everything seemed to be collapsing.) (Kerouac 56) (Everything was falling apart.) (Kerouac 77) であり、そして、友人のディーンに人間関係の在り方が分からない事を次のように告白する。

僕は誰とでももう親密な関係を持つことができないんだ。これをどうしたらいいかわからないんだ。いろんなもの (things) をサイコロを手の中に持つように持ってそれをどこに置いたらいいかわからないんだ。(Kerouac 213)

サイコロを振って置く場所が分からなければ、ゲームは始まらないが、人生のいろいろな「もの」——ジェリーは (SOMETHING) という言葉を使うが、サルは (things) を使う——を置く場所が分からなければ人生は始められない。サルにとっては、今までの人生や社会についての認識は破綻し、了解事項は崩壊している。サルの放浪の前提として世界の崩壊感覚がある。それでも、サルには、一緒に放浪する友人がおり、放浪の旅の後、必ず帰っていく場所として叔母の家があるので、崩壊感覚と孤立感の度合いはサルと比べてジェリーの方が圧倒的に大きくかつ深い。

また、『路上』が発表された次の年に出版されたトルーマン・カポーティ（Truman Capote）の『ティファニーで朝食を』（*Breakfast at Tiffany's*, 1958）の主人公で、ニューヨークの社交界の夢と現実の間を妖精のように生きる女性ホリデイ・ゴライトリは、束縛することもされることも嫌い、多くの男性からの求婚を断わり、華やかながら孤独な人生を送るが、拾ってきた捨て猫のことを次のように言う。

この子にはまだ名前がないのよ。名前がないのって、ちょっと不便だわね。でもあたしには、この子に名前を付ける権利なんかないの。誰かもらってくれる人が現れるまで待たなきゃなんないわ。わたしたちは、ある日、偶然、川のほとりでめぐりあって仲が良くなっただけ。お互いにどっちのものでもないのね。この子も独立しているし、あたしもそうなの。（Capote 35）

ジェリーやサルと同様に、ホリデイもまた猫との関係のみならず、彼女の周囲にある「いろいろな物」（things）と関係は、安定し継続性のあるものではない。彼女は、彼女と「いろんな物が共に所属する場所」を求めてさまよい、定着の場を持たず、彼女の名刺には「旅行中」と印刷がしてある。さらに、ジョン・バースの『旅路の果て』(*The End of the Road*, 1958)の主人公である大学の英文法の教師ジェイコブ・ホーナーにあっては、浮遊し放浪する意識は、ついには目的や方向性を失って失速し、旅行に出ようとしてペンシルヴァニア駅まで行くが、ふと旅行をする「動機そのものが無くなり」(I simply ran out of motives.)(Barth 74)「理由も無くなる」(There was no reason to go.)(Barth 74)。だからといって、アパートにもどる理由も思い出せないので、駅の中央ホールのまん中のベンチで動けなくなり、「肉体的固定状態」(physical immobility)(Barth 75)に陥る。まさに、これが「旅路の果て」である。ジェリーのみならず、サルやホリデイやジェイコブの、定着する場を持たず浮遊し放浪する意識は、アメリカの五〇年代から六〇年代の崩壊した社会における精神の在り方や病理現象を鮮やかに映し出している。

ジェリーと下宿の犬との関係は、他人が外側から見れば、滑稽でグロテスクだが、いかなる人間とも継続的な人間関係を築けないジェリーにとっては、真面目で真剣でまた深刻な問題である。ジェリーは、病気から立ち直った犬と「係わり合おうとする多くの試みをし、それに失敗して、犬は残飯あさりに戻り、ジェリーは孤独で自由な通行権(solitary but free passage)を勝ち取る」(三五)だけだ。そして、ジェリーは、「お互いに愛しもせず、傷つけもせず、互いに触れようともしないという取引」(三六)を犬と取りかわす。これは、「無関心をよそおって」(三五)相手との関係がなかったことにすることであり、勿論、ジェリーにとっては犬と関係を持つことの失敗を意味するのであり、犬に与えたハンバーガーの肉や、足に受けた噛み傷、その間の精神的苦痛等を考えれば、「得たものと言えば喪失」(三六)であり、ジェリーの喪失の人生に加わったもう一つの喪失でしかない。下宿の犬との関係成立に失敗したジェリーは動物や人間の関係のあり方を求めて動物園に行く。

僕が(動物園へ)行ったわけはね、人間が動物を相手にいかに生きているか、また動物が動物たちを相手に、また人間を相手に、いかに生きているか、その実態をつかみたかったからなんだ。(三九—四〇)

とジェリーは動物園へ行ったわけを言う。しかし、「人間と動物の存在のあり方、動物同志の、そして、動物と人間の存在のあり方」を動物園で求めても、それらの関係は、次の引用文にジェリーによって言い表わされているように「檻で切り離されている」ことが分かる。

ところが公平な判断はできそうになかった。どいつもこいつも檻で隔離されている、動物同士はほとんどほかと交わることはないし、人間は必ず動物から遮断されている。まァ、動物園となると、みんなそんなもんでね。(ピーターの腕をつつく)どいてください。(四〇)

動物園が、ここでは現代アメリカ社会の縮図であり、その中で人間も動物も「檻」によって分断され、孤立化されている状態をジェリーが言わんとしたことは明らかであるが、「檻」が現代社会の何を象徴しているのかは、ジェリーはここでは明確に述べている訳ではない。しかし、この作品からそれを解釈すれば、それはジェリーがこの作品の中で直接具体的な関係を持った人物や動物、つまり、女家主と犬が表わす個人の欲望と暴力、またピーターが体現する中産階級の価値観、その中にある小市民的自己満足とエゴイズム、そしてそれを通して見られる現代のアメリカ文明社会の体制そのもの、と言えるだろう。ジェリーの認識は、「檻」を取っ払わなければ、人間と人間、人間と動物の関係は成立しないということであるが、この「檻」が、個人のエゴイズムだけではなく、中産階級の価値観をも象徴しており、また、それらを産み出したアメリカの社会体制を暗示するものであるということが分かれば、「檻」を取っ払うことは、至難の技、というより、全く絶望的な事柄なのである。ジェリーが出来ることと言えば、せいぜい個人的レベルで、他の一人の人間ないしは動物との関係を「檻」を取っ払って築くことにあるのだが、ジェリーは一人の他人との関係の成立はおろか、つい最近、一匹の犬との関係の成立さえも失敗しているのである。この時点におけるジェリーの精神状態は、ほとんどすべての試みに失敗し、絶望し、半ば発狂している男のそれである。

人間関係における「檻」の存在の認識に至ったジェリーは、上記引用文の最後で、ピーターの腕を突き始め、それがエスカレートして、殴打に変わり、最後は、ジェリーがピーターに渡したナイフにジェリーが自ら体を突き刺すことによって死ぬというクライマックスの事件が起こるが、このジェリーの行為はこれまでのジェリーの話を踏まえれば、基本的にはそして第一義的には、自分の生命を賭けなければ、それ以外の方法では他者との関係を成立させることができなかった男の絶望的な自殺行為であると解釈しなければならない。ジェリーが、「しかし、……俺は分からないんだ。……これをすべておれが計画できたかってことが。いや、……いや、俺はできなかったよ。でも、できたとも思うよ。」（四八）と言っているように、この行為は、ジェリーの計画的行為なのであり、また、ジェリーの挑発にのった形でのピーターの協力によってこの自殺行為が成立すると、「ありがとう、ピーター。本当に、大変ありがとう。」（四八）と言って、ピーターに感謝の言葉さえ述べているからだ。ジェリーの行為の第二義は、人間関係の障害となる「鉄格子」が象徴するピーターの中産階級意識に対してジェリーの第一義としての自殺行為が、結果としては、大きな打撃を与えるということである。ピーターを殴り、ナイフによって挑発し、最初は反応しなかったピーターをついには公園のベンチから立ち上がらせたジェリーの行為を、批評家によっては、例えば先に引用した、ブライアン・ウェイのように「中産階級の自己満足から彼を引き離し、絶望的人間の状況にまともに対面させることに成功する」と述べるが、——そして、彼が「成功する」のかどうかについては疑問視していたが——この意義があくまで二義的であるのは、ジェリーの自殺行為は、ピーターが反発しナイフを持たなければ成功しないものであり、それは、ジェリーの自殺行為の前提、ないしは手段となっている。逆に、ピーターの反発が、ピーターが住む中産階級の世界からの離脱につながると主張し、それをこの作品の中心に置く批評は、ジェリーの自殺行為をピーター救済の為の手段と考える見方であり、ピーター救済の方に重点が移っている。この見方は、ジェリーのイエス的自己犠牲によるピーター救済論に繋がっていき、手段と目的が転倒していると言わざるを得ない。あらゆる関係を断たれ、孤独の極限で絶望している人間が、他者のために自己を犠牲にする行為に出ることは考えにくい。というのは、他者への自己犠牲には他者への愛や思いやりが絶対条件だが、——これをキリスト教的に言えば、キリストの人間愛のための十字架上の死となる——他者への愛や思いやりが人間にあれば、その人は孤独の中で絶望はしないからだ。従って、ピーターの中産階級的意識への打撃は、あくまでもジェリーの自殺行為に付随する二義的なものにすぎないし、その効果に対して、ブライアン・ウェイは「成功している」と言うが、ジェリーが最後まで疑念を抱いていることは、このドラマの幕が降りる直前にジェリーの死にゆく表情の描写としての作者オールビーの表現によく表れている。

ピーター　（舞台裏から、哀れっぽい叫び）ああ神様、なんてこった。
ジェリー　（両目を閉じたまま、顔を左右に振って言う。侮蔑的な口真似と、嘆願の入り混じった口調）ああ……神様。（息絶える。）（四九）

神を持たないジェリーが何に対して何を「祈願」（supplication）するのかは明確ではないが、ピーターの“OH MY GOD!”という言葉を死の直前まで「侮蔑的な口まね（scornful mimicry）をするジェリーに、ピーターの中産階級意識の変化に対する期待や神への敬虔な信仰心があったとは考えられない。従って、ブライアン・ウェイが言うように、ジェリーが「中産階級的自己満足から彼を引き離し、絶望的人間の状況にまともに対面させることに成功する」とまでは言えないのであり、恐らく、死の間際でジェリーの意識の中にあったのは、「ピーター、君は追いだされたんだ。君はベンチを失くした、でも、君は栄誉は守ったんだ。」(四八―四九)と言ったにしろ、それはピーターが強い衝撃を受けた時の一時的な現象であり、ピーターはすぐに、再び彼の元の世界に戻ってしまうだろうという考えだったはずだ。ピーターは、ジェリーの暴力的挑発行為が小突きから殴打へ変わり、それがまたナイフによる攻撃へと変わるに従って、やむなく彼の対応の仕方を変えるが、彼の人間や社会に対する認識が変化した描写や表現は全くない。認識の変わらない人間の生き方や態度が変わることはない。従って、ピーターの態度はこの後も、ブライアン・ウェイの指摘とは違って以前のままであって、これが、ジェリーの死の間際の「侮蔑的な口まね」となっているのだ。ここでは、中産階級意識からのピーターの脱却へのオールビーの期待は読みとれず、読みとれるものはむしろ、否定的反面教師的ピーター像を見ることによって、観客や読者が中産階級意識から脱却することへの期待である。

　この作品の二人の主要人物であるジェリーとピーターの行為のいずれにも、積極的かつ肯定的意味は見出し難い。例えば、ジェリーは自己犠牲によってピーターを救済したのだとか、ピーターは中産階級的意識から脱却したとかいう見解は表面的でやや粗雑な解釈と言えよう。オールビーの意図は、いかなる方法によっても他者との人間関係を成立させられない絶望的孤独に陥ったジェリーとアメリカ中産階級のモラルや価値観の中に沈潜している体制順応型のピーターという二人の否定的人物を考え、ジェリーを自殺させるかたちでピーターにぶつけて、その衝撃の結果を見ようとしたのだ。否定と否定が重なって二重否定となり、それが肯定となるような単純な図式ではないが、二人が衝突すれば、そこに生のエネルギーが発生する。人の死は、常にその人の生を浮きぼりにするものだが、ジェリーの自殺行為からジェリーの孤独な人生が明確となり、そしてまたそのジェリーがピーターの世界にぶつかることによって、そこにひび割れが生じ、その中にピーターの人生が露呈される。オールビーの意図は、ジェリーの死による生の姿や、ひび割れ、その中が露呈されたピーターの中産階級的世界を読者や観客にそのまま呈示し、読者や観客に判断させることにある。

そしてオールビーは、二人の否定的人物像の弁証法的衝突の中に、ジェリーの孤独な生の裏側にある人間の他者との結びつきの重要性を読み、ピーターの中産階級意識の自己満足的エゴイズムと他者否定の暴露の中にそれへの警鐘を読み取ることを求める。この逆説的な意味では、この作品はオールビーの人間への信頼とそのあるべき姿の探求という肯定的人生観や生き方を含んでいると言えるのだ。

ここまで述べてくれれば、筆者のジェリー解釈が、メアリィ・M・ニランやマイケル・E・ルーテンベルグのように、ジェリーをあくまで社会の「のけもの」として考え、彼の死は、それ以外には他者と結びつきようのない孤独な男の最後の手段と考える、実存主義的批評の一派にどちらかと言えば近いことが分かるであろう。

メアリィ・M・ニランは、エーリィヒ・フロムの言葉を引きながら、現代人の孤立感を克服するのは、「愛」によってであるが、これは「本質的に受けることではなく与える行為」によってなされるが（Nilan 56)、ジェリーの過去の生活の事実が明らかにしているのは、「彼があきらかに、いかなる人にも愛を与えることがなかった」(Nilan 56) ことであり、それは、両親や叔母の死に対して「何も感じない」のであり、女性との関係も一回のみであることに表れている、と言う。そして、ニランは、他者への「思いやり」や「愛」がなければ、ジェリーを「キリスト的人物」としてこの作品のテーマを「人間の孤立と愛による救済」と考えるジンバードー風のキリスト教的寓意批評は無理であると主張する。また、ジェリーを「普遍的な疎外された現代人のシンボル」(Nilan 58) と規定し、さらに、「疎外された人間が、孤立状態を克服する手段として暴力にうったえて、人間的接触に似たものを確立しようと絶望的努力をするが、現代人にはこういう歪んだ愛 (perversion of love) でしか他者と結びつく方法はないのだろうか?」(Nilan 59) と疑問を呈して論文を結んでいる。ニランの論文はピーターをほとんど論じていないので、ジェリーとピーターの衝突が意味する内容まで論旨は及んでいないが、ジェリーの解釈としては、ほぼ妥当な解釈と言える。

ただし、ニランは、ジェリーを作品に書かれた通りに、つまり額面通りに受け入れ過ぎているきらいがあり、オールビー劇の特徴である、強調やデフォルメや戯画化という手法をリアリズムの次元で考えると、解釈そのものが変わってくるであろう。ジェリーのピーターを巻き込むナイフによるコミュニケーションのための自殺行為には、現代人の疎外と孤立の厳しさと、人間関係成立の難しさを強調し、それがデフォルメされて描かれているのであり、オールビーがメッセージとして他者と結びつくためには死ななければならないとか、「現代人には歪んだ愛によってしか他者と結びつく方法はない」と言っている訳ではない。

マイケル・E・ルーテンベルグの論文は、作品の中の細部事実をもれなく押さえたオーソドックスで手堅い論文である。ルーテンベルグは、ジェリーの状態を「狂気に近いもの」(a borderline case)(Rutenberg 16) と見て、また「ジェリーはこの世の一部として存在しておらず、彼の社会からの疎隔感は彼が社会に侵入するときに非常に目立つことになる。」(Rutenberg 22) とジェリーの疎外状況を強調し、一部の批評家にある神学への言及を批判しながら、

オールビーは、しかしながら、いろんなところで登場人物にジェリーという名前を付けた時にイエスが頭にあったわけではないと言っている。この劇は、本質的に、残酷な社会における

のけものにされた人間を取り扱ったものである。(Rutenbeg 35)

と、疎外論の立場からこの作品を解釈しようとする。そして、「ジェリーの背景と現在の精神状態を考えれば、彼の死は、残酷で堕落した世界からの理屈に合った逃亡であり……世界は動物園であり、彼はそこに所属したいとは思わない。彼は、彼の苦しい人生を終わらせる手助けをしてくれたとピーターに感謝するのだ」(Rutenberg 36-37)と論じる。堅実で説得力のある論述である。

Ⅳ

オールビーと不条理演劇との関係を数人の批評家の意見を参照にしながらまとめておく。

マーティン・エスリンは、不条理演劇にとっては、「世界はその中心的説明や意味を失っており、正当性がなくなった基準や観念が継続することに基づく芸術形式を受け入れることはもはやできない。……また、究極的確信が消滅したことによる悲劇的喪失感を表現する。」(Esslin 350-351)ギリシャ悲劇では、「究極的真実は、広く知られ皆に受け入れられている形而上的体系の中にあるのに、不条理演劇ではそのような宇宙的価値体系はない」(Esslin 353)と述べ、世界の中心性の喪失と究極的、絶対的な価値体系の崩壊を指摘する。そして、エスリンは、イオネスコの不条理演劇の定義を次のように引用する。

不条理は目的の欠落した状態である。人間は宗教的、形而上的、そして超越的ルーツから切り離されると、自己喪失状態になり、全ての行動は意味がなくなり、馬鹿げて、有用でなくなる。(Esslin 5)

また、ウェンデル・V・ハリスは、不条理演劇は、「道徳が存在するための基本的条件を否定、ないしは無視し、またいかなる価値基準や体系をも否定する」(Harris 118)。従って、「判断の規準も確実性や方向性もないので、世界は一つの幻影として見られる」(Harris 120) と述べ、不条理演劇の暗く絶望的な世界観を描きだす。

エスリンは、オールビーを個別に論じている箇所では、オールビーの作品は、アメリカの楽観主義の根底そのものを鋭く攻撃しているので不条理演劇の範疇に入るが、ジェリーを「分裂症的な社会の除け者」と規定し、ジェリーの「苦悩がセンチメンタルな行為に変っていく最後のメロドラマ的なクライマックスによって作品に傷がついている」(Esslin 267) と言う。このエスリンのジェリーの死と作品全体との関係についての指摘が、その後かなり多くの批評家の論議を呼んだようであり、例えば、ブライアン・ウェイはエスリンの議論の線に沿ってオールビーに対するかなり厳しい批判を行うが、一方C・W・E・ビッグズビーや、マシュー・C・ラウダネは、オールビーの作劇法や人間観から判断して、彼を不条理演劇作家の中に完全に入れることに疑問を呈し、むしろ、エスリンのやや雑な範疇化を批判しているのだ。

ウェイは、不条理演劇は、パスカルやサルトルの世界を受け継いでおり、そこでは、「経験の恣意性とずれ」、「何ものも、他のいかなるものとも本質的な関係はない世界に住んでいるという感覚」、「理性と不適切さと空虚さ」、「合理的探求の欺瞞性」等が描き出され、「人の経験がずれてかつ無関係なもの（dislocated and unrelated）と感じとれれば、自然主義の演劇が基づく原因と結果の因果関係は否定されなければならない」（Way 12）と説明する。そして、不条理演劇は「観察される外部世界と内部の現実との関係の乖離」や「言葉とイメージの価値の下落」「外観の欺瞞的性質」等を作劇法として描き出すが、オールビーは、これらの作劇法を彼が意図する社会批判の道具としては使うが、これらの技法が基づく「不条理演劇の形而上学（the metaphysic of the absurd）の受け入れは思いとどまったのだ」（Way 12）と言って、オールビーの作劇法と形而上学の乖離という非常に重要な問題点を指摘する。文学理論の常識からすれば、テーマ（=形而上学）が手法を求めるのであり、その逆ではない。オールビーの手法は彼のテーマから必然的に導き出されたものではないのか。もしそうでなければ、この作品は失敗作となる。

ウェイはさらに次のように論じる。不条理作家は理念としては、①不条理な世界に住んでいるということ、②理性への信仰の喪失、③経験の合理的探求は一つの自己欺瞞であるということ、④理性への信仰を反映するような今までの作劇法を拒否すること、等を無条件で受け入れる。従って、作劇法としては、①明確なアイデンティティを持つ人物、②明確な意味を持つ出来事、③原因と結果の正当性を想定するプロット、④劇によって提示された問題の完全な解決をもたらす大団円、⑤劇が言わんとすることをはっきりと意味づける言語、等の五つの要素は、不条理な世界における混乱した経験を表現するための適切な手段であるとは言えない。オールビーは、アメリカ的生活の仕方を攻撃するためにこれらの「非理性的イメージ」を使ったが、「それらを産み出すその下にあるヴィジョン」(the underlying vision which generated them) を受け入れることはなかった。従って彼の作品は「不条理演劇としては二流 (the second level of the absurd drama) である」と厳しい判断を下す (Way 14)。さらに、ウェイは、オールビーの技法と形而上学の不一致を具体的に表している例として、ジェリーの死の場面をとりあげ、その「メロドラマ的でセンチメンタルな死」——エスリンと同じ形容詞を使っている——に不満である理由を次のように言う。

行動と会話が、ジェリーの死の瞬間まで（特にジェリーが語る犬の話においては突出しているが）ずれていて、恣意的で、馬鹿げた（アブサード）なものになっている。それで、全ての自然主義の伝統的な前提となるものが劇の中に逆流して氾濫している（Way 24）。

ウエイはここでジェリーの死の場面で実験劇と伝統的自然主義演劇の手法の安易な妥協があることを指摘しているが、この後さらにウエイは以下のように批判する。

ジェリーは死の間際の息の中でこの劇の意味するものを我々に告げるが、これは合理的説明の正当性の信仰への逆転である。……不条理劇においては、出来事がありきたりの説明がなしうる、という暗示がほんの少しでも与えられれば、ドラマの効果には全く破壊的なものになる。……オールビーは、不条理劇とリアリズム劇両方の長所を誤って利用したために、『動物園物語』はもう少しで手が届くところまでなっていたと思われる偉大な作品にはなれなかった。」（Way 24）

かなり長くウェイの論文の内容を紹介したのは、それが①不条理演劇の世界観の特質、②不条理作家の共通理解、③不条理演劇の作劇法、等を非常に論理的に整理した上で、④オールビーの作品分析をし、⑤その特質を厳しく評価しているからだ。①〜③に関しては、エスリンの研究を踏まえた説得力のある論述で特に異論はない。④、⑤については、若干異議がある。それはウェイの批評姿勢ないしは方法そのものに関するもので、ウェイは、オールビーを一人の独特の個性を持った劇作家、ないしは、流派的レッテルをはられない一人の独立した作家としてその特質や作品の内容を色眼鏡なしに見るというよりも、議論の最初から、オールビーを、エスリンの見解を引き継いで、不条理作家として範疇化し、それを前提にして、不条理演劇の特質に合わないオールビーの作品の要素を指摘し、それを欠点として批判していることである。特にウェイの批評で気になるのは、不条理劇が、西洋文明の世界観の崩壊を前提とし、価値基準と理性と意味の喪失した世界を描くと言いながら、こういう不条理劇の特質があたかも価値であり意味であるかの如く、それを基にしてオールビーの作品を批判する態度である。上記④、⑤のオールビーの作品の特質を充分に分析し理解した上で、そこに①〜③の不条理演劇の特徴を見出すのが普通の批評態度だが、逆の場合は、順序が転倒しているし、ウェイは「不条理演劇としては二流だ」と言うが「不条理演劇としては」という前提のうち「不条理」という形容詞をはずして一本の「演劇として」の作品の出来栄えを問うべきであろう。不条理演劇のキーワードを使えば、ウェイの批評もいささか「ずれて的外れ」だと言わざるを得ない。

前述したように、オールビーはこの作品の中で、二人の否定的登場人物ジェリーとピーターの衝突の向こうに、肯定的なあるべき人間の姿を見ており、その姿の方に衝撃を与えることによって観客を導いて行こうという姿勢があり、彼の反リアリズム的、アヴァン・ギャルド的、不条理的作劇法は、そのための方法なのである。オールビー自身インタヴューに答えて、演劇の持つ力を「生きる力を与えるもの」(a life-giving force)(Kolin and Davis 194)と言い、また、劇作科の学生に「演劇は物事をよりよくする試みだ」(Kolin and Davis 195)と言い、また、次のような劇作家としての彼の関心事を披瀝する。

直接的にはいかなる劇作家も一種のデモニアックな社会批評家なのです。私は人々の理解を変ることに関心を持っています。全ての真面目な芸術はこのことにかかわるものなのです。自我や社会は良い演劇によって変えられるべきです。全ての演劇はその本質において、それらが、人々を動かしていろいろな教区の、社会的、政治的決定をさせている価値観に疑問を呈させるという点においては、間接的には政治的なものなのです(Kolin and Davis 196)。

オールビーは劇作家として人間の意識と社会の変革を目指すが、その前提として、人間への信頼があり、人間との繋がりを求める姿勢がある。この点が、ハリスやウェイが指摘する価値体系や関係性の解体と理性や意味の喪失をその内容とする不条理演劇との違いであり、また、例えば、ジョン・バースの『フローティング・オペラ』(*The Floating Opera*, 1965)の主人公トッド・アンドリュースが、「何物にも本質的な価値はない」(*Opera* 223)「生きるための(ないしは自殺するための)究極的な理由は何もない」(*Opera* 250)と言うような、ニヒリズムのどん底までにはいかなくても、六〇年代作家に濃厚なペシミズムやニヒリズムへの傾斜は登場人物にはあっても、オールビー自身には見られない。オールビーはむしろ、「書く行為は、他人との繋がりを求める楽観主義的行為である」(Kolin and Davis 199)とまで言っている。この姿勢は、彼の主要作品の結末に反映されており、『ヴァージニア・ウルフなんかこわくない』では、夫婦間の揶揄と嘲笑と罵倒に終始し、最後には二人を結びつけていた幻想の息子殺しまでに発展する夫婦間の危機はありながらも、最後の場面では、なんとか夫婦関係は続いていくことが暗示されているし、『デリケート・バランス』においても、夫婦、親子、友人間の不信、断絶、亀裂は、危ういながらも微妙なバランスの中に収まって、決定的な関係の崩壊までには至らないことが示されている。したがって、C・W・E・ビッグズビーのベケットとオールビーの違いの指摘は妥当なものだろう。

ベケットが空虚な宇宙に直面して馬鹿げた人間の自己放棄を強調するところで、オールビーは人間の自由を強調する。二人の作家の違いは、本質的には決定論者と実存主義者の違いである(Bigsby 17)。

また、マシュー・C・ラウダネの次の意見にも与するものである。

『動物園物語』は人生肯定の演劇である。……オールビーは再生の可能性、あからさまには攻撃的なテキストと行動の下にある楽観主義の基を提示するのだ(Roudané 42-43)。

最後に、オールビー自身の言葉を引いてこの稿を終る。「私の劇のすべては、私たちのヴィジョンを修正し、私たちの価値観を整理しなおすことに努めるものです。」(Kolin and Davis 196)

註

＊ この間の事情は、オールビー自身が *The American Dream and the Zoo Story*. Signet Books, 1960. の "Preface" で述べているし、George Wellwarth も詳しく述べている(pp. 274-277)。なお、テクストからの引用

はこの版により、ページ数のみを記す。

引用文献

Albee, Edward. *The American Dream and The Zoo Story*. New York: Signet Books, 1960.

Anderson, Mary Castiglie. "Ritual and Initiation in *The Zoo Story*." Ed. Julian N. Wasserman. *Edward Albee: An Interview and Essays*. Houston, Tex.: University of St. Thomas Press, 1983.

Barth, John. *The End of the Road*. New York: The Bantam Books, 1958.

——*The Floating Opera*. New York: Anchor Books, 1988.

Bigsby, C, W. E. *Albee*. Edinburgh: Oliver and Boyd, 1969.

Capote, Truman. *Breakfast at Tiffany's*. New York: Siget Classics, 1958.

Clurman, Harold. "Theatre." *Nation* (Feb. 13, 1960).

Alan S. Downer. ed. *The American Theater Today*. New York: Basic Books, 1967.

Driver, Tom F. "Drama." *The Christian Century*. (March 1, 1961).

Esslin, Martin. *The Theatre of the Absurd*. Woodstock, N.Y.: The Overbook Press, 1973.

Harris, Wendell V. "Morality, Absurd, and Albee." Eds. Philip C. Colin and J. Madison Davis. *Critical Essays on Edward Albee*. Boston: G. K. Hall, 1986.

Kerouac, Jack. *On the Road*. New York: Viking Press, 1957.

Kolin, Philip C. and J. Madison Davis. *Critical Essays on Edward Albee*. Boston: G. K. Hall, 1986.

Lewis, Allen. *American Plays and Playwrights of Contemporary Theatre*. New York: Crown Publishers, 1970.

Nilan, Mary M. "Albee's *The Zoo Story*: Alienated Man and the Nature of Love." *Modern Drama 16* (June, 1973): 53-59.

Paolucci, Ann. *From Tension to Tonic: The Plays of Edward Albee*. Carbondale: Southern Illinois University Press, 1972.

Roudané, Matthew C. *Understanding Edward Albee*. Columbia: University of Southern California Press, 1987.

Rutenberg, Michael E. *Edward Albee: Playwright in Protest*. New York: DBS Publications, 1969.

Vonnegut Jr. Kurt. *Player Piano*. New York: Dell Books, 1952.

Wasserman, Julian N. ed. *Edward Albee: An Interview and Essays*. Houston, Tex.: University of St. Thomas Press, 1983.

Way, Brian. "Albee and the Absurd: *The American Dream and The Zoo Story*." Ed. Harold Bloom. *Modern Critical View: Edward Albee*. New York: Chelsea House Publishers, 1987.

Wellwarth, George. *The Theatre of Protest and* Paradox: Developments in *the Avant-garde Drama*. New York: New York University Press, 1967.

Zimbardo, Rose A. "Symbolism and Naturalism in Edward Albee's *The Zoo Story*." *Twentieth Century Literature*, 8 (April, 1962): 10-17.

第八章　幽閉する近・現代のロゴス
——ジョン・バースの『旅路の果て』

I

ジョン・バースの第二作『旅路の果て』（一九五八年）は、デイヴィッド・モレルが指摘するように、登場人物たちの哲学的立場の違いを描いた「思想小説」（a novel of ideas）（Morrell 16）とも言える作品である。その思想の核心において、近代の啓蒙思想に批判的な実存主義者のジョー・モーガンとポストモダン的思想の持ち主のジェイコブ・ホーナーの、主に主体の観念の相違が姦通事件を通して劇的に描かれた小説であるので、作品論に入る前に近代の理性と主体の観念の揺らぎについて見ておきたい。

近代の社会や歴史は、その成立の基本理念である啓蒙思想の理性と科学的精神への信仰と、そこで確立された個人の主体を基にして作られているという考えは、我々にとって既定の条件だったし、またその価値観は我々の中に根強く生きて我々を支配しており、そして現在においてもこの条件の基に社会が成り立ち人々も生を営んでおり、我々が近代精神の中にいることに変りはない。

だが、この西欧近代の啓蒙精神そのものが二〇世紀の二つの世界大戦、ベトナム戦争、核による東西の冷戦構造等により、特に六〇年代以降のポストモダニストによって徹底的な疑念と否定の対象となる。彼らは、前近代の封建的共同体の伝統や権威やそこで信じられていた迷信や魔術から個人を解放したはずの理性は、もともと個人の感情や衝動を抑圧し追放する道具であり、また、社会秩序を創造するという目標のための理性によるあるものの選択は、他のものの暴力的拒絶と排除に基づくものであるという、近代理性の直線的、選択的特質と、理性そのものが持つ暴力性を指摘する。またこの理性は、すべてのものを対象化し、操作と管理の下に置き、したがって、その対象としての自然や人間を物化し、そして、それらを材料として理性の典型的な現われである近代技術や科学知識によって合理的で効率よい計算と計画に基づき、近代社会を作る。近代世界は、人間が中心となり自然と人間を材料にして理性によって作られる世界である。リュック・フェリー／アラン・ルノーが言うように、「近代の人間主義は……対象を利用価値によって決定し、人間がすべての関係の中心なのである」（フェリー／ルノー　三五）。そして、この理性を中心に成立した近代社会のシステムは、表面的には反封建制の自由と平等を掲げながら、実際には男女の性差別や人種、民族の差別、支配、弾圧という権力的暴力を内包し行使するシステムであり、いわゆるフーコーの言う理性と権力の「共犯関係」が明らかにされる。

もう一つの大きな問題は、ポストモダニストによる近代の主体観念の徹底的な批判である。近代市民社会は、封建的共同体から解放された自律的個人の主体が確固たる土台ないしは根拠を持つことがその成立の前提となる。そして一九五〇年代の実存主義までの西洋形而上学は、人間の自律的主体を歴史の発展と変革の中心であり根源であるとみなした。今村仁司は次のように述べる。

実体としての主体は、固定点であり、出発点であり、回帰点であり、あらゆる事物を評価する座標系ないし原点である。根拠としての主体から出発して、他のいっさいの物が生産され、構成される。かつて神が実体であって、主体は従属物であるという中世的世界像からみれば、近代主体主義は、コペルニクス的転回をとげたと言いうる。(今村　四八)

また、リュック・フェリーは、啓蒙思想と神との関係を次のように指摘する。

エルンスト・カッシーラーが示したように、啓蒙の世紀とは、人間の優位が文化のすべての領域で確立してゆく世紀である。その結果、神はこの人間の「考えたもの」とみなされ始める。人間が神を創造し、ヴォルテールのことばによれば、「神を神にきちんと返した」とされたのだ。(フェリー　四〇)

我々は、神から人間へと中心が移行した近代の人間主義の世界観の中に生きており、「原点」であり「根拠」でもある人間の主体はすべての関係の中心となり、同一のルールや基準を設定し、統一性を持ち、社会全体を視野に入れたシステムを組織する、という考えに慣れ親しんでいる。そして、中心性、根拠、アイデンティティ、同一性、一貫性、統一性、全体性、自律性等の観念は、人間や社会や芸術にとっても肯定的価値であり、判断や批評の基準となった。この近代の理念はまた、能率・効率と生産性を強調し、合理的科学的知識により人々に規律と訓練を求め、それは他方、社会と人間の画一化と標準化を産み、そして、官僚制の下の同一性に合わない者や統一を乱す者を拒絶し排除する権力の体系を作り上げる。それは当然、人間のアトム化、つまり、孤立化と断片化をもたらす。後のポストモダニストは、近代システムにおける人間主体と官僚的権力との相互補完的な共謀関係を暴き出す。

次に、レヴィ＝ストロースやラカン等の構造主義者たちは、主体を決して自律的実体とはみなさず、したがってそれは根拠にはなりえず、むしろかえって「主体は構造の結果であり、諸構造の結節点ないし担い手以上のものではない」（今村　四一）と考える。つまり、前近代の神から中心と土台を獲得した人間の主体が、人間や社会の構造や関係を作り出すのではなく、むしろその主体は社会の諸構造や関係の網の目に捉えられ支配を受けて他律的に生まれる存在であると言うのである。前近代の神から近代の人間主体へと中心がコペルニクス的大転回したのと同様に、人間主体から構造への中心の移行もまた大転回である。この構造主義の主体観は、例えばポストモダニストのドゥルーズ／ガタリに引き継がれる。

主体は一連のそれぞれの状態から生まれ、そしてたえずその次の状態において再び生まれ変るのだ。この次の状態は次の瞬間における主体の姿を決定するものなのである。主体はこうして、自分をたえず誕生させ生まれ変わらせていくこれらの状態をすべて消費してゆくのである。この意味では、生きられる状態の方が、この状態を生きる主体よりも、いっそう根源的なるものである。（ドゥルーズ／ガタリ　三四）

ドゥルーズ／ガタリは、構造や関係という言葉の代わりに「状態」を使うが、この「状態」が「根源」なのであり、「主体」が「根源」なのではない。「固定点」であり、「原点」であり「根拠」でもあった近代の人間主体は、ドゥルーズ／ガタリによれば、不安定で、たえず変化し浮遊し流動するものであり、それはまた、無数に、多様に分裂し変容する、いわゆる「リゾーム」、差異の運動体である。浅田彰によれば、ドゥルーズの哲学では「私も世界も多数多様な粒子と流束の群れになって……自我と世界と神の統一性が解体し、すべてが多数多様な変容へととき放たれる」（浅田二四）ことになる。ここでは、近代の中心概念である、同一性、統一性、全体性、固定、原点、根拠に代わって、分裂、分断、異質、不調和、多様性、多次元、個別、流動、変容、差異が主要概念となる。自由と解放と脱出はあるが、それは他方、撹乱と混沌と無秩序をもたらす。

近代が成立させている理念やシステムへのポストモダニズムの根源的で徹底的な批判は、同時に、その理念やシステムに基づいて成立する人間関係や物語や意味や価値の体系も崩壊させる。だが、人間は虚構の物語や価値や意味の体系がなければ生きていけない存在であり、また社会や国家のシステムは形而上学的基盤なしでは存立し得ないものだから、これらを根底から解体したポストモダニズムの功罪の見直しが特に、九〇年代において盛んになる。

ポストモダニズムが、近代の理念の具体的な現われである、国家、メディア、家父長制、人種差別、植民地主義等の権力的で抑圧的諸制度を批判し、その結果、セクシュアリティ、ジェンダー、エスニシティ等の今まで差別と抑圧の対象となってきた諸問題を政治、社会的議論の対象としてきた功績は認めなければならない。しかしそれは、一つの理念や体系に基づく統一された全体を否定するから、フェリー／ルノーが言うように、特定の人間的状況は「それぞれの部分を一つの全体にまとめあげることのない寄せ集めの総和となり……個人主義の隆盛の地平に姿を現す、粉砕された一個の全体たることをやめた自我の姿を喚起する」（フェリー／ルノー　八九）のであり、デイヴィッド・ライアンは、ポストモダニズムが西洋近代の理念と制度を否定した後、「代替的ヴィジョンを提示しなければポストモダンの立場は単なる自己満足や身勝手な冷笑に容易に退化してしまう」（ライアン　一四）と手厳しく批判する。また、テリー・イーグルトンは、「西洋思想の伝統には有益な思想があったはずだが、ポストモダニズムは、植民地主義や文化的自己嫌悪から西洋思想の伝統のすべてを破棄した」（Eagleton 125）と言い、さらに、デイヴィッド・ハーヴェイは、理念的基盤を喪失した現代文化が生産した多くのものが、「外見、表象、瞬間的影響にしがみついており、時代を超えて持続する力を持たない深層喪失状態にあり、……底知れぬ分裂状態と刹那的性質に一切身をゆだねている」（Harvey 58-59）と指摘する。

歴史的時間軸を喪失した瞬間性と、浮遊する表層の空間に没頭するポストモダン現象は、放送や活字メディア、出版、パソコン、広告、映画、演劇などの大衆文化と、資本主義社会が生み出す消費文明に如実に表れているが、フレドリック・ジェイムソンが述べるように、ポストモダニズムを生み出した後期資本主義の脱中心化された「分裂症的」（ジェイムソン　五〇四）な世界においては「ポストモダニズムは……（社会とは）対立的ではなく……実際、それは消費社会自体の支配的な、あるいは覇権的な美学を構成しており、新しい形式や流行を生み出す実質上の実験室として、消費社会の商品生産に重要な貢献をしている」（ジェイムソン　五五一）ことになる。とすれば、後期資本主義社会の大衆消費文化の内部にいる我々とすれば、好むと好まざるとにかかわらず、ポストモダニズムは我々の生きる状況なのであり、それを軽率に称賛することも、また否定することも不可能なのであり、それをいかに認識し、それに対していかなる態度をとり、また対応するかが問われることになる。

II

『旅路の果て』は、啓蒙思想の理念によって成り立つ近代世界に対して批判的な二人の主要人物ジョー・モーガンとジェイコブ・ホーナーにそれぞれ実存主義とポストモダニズムの思想を図式化して体現させ、デイヴィッド・モレルが言う、二人の間の「触媒的人物」（Morrell 20）としてモーガンの妻レニーを配し、それに、ホーナーの医師である徹底的なプラグマティストを加えた四人の主要人物によって成り立つ非常に観念的な思想小説である。

ホーナーの悩ましい問題は選択ができないことである。ジョンズ・ホプキンズ大学の英文学科の学生である二八才のホーナーは、大学院の学位取得のための口頭試験にパスしたものの学位論文にはいまだ手をつけていない状態で、誕生日の憂鬱にかられてどこかに旅に出ようと思って部屋を出る。彼は、ペンシルベニア駅の中央ホールまで来た時に旅をする動機がなくなり、そうかと言ってアパートに戻る理由も見出せずに「ベンチで動けなくなる」（I sat immobile on the bench.）*。彼は行動の選択ができずに肉体的固着という麻痺状態に陥る。彼の目は「ぼうとして永遠を凝視して究極を見すえており」（三二三）、彼はこれを「ぼくが取り付かれた病気は宇宙病だ」（三二三）と言う。このホーナーが、たまたまそこを通りかかった黒人の医者の治療を受けることになったことからこの話は始まる。

ホーナーが行動の選択ができないこと、つまり、彼の非決定性は、さらに、次のようなエピソードにも現れる。彼は医者からカウンセリングを受ける時に、椅子に座った時の足の組み方や腕の置き方に迷い、ある姿勢を取っても「他の多くの可能な（姿勢の）選択肢に直面すると不満を感じるし」（二五六）、二年にわたるカウンセリングの後、医者から定職に就くことを勧められても、求職と求職反対理由が伯仲し、「綱引きの綱の中心点みたいに、静止したまま動かない」（二五八）。

ホーナーが選択できないという問題は、その後の医者の治療、英文法の教師として大学に就職したこと、職場の同僚ジョーとの関係、その妻レニーとの不倫事件とその後のレニーの妊娠と死という混乱等のこの小説の全体のプロットの出発点であり、構成の核であり、また、テーマの重要な一部分となるものである。

ホーナーが人間的状況の多様性と複数の選択の可能性のうちから一つを選択できないのは、その一つのものを選択する行為に意義と倫理的価値を見出せないからだ。ホーナーは「役割を除けば……人間性には興味がなく」（二七九）、「一貫性のある人生の目的なんてバカげている」（三〇五）と思い、「人格がなく（without a personality）存在するのをやめ……心が、星と星のあいだの空間のように、まるで空っぽ（empty）だ」（二八七）と言う。そして、彼には、同僚モーガンの妻レニーとの姦通事件の「全ての事柄自体に意味はない（without significance）のだ」（三四八）。

ホーナーはバースの前作『フローティング・オペラ』（一九五六年）で、「何ものにも本質的価値はない」「生きることにも自殺することにも究極的理由はない」と言う主人公トッド・アンドリュースの人間性と生の価値の徹底的否定、言い換えれば、極北のニヒリズムの一つのヴァリエイションを引き継いでいるので、行動に結びついたいかなる倫理的基準も破棄されている、と言うより、彼にはそれは存在しない。その原因として、バースは、ホーナーを徹底して人格の統合点が全くない人物として描く。レニーは彼を「あまりにも多くの彼がいるので、ぜんぜん存在していないようであり、……夢の中の存在以上の、無である」（三一六―三一七）と述べるが、ホーナー自身、「天気がない（weatherless）」（二八七）ような存在の空白感を幾度となく感じる。

デイヴィッド・カーナーはホーナーの人間性を「変幻自在のカメレオンのような存在」（Kerner 98）と言い、ジャック・サープはそれを「壊れた原形質」（Tharp 24）と指摘するが、このようなホーナーの「天気がない」ような「空っぽ」の自我に、近代的なアイデンティティは在りようがない。医者は、ホーナーは「自我の代わりに真空（vacuum）を持つ」（三三四）と言うが、このホーナーが特定の状況の中で生きていこうとする場合に取る存在の形は、それぞれの状況に応じて、その状況の影響を受けながら取る一つの姿勢や態度（それを後には「仮面」と言うが）しか在りえないのだが、その場合のホーナーのアイデンティティは、その態度や仮面の中に真の自我などはないのだから、恣意的な作りごとにすぎない。だが、バースはこのような空白の自我のホーナーを他の登場人物にぶつけることによって近代の人間の統一された一貫性のある自我や主体の観念を浮かび上がらせ、それがむしろ虚構であり虚妄であることを描き出す。

ホーナーは、作品の冒頭で、「ある意味で、私はジェイコブ・ホーナーだ」(In a sense I am Jacob Horner.)(二五五)と自己紹介を行う。この言葉は、メルヴィルの『白鯨』の有名な冒頭の言葉「私をイシュメルとでも呼んでくれ」(Call me Ishmael.)を想起させるもので、バースがメルヴィルを意識して書いたとも思える書き出しだが、この言葉は自己の存在規定の不可能さや不確かさを表わす。さらに、カート・ヴォネガット・ジュニアの『スローターハウス5』の冒頭の文章「多かれ少なかれ、こういうことが起ったのだ」(All this happened, more or less.)や作中、呪文のように繰り返される「まあ、そういうことだ」(So it goes.)等に共通する表現の不確かさ、曖昧さは、六〇年代に通底する世界の巨大な虚偽と悪、そしてその不可解さや非論理性や不条理性を言葉で捉え難いことや、事実や真実を捉え語ろうとする主体の不確かさ、自己規定の困難さに起因している。だが、バースのホーナーの描き方の背後には、単にホーナーを否定的に見るのではなく、逆にむしろ人間の自我はもともと不確かで捉え難いもので、そもそも自我や主体は単一で統一された一貫性のあるものではないのではないか、という近代的人間観への疑念がある。主体は、他者や状況との関係によって恣意的に選びとられるもので、アプリオリに存在するものではない。個人の自我は複数で分裂しており、人格は複雑で多様であると考えるバースの人間観は、主体は主体が置かれた状態によって流動し変容すると考えるドゥルーズ/ガタリの人間観に近い。

そしてまた、そこにはD・H・ロレンスが『古典アメリカ文学研究』の第二章「ベンジャミン・フランクリン」で述べた次の言葉の反響をも聞くことができる。

理想的自我だって。おお、でも私は、理想の窓下で狼か山犬のように閉め出されて吠えている奇妙な逃亡した自我を持っている。闇のなかのその赤い眼を見たまえ。これは自分のところに帰ってくる自我だ。

人間の完璧性だって。おお、神さま。あらゆる人間は生きている限り、彼自身の内部において無数の相矛盾する人間であるのに、他を犠牲にしてこれらのうちのどれを君は完成しようと選ぶのか。(Lawrence 15)

本来無数の相矛盾するものを心に持つ人間性が、その人間性の他の部分が抑圧され、理性を中心とした合理的科学的精神へと集合され統合され秩序づけられるフランクリン的人間精神と、さらに、一八世紀のアメリカの理性中心の国民性の鋳型造りへの強烈な皮肉と揶揄を込めたロレンスのフランクリン観と同様に、バースは、人間はもともと多様で複雑で矛盾した存在であるという人間観を持つ。バースの主人公の選択困難という特性は、次作『酔いどれ草の仲買人』の主人公エベニーザ

ーにも引き継がれ、彼は、

可能性の美に酔心地になり、選択をせまられながらも眼がくらんでなすすべを知らぬままに、ぶざまな漂流物のごとく満足したようなせぬような心地で機会の潮に身をまかせながら漂っていたのである。(*The Sot-Weed Factor* 11)

エベニーザーは詩人を気取りながらも職業の選択に迷い、目標をたててそれに向かって努力するといった対象がないので、時々、座して何もせずに「無気力、無感動の状態にはまり込む」(*Sot-Weed* 27) ところはホーナーに酷似するし、家庭教師バーリンゲームにより教師になることを勧められるところなどはホーナーの医師の治療法と同じである。

ホーナーとエベニーザーの選択不能性は、前作『フローティング・オペラ』の主人公トッド・アンドリュースの極限のニヒリズムほどではないにしても、世界における意味と価値を喪失し、その結果、二人の人間観や世界観に広く浸透しているニヒリズムがその根底にあることは論を俟たない。したがって、ホーナーの存在状況は、神をも含めて外部的、形式的価値や伝統や信念の前提そのものを疑い、あらゆるものが一時的で不確かで相対的であると考え、世界は虚偽と無意味と空虚さで満ちているとするサルトル的実存主義と近似する。しかし、ホーナーが実存主義と決定的にすれ違うのは、実存主義が個人の主体と自由と価値を肯定し、人間の置かれている状況の多様な可能性と選択肢の中から実存的選択を行い、自己を未来へ投企し、そしてその選択行為に伴う個人の責任を引き受けることを基本概念とするのに対して、ホーナーにはこの実存主義の基本概念である主体と選択と責任の三つの概念が決定的に欠落している点である。この実存主義の概念を体現しホーナーと対立するのがジョー・モーガンであるが、二人の関係については後述する。

III

選択ができないホーナーは、生きていくためには何らかの選択をしなければならないのだが、ペンシルベニア駅のホールで肉体的固着状態に陥った時、そこを通りかかった黒人の医者から話しかけられ、治療の為に彼が開いている「再生農場」(Remobilization Farm) という診療所に連れていかれて、動くための行動の選択の方法を教わる。病んだ白人を黒人が治療するという人種関係の構図には、白人中心の西洋社会の人種関係を転倒するバースの意図が読みとれるが、この医者は名前が最後まで明かされない正体不明の人物だから、特定の個人というよりある種の態度や思想的立場や概念を寓意的に総称して現わす人物と言える。この医者は、動かない患者を動かすことのみに関心を持ち、患者の経歴には全く興味を示さない。したがって、ホーナーの個人的事柄には一切質問せず、また、病気の原因も問題にせず、「世の中にはたまたま事実があるだけだ」(The world is everything that is the case…)(三三〇)という考えが徹底しており、次のように言う。

究極的には、クリーヴランド・スタジアムの座席が正確に七万七千七百人でなければならない理由なんてなく、たまたま事実がそうなっているだけだ。長い目で見ればイタリアが長靴型じゃなくてソーセージ型だっていいわけだが、たまたま事実はそうじゃない。世の中はたまたまの事実ばかりで、その事実が何であるかは論理の問題じゃない。(三三〇)

この医者は、事実の背後にある因果関係や理念や精神性には全く関心を示さない超プラグマティストで、トニー・タナーは、バースの登場人物の多くは「現実の世界には確たる意味や永続する価値が存在するという概念そのものを否定している」(Tanner 230)と指摘するが、この医者もその一人であり、この意味でこの医者も合理主義や科学主義や進歩の観念等の近代のプロジェクトに批判的人物であり、この点では、ホーナーやモーガンと共通している。他面この医者は、合理的、科学的精神によって人間の行動の有用性と効率と効果を求める近代精神のエッセンスの一面をグロテスクに歪曲し肥大して体現する、いわば、近代精神の鬼子である。彼がホーナーに与えた行動のための処方箋は、現実世界にホーナーを慣れさせることと、行動の有用性と効果のみを考慮したもので、行動の真偽と行動に結びついた倫理基準は最初から完全に放棄されている。人間性を無視して効果を重視する医者の論理は近代資本主義社会の経済の論理を暗示する。ここでのホーナーと医者との関係の構図は、主体が崩壊し、行動の真偽が分からず行動の倫理基準も持てない者（ホーナー）が、行動の真偽の判断と行動の倫理基準を放棄した者（医者）によって行動の指針を与えられているというもので、二人の関係は危険極まりないものである。二人の関係は、後期資本主義社会における主体が無く浮遊する人間と、倫理なき経済的結果だけを求める人間との浅薄で脆弱で危険な関係を暗示する。E・P・ウォルキーウィッツは次のように指摘する。

医者の処方箋は危険で破壊的な可能性を持つものだ。いかなる価値からも切り離され、どんな行動も行動しないことよりも好ましいという前提に基づき、行動に意義あるチェックを与えなければ、その処方箋のプログラムは個人に完全な放縦を認めるもので、それは「生を否定する」（life-negating）ことになる。（Walkiewicz 36）

もともと医者はホーナーの経歴や病気の原因には関心を示さないのだから、ホーナーの人間性は初めから半ば抹殺され、精神性のない物的存在とみなされている。医者にとってホーナーは魂のないロボットに近い。医者はホーナーに具体的な行動の指針として、複雑な選択肢のある状況に身を置かないこと、『世界年鑑』一九五一年度版を勉強すること、左側原則、先行原則、アルファベット原則を守ること等を教えていく。これらの行動の指針に共通する考えは、係わりあう人間関係を避け、複雑なものを極端に単純化し、人間らしい感情や感性や好みを出来うるかぎり抹殺していくことである。『世界年鑑』は相互に関係のない体系化されないバラバラの事実や情報の寄せ集めであり、いかなる選択的状況の中でも左側にあるもの、先行するもの、アルファベットでは前に来るものを選択するなどという馬鹿げた笑止千万の行為は、人間性を限りなく抹殺して自己をロボットにする以外にはできるものではない。

この医者がホーナーに行う治療の中心となるものは「神話療法」(Mythotherapy)(三三六)で、「実存」(existence)は本質(essence)に先立ち……人間は自由に本質を選択できるばかりではなく、それを意のままに変えられる」(三三六)という実存主義の仮説に基づく治療法で、これは具体的に言えば、特定の状況で自らに役割を割り当てるという形で本質を選び、それを理にかなうように遂行することである。この「役割の割り当て行為」(role-assigning)は、特定の状況に自己表示のための一つの印、ないしは、偶然的で一時的であれ、生の形を表わす仮面をつけるようなもので、この仮面は新しい状況に遭遇してその仮面が合わなければ別の仮面にとり替える訳で、当然その人物は「分裂症的」になる。

しかし、医者がホーナーに対して行った「神話治療」は成功したとは言えない。これは、ホーナーの人間性に対する医者の認識が甘かったことからくるもので、実存主義の「実存が本質に先立つ」という考えは理解できても、ホーナーのように主体や自我のない人間は「本質」を選択するための「実存」そのものがないからだ。つまり、「天気がない」ような自己の存在の空白感にしばしば襲われるホーナーには「本質」に先立つ「実存」の定立そのものが極めて困難なのである。そしてここではむしろ、「本質」がない者に「実存」が可能であるかという命題の提示があり、実存主義に対する作者バースのアイロニーさえ見てとれる。医者はホーナーに、サルトルを読んで実存主義者になるように勧めるが、なれなかったと告白するホーナーの存在状況は至極当然の事であり、主体がなく選択できない者が実存主義者になれるはずがない。

Ⅳ

ホーナーはこのような治療を受けながら多くの臨時の仕事をした後、医者の一種の「仕事治療」としてメリーランド州のウィコミコ教員養成大学の英語の教師となり、医者から英文学ではなく英文法を教えること、そして、その英文法の中でも選択的状況を取り扱う記述文法ではなく、厳密な規則の体系がある規範文法を教えることを指示される。

ホーナーは教職に就いてすぐにこの大学の若い歴史学の教師であるジョー・モーガンと彼の妻レニーと親しくなり、彼らの関係はすぐに三角関係に陥る。モーガンは真面目で誠実で自分の立場を確信し、目的に向かって進んでいくタイプの人間で、「人の歩くところに道がつくられるべきであって、たまたま道があるところを歩くのではない」(二七二)と考え、規範文法を教えるホーナーが既存の規則やルールに従って行動させられるのと対照的に、自己の主体や主観に基づいて現実を形成していこうとする人間である。彼は、「世の中は嘘でいっぱいで目的もなく」(三一〇)外部世界や社会の「統一、調和、永遠、普遍には感銘を受けない」(二九六)し、「究極的に弁護できるものは何もない」(二九七)と言う。だが、「あらゆる価値が内在的でなく、客観的でなく、絶対的でなければ、それは現実的でもないというのは誤りだ」（二九五）と言って、世界に内在的、客観的、絶対的価値があることは認めないが、主体との係わりを持つ現実的価値や社会習慣の存在意義は認めていく。そして、「結婚に内在的価値なんていっさいない」（二九六）としながら、妻レニーとの結婚への忠誠心を「主観的、絶対の等価物」(the subjective equivalent of an absolute)（二九七）と考え、二人の関係が「第二」（三一一）で「価値の定位点」(the orientation post)（三六二）だとも言い、妻と二人の「自立」し「自足」した人間同士の「永続的関係」を築くのだ、と言う人物である。

このようにモーガンは、外部の客観的、内在的、絶対的価値を認めず、主体や主観に基づいて自己の立場を確信し、常に首尾一貫した態度をとり、妻との関係を絶対的価値の定点として人生を形成していこうとする。ジャック・サープは、モーガンの理論は、全ての価値は相対的だが、いくつかの価値を絶対的なものであるかのように受け入れるので、「結果的にはキリスト教教義や他の超越的力の観念に依存する教義と同様に絶対主義者になる」(Tharpe 30) と指摘するが、彼のように客観的価値を全て排して自己の主体を中心とする主観的価値しかないと考え、ある事柄を選択してそれを絶対的価値として定立するのも独裁者を生み出す極めて危険な思想である。また、人生には主観的価値しかないとするモーガンの思想は、人生には事実しかないとするホーナーの医者と同様にバランスを失った歪な思想であり、バースは明らかにモーガンの人間性に、実存主義の概念を戯画的に誇張し、アイロニーを込めて具現させている。そしてある意味でリチャード・W・ノーランドが言うように、バースが「実存主義そのものをパロディの対象にしている」(Noland 20) とも言えるのである。

モーガンは外部の客観的、内在的、絶対的価値を認めないが、他方、ホーナーは自己の内部にも外部にもいかなる価値も見出せない人間だから、二人は、外部の価値を認めないところは共通しており、この点をレニーは、二人は「いろんな点で完全に違っている訳ではなく、むしろそっくりなところもある……(それは)同じ前提からものを始めるところ」(三一三)だと言う。この「同じ前提」とは、以前引用したトニー・タナーが指摘する、バースの登場人物の多くの者が持つ「世界の意味と永続する価値の概念を否定する」立場であり、そしてこの概念とは、合理主義や科学主義や進歩の思想等の近代思想のプロジェクトとみなしてよい。近代思想の意味と価値に対しては、主要登場人物のホーナーとモーガンと医者はことごとくそれを批判し、あるいはそれに背を向けるのだが、この作品の思想的基本構造の特徴は、彼ら三人の近代思想への対応の仕方が、実存主義的(モーガン)、ポストモダン的(ホーナー)、プラグマティック(医者)とかなり観念的に図式化されて提示されていることであり、この点がこの小説が思想小説と呼ばれる所以である。

外部の意味や価値を否定する点では共通しながら、モーガンとホーナーの対照・対立は自己の内部に価値形成ができる者とそれができない者との対照・対立だが、これは、突き詰めれば、二人の主体や自我の在り方の違いに帰せられる。つまり、モダニズムの最後の砦として明確で堅固な主体や自律し統一した自我を主張する実存主義者モーガンと、砦の崩壊後の解体した主体と分裂した自我を持って彷徨するポストモダンの人間ホーナーの違いである。デイヴィッド・モレルは、ホーナーとモーガンはバースの前作『フローティング・オペラ』のニヒリストの主人公トッド・アンドリュースが二つに分裂して、価値を持てないホーナーと相対的価値に生きるモーガンとなったのだと指摘するが（Morrell 18）、この点は一面では考えられるにしろ、トッドには堅固な主体を基にした明確な価値形成を行うモーガンの未来への生の意欲は完全に欠落しているので、モレルの指摘は似而非なるものであろう。

作品中、ホーナーとモーガンを緊密に結びつけその対照・対立を明確にするのは、ホーナーと不倫関係に陥るモーガンの妻レニーである。レニーは、モーガンと会うまでは自分の哲学を何も持てず「自分の内部の奥まで覗き込んで、そこに何もなかったことを知り」（三一六）、「自分のパーソナリティを消して……ゼロにして」（三一一）モーガンに従うことを決めた女性である。強い個性や特殊性を持たないレニーは、それ故、ホーナーとモーガンの「触媒」的役割に相応しいのだが、彼女は、主観主義の絶対主義者モーガンに完全に支配され、モーガン個人の「絶対的価値の等価物」である結婚への忠誠心という考えの有効性を験すためにモーガンが仕組んだ罠に掛って、ホーナーとの不倫の関係に陥る。

V

ホーナーとレニーはモーガンが家をあけたときに、互いに特別の理由もなく姦通を犯す。モーガンはレニーとの結婚生活に絶対的価値を置き、自律した自己の主体を中心とした人間関係に永続性と一貫性と統一性を求め、さらにそこに意味や価値を見出そうとするが、彼自身の理論の正当性と有効性を検証するために、新任教師のホーナーを自宅に招き、その後、意図的にレニーとホーナーの二人だけで乗馬を行わせたり、自分の出張中にホーナーにレニーの相手をさせたりして、二人の不倫を企んだのだ。(ホーナーは「ジョーのこの計画に対する仕組んだ情熱」(二九九)と言う。)したがって、モーガンはレニーとの関係を「最も重要なもので……絶対的なものの一つ」(三六一)と言いながら、不倫の事実が発覚したときは、それほど動揺はしないし、まして激怒することはせず、不倫の動機や理由をホーナーとレニーに問う。

ホーナーは、自己の存在の空白を感じ、「今日のジェイコブ・ホーナーはいないようだ」（二八六）と自分のことを言い、また、「天気がない日は考えられないが、少なくとも私には気分が全くない日がしばしばある……人格がないので存在するのをやめた」（二八七）とか、「天気がない日には、私の心は宇宙空間のように空虚である」（二八七）といった言葉を繰り返し表明する。そして、レニーは、「あなたは全然存在しないのと同じで……あなたは自分を消し去っている……あなたは無です」（三一六—三一七）とホーナーの存在の実態を表現するが、もともとホーナーは「行為の原因などには興味がなく」（二八六）、行為の倫理的意味と価値を見出せないから行為の選択ができなかった人間だから、モーガンから理由を問われても姦通は「全く意味のないもの」（三四八）であり、「無意味の動機は（彼にも）分らず、意識的動機は全然なく、従って、ありもしない理由は言えない」（三五八）としか答えない。つまり、この姦通は、ホーナーには動機も理由も意味もないのである。

モーガンは、個人の個性を尊重し、個人の意思や欲望に正直であることを自分にも他人にも求め、「行ったことは欲したことだ」（三〇〇）という考えをホーナーにもレニーにも適用し、レニーがやりたいと思っていることを確かめ、理解し、レニーとの新たな関係を築こうとする。モーガンは「人間は一貫性のある行動を取ることができる」（二九七）し、行動や思想を「明確に言語化」（三一〇）できると考えている。こうして、モーガンは自らの明確に言語化された理論に忠実でかつ一貫性ある態度を取ろうとして妻の姦通を容認することになる。ここには明らかに、言語やロゴスだけでは捉えられない社会的、人間的現実を理解しないモーガンの言語とロゴス中心の人間性への、そしてひいては西洋近代の人間観への、バースの痛烈な批判がある。ダニエル・マジアックは、モーガンは「合理的意思の中に価値を確立しようとして……人間が他の人間的要素に支配されようとしていることが分らない」(Majdiak 103) と指摘するが、ホーナーはこの時点で、モーガンに対して「彼の災難は理性と知性と文明の災難であり、知性がすべての問題を解釈するという妄想にとらわれている」（三七一）と、モーガンの、ひいては近代人の理性と知性偏重へ厳しい批判の矢を向ける。こうしてこの後、ホーナーとレニーは容認された姦通を何度か犯す。この時三人の関係は「ジョーは〈理性〉ないしは〈存在〉でジェイコブは〈非理性〉ないしは〈非存在〉で、二人は全力をつくしてレニーを我がものにしようとした。それは、神とサタンが魂を求めて争うようなものだ」（三七七）と描かれる。

これまで述べたモーガンの人間性をまとめれば、（1）明確な主体と自我に基づく人間関係（2）個性と自律した人間性の尊重　（3）自己の基盤を確信した立場の表明　（4）一貫性のある言動　（5）持続する人間関係　（6）矛盾のない統一された自己　（7）理性と知性による言動の明確な言語化や理論化、と箇条書きできるであろう。これらの項目がことごとく近代の人間の理念を表していることは一目瞭然であるが、ただし、ここに欠落しているのが、トニー・タナーの言う「世界の普遍的意味と永続する価値の概念」、言いかえれば、外部の客観的、内在的、絶対的価値、つまり、合理主義や科学主義や進歩の思想等の近代思想のプロジェクトへのモーガンの信念である。

ホーナーはモーガンの近代的人間性の理念にことごとく対照・対立的な言動を行う。彼は「持続性に欠け」(二八一)、「一貫性がなく」(二八四)「筋を通して生きるという生活の目的ほど馬鹿げているものはなく……誰の立場も愚かであり、」(三〇五)、「何一つ継続すべき納得のいく理由がない」(三二二)。さらに彼は、「立場を取らない問題回避の人間であり」(三七五)、「個人として統一感がなく」(三九〇)「意見というものがない」(三九八)。ホーナーのこれらの言動が、主体が崩壊し分裂した自我の空白の人間性から出ていることは論を俟たないが、モーガンとホーナーの人間性の明白な対照・対立は、バースがモダニズムとポストモダニズムの人間性と理念を誇張し歪曲し図式化して、それぞれモーガンとホーナーに体現させ、かつ二人をレニーを媒体として衝突させ、その結果を見ようとしたものであることは明らかだ。そしてその基本的構図は、モーガンの持つ近代的人間の理念である主体とアイデンティティと一貫性と永続性と意味と価値を、ホーナーの無定形で変幻自在の原形質的な矛盾と分裂と混乱の人間性、つまり、J・サープの言う「ノーという人物の複合体」(Tharpe 26) が脅かすというものである。バースの思想的立場は、もちろん、ホーナーの方に大きく傾いており、ホーナーをモーガンにぶつけることによって近代的人間観を批判的に検証しようとしている。

ところで、姦通事件の混乱の最中に、ホーナーは彼自身の矛盾、対立、分裂状態をあまり心の負担とは思わずに、むしろ、心おだやかに魅力さえ感じている場面がある。彼は言う。

一定の主題について、矛盾した、と言おうか少なくとも両極化した意見を主張することがぼくにとって重荷にはならなかった。ぼくはあまりにもやすやすとそれをやってのけたのだ。たぶん、それはぼく自身の究極的流動性を考えるからだ。(三六八)

この気分は一日中続いて、学校を出るとき、ぼくの頭は宇宙のヤーヌス神的対立感情でいっぱいで、ぼくは世界の魅力的均衡、偏在する両極性を縫って部屋にもどる。(三八四)

さらに彼は、揺り椅子に座り、「ほんのりとした幸せな気分で……一種の汎浸透的宇宙意識のなかで……遊星の息吹きを感じる」(三四九) と言う。ここは作品の中で最も魅力的なホーナーの語りの箇所であり、思想的に作者バースがホーナーに最も近いところである。西洋近代は人間と世界と宇宙の有機的に統合されたコスモスを破壊し、それぞれをバラバラに分断し孤立させ、さらに人間の心にも、理性と感情、善と悪、正と不正、文明と野蛮というような対立的概念を生み出し、一方を選択し他方を切り捨て、抑圧していったが、こういう西洋近代の二項対立的価値観が生み出す分断と孤立と選択を否定し、多様で矛盾し異質なものをそのまま全体として受け入れ、むしろ対立するものの間を自由に流動し、あるいは両極間の魅力ある均衡を楽しみ、また、時には宇宙との合一感を持つ態度がここにある。このホーナーの感情は、矛盾・対立するものを弁証的に止揚する二元論的発想ではなく、多様、矛盾、異質、さらには混沌さえ抱擁する、あるいはその混沌の中に身を委ねる態度である。この点でも基本的に二元論であるサルトル的実存主義とは相容れない考えである。パトリシア・トービンは、「この恐ろしい思想小説は、ヘーゲル的テーゼ／アンチテーゼ／ジンテーゼの弁証法的三段論法が、ジョー・モーガンと彼の妻レニーとジェイク・ホーナーの不倫の三角関係の上に重くのしかかっている」(Tobin 43) と述べるが、これはかなり粗雑な論考であり、モーガンとホーナーは対立するが、二人を止揚・統合する人物ないしはイメージはこの作品にはない。ホーナーの意識は、むしろチャールズ・B・ハリスの指摘する、「ホーナーの宇宙病は一種の超絶主義であり、神秘的に全体を見る視点である」(Harris 48) に近い。

ところで、イーハブ・ハッサンは、ポストモダニズムの思想の特徴の核心は、「非決定性」(Indeterminacy)と「イマネンス」(Immanences)だと言い(Hassan 109-112)、これら二つにまたがる思想的傾向を次のように述べる。

ポストモダニズムの計画は、計画と言うより複雑な二重の傾向であり、二つの傾向は弁証法的ではなく、正確には、アンチテーゼ的でもなく、ジンテーゼにも至らない。さらに、おのおのの傾向は、それ自身の矛盾を生み出し、他の傾向の要素もみずからに内包している。この二つの傾向は、相互に影響し会い、行動は、ふざけたものであったり非常に真面目なものであったりしてアンビレクティック(ambilectic)なパターンを示している。(Hassan and Hassan 27)

(ambilectic)という語は辞書にはなく、ハッサンが、(ambivalence)と(dialectic)の二つの単語を模して創った造語のようであるが、両極性と矛盾・対立を自らの内に持つホーナーの精神性に非常に近いものである。このポストモダンの傾向の一つが「非決定性」であるが、ハッサンは、他の一つの「イマネンス」の概念が、一に対する多の優位性と全体化への挑戦の姿勢等を表すことを挙げた後、その概念規定を次のように指摘する。

一つの意志を分散させる傾向をイマネンスと呼ぶ。これは、私が宗教的共鳴を持たせずに使う言葉で、精神が世界に広がり、自我と世界に働きかけ、すぐに自らの環境となることを意味している。(Hassan and Hassan 29)

「アンビレクティック」や「イマネンス」の概念内容は、自己と他者、主体と客体、人間と対象世界、等を対立的に捉えてきた西洋近代の二元論的世界を否定し、両極性や多極性と矛盾・対立の受容と相互浸透や融合への感情や思考を示すものであり、ホーナーの人間性が、ハッサンが指摘したポストモダニズムの概念の典型を示していることが分かる。

だが、このように人間や世界や状況を神秘的に全体として包含するホーナーの感情は、近代の理念への批判的な視点や姿勢を提示することはできても、生きる現実の社会的場では無力である。モーガンに容認された形でなされた数度の姦通の後、レニーが妊娠した事実が分かり、ホーナーが父親である可能性もあり、責任の問題が発生する。実存主義では主体と選択と責任が基本概念であるので、実存主義者モーガンは当然の如くホーナーに責任の分担を要求する。モーガンは何事にも真面目に直面することのないホーナーに対して、この問題に対する基本的姿勢として「一つの立場を取り、それを変えないこと」(三九八)を強く求める。しかし、ホーナーは一つの行動倫理を選べない人間だから、一つの立場を取れず、問題に対する意見もない。従って、彼には、責任を取らなければならないという確信が持てない。だが、レニーが堕胎を求め、それができなければ自殺すると言い、モーガンが問題解決の一つの方法として古いコルト銃を持ち出すと、レニーの死という終局性とその終局性をもたらす手段としてのコルト銃の「終局的な姿」(final-looking)(三九五)に怯えて、彼は責任を取る行動として堕胎医を求めて狂奔する。そしてそれに失敗して、最後の拠所として自分がかかっている医者に堕胎を頼み、医者はしぶしぶ了承する。レニーは、ホーナーによって医者の診療所に連れて行かれ、掻爬手術を受けている最中に麻酔による嘔吐によって窒息死する。

VI

社会生活の中では行為の責任の問題が生じることは当然とは言え、レニーの妊娠の事実が起こるまでは、主体と立場と行動の倫理基準がなく、したがって責任の観念もなかったホーナーが、レニーの死の可能性とコルト銃の終局性を突きつけられて、急に責任を取る行為で右往左往し、ドタバタ悲喜劇の主人公に変身するのは、作品としてもまたホーナーの人間性からも一貫性がなく矛盾し分裂している。このレニーの妊娠事件以後のバースの作品の書き方そのものが変化していることに関して、J・サープは、妊娠事件以後の作品の細部事実の書き方の過度の細かさから判断して「レニーの死の話は別の短編小説だった」(Tharpe 32) 可能性があると指摘しているし、また、チャールズ・B・ハリスも「書き方が急変し……過度の自然主義的な細部描写となる」(Harris 42) と言う。しかし、この書き方の変化は、作品の手法とホーナーの人間性に係わるテーマと共にバースが意図的に行ったものだと思われる。その理由の一つは、ホーナーはもともと一つの立場を取ることができず、一貫性がなく矛盾し分裂した人間だから、レニーの妊娠に関して責任を取らないことで一貫すると、それはそれで無責任という一つの立場を取ることであり、そういう一つの立場をとれないのがホーナーの人間性である、ということである。彼は両極間を移動する人間で、無責任から責任へ、また逆に責任から無責任へと移動していくのが彼にとっては自然なのだ。レニーの堕胎を頼まれた医者はホーナーに対して、ホーナーが複雑な人間関係に巻き込まれないようにという彼の指示を守らなかったことを咎めて、さらに、「後悔しない徹底した悪漢役 (out-and-out villain) を割り当てた方がよかったのだ……君は悔いても始まらない時に懺悔人の役を自分に割り当てたのだ。これほど麻痺にふさわしい役はない」(四二六)と厳しく批判する。だが、一つの立場を一貫して取れないのがホーナーであり、徹底した悪漢役を演じられれば、もともと麻痺など起こるはずはなかったのだから、医者のホーナー批判も妥当性を欠く。

他の理由としては、社会の現実の中で生きていこうとすれば、何らかの形で社会慣習や倫理や法の規則に従い、またそれらの拘束を受けざるをえないので、ポストモダニストのホーナーも例外ではなく、ホーナーがモーガンが持ち出したコルト銃の銃口が自分に向けられるかもしれない終局性を避けて生きていこうとすれば、社会的規則に従ったり、拘束を受けたりせざるを得ず、自らの行為の責任をとって醜いドタバタの悲喜劇を演じなければならないことを表わしている。ホーナーは「生きていこうとすれば、ぼくは自分とともに生きていかなければならない。そして、だいたい、ぼくは倫理的動物 (a moral animal) であった」(三五九)と言う。

主体がなく立場がなく行動倫理がなくレニーとの姦通も「意義がないもの」と言った人間の言う「倫理的動物だった」という言葉は額面通りには受けとれないが、人は死なずに生きていこうとすれば何らかの形で倫理的にならざるをえない、つまり倫理なく生きる道はない、という生きることのアポリアをホーナーはコルト銃を前にして感じとるのである。だが、ホーナーの悩ましい問題は、一貫性のある一つの立場を取れない者がどうして倫理を持つことができるのかということである。

彼は次のように告白する。

ぼくは、終始一貫して同一人間であることができないから、ぼくが他人の生活にまじめに係わり合うと、皆を必ず傷つけてしまうし、とりわけ、ぼく自身の平静さも傷つけてしまうのだ。簡単に言えば、同じ役を長く演じられないことが他人にも自分にも苦痛を与えるのだ。（四三〇）

ここには、以前のホーナーの主体も立場も倫理もない人間の開き直った態度はなく、彼の人間性と生き方が他人も自分も傷つけ苦しめるものだという、ホーナーの苦悩と反省の気持ちが表れている。ホーナーの苦悩は、コルト銃を前にして生きていくためには倫理的であらねばならないことは認識したが、主体が崩壊し自我が分裂し一つの立場をとれない者がいかに倫理の根拠を見出せるか、ということである。これは、極めて解決し難い難問であり、ホーナーは生きることのアポリアに陥る。ここで、初めてホーナーはこういうアポリアをもたらした自己の存在の根源に目を向けて、次のように言う。

ぼくは、ぼく自身やぼくの複雑な自我(my selves)についての考えやぼくの個人的な小さな秘密について少なからずいやになった。新しい町へ行って、新しい友だちを作って、名前だって新しくしてもいい、そうすれば一人の人間として統一性のあるふりをして(pretend enough unity to be a person)世の中で人間らしく生きられるかもしれない。(四三〇―四三一)

ホーナーはここで、分裂した複数の自我では一貫した一つの立場は取れないので、社会の中で倫理的な人間として生きつづけるためには、見せ掛けのものでも何らかの形で自我を統一する必要性を認識する。社会的存在としての人間の自我の構成は、その社会の文化的・政治的理念やシステムと不可分に絡み合っており、したがって、人間主体は、その社会の中で生きる限りその社会の権力的イデオロギーによって何らかの支配や拘束を受ける。スティーヴン・グリーンブラットがルネサンスの人間について述べたように、人間は、「純粋で束縛されることのない主体性の瞬間などは全くなく(また)自由に選択されたアイデンティティの顕現はなく……(それは)文化的工作物であり……イデオロギー的体制によって範囲を厳密に定められた可能性の内に収められている」(Greenblatt 256)存在なのかもしれない。しかし、人間がそういう文化的存在であっても、グリーンブラットは、「自己成型を放棄することは自由への要求を放棄することであり……自分が己のアイデンティティの主たる作り手であるという幻影を維持することのやみがたい必要性」(Greenblat 257) を主張する。

ホーナーは、現実社会の中で「見せ掛け」の、ないしは、「幻影」の自我や主体性さえ形成できずに、「自由への要求を放棄」して、診療所に自らを幽閉することになる。それは、たとえホーナーが見せ掛けの自我の必要性を認識しても、今まで主体が崩壊し自我が分裂した状態で生きてきた者が、すぐさまその認識を現実の場で実行に移すことはできないことを表わしている。

この後、ホーナーは、「ゴタゴタを整理し」(四一八)、「人が欲することを何でもする」(四一九)と言ってレニーの死の公的な「法的責任をとる」(四三八)覚悟を固めるが、スキャンダルを恐れた学長やモーガンの事実のもみ消し工作によって、公表されたレニーの死因は病院へ行く途中に窒息死したことになり、さらに、モーガンも学長の要求により大学を辞職する形で決着がつき、ホーナーは「公に責任をとる機会を拒まれる」(四四一)。大学側のスキャンダルもみ消し工作は、ホーナーの行動を規制し拘束する体制側の恣意的で非論理的な組織維持のためのエゴイズムを暗示しているが、こういう社会であっても、人は生きていこうとすれば、たとえ偽装のものでも何らかの統合された自我と最低限の倫理を必要とする。

だが、ホーナーの自我は分裂したままであり、作品の最後においても、「ぼくが、自分のなかに見出したものは、抽象的で焦点のさだまらない苦悶ばかりで……何が正しい行動であるか決める場合でも、十分長い間一つの考えでいられない」（四四一）と告白し、モーガンからの電話にも「何をどこから手をつけたらよいのか分からない」（四四二）精神の混乱ぶりを伝える。作品の最後のパラグラフで、揺り椅子に坐ったホーナーは、再び「天気なし」（四四二）の精神状態に陥り、しばらくして、呼んだタクシーに乗り込んで運転手に行き先を「ターミナル」と告げるがこれが作品の終りの言葉となっている。

ホーナーは、レニーの妊娠事件から、現実社会に生きていくためには、自我を統合し一つの立場をとり倫理的であらねばならないことを学ぶが、それは単に認識上のことで作品の最後では彼は再び振り出しに戻り、「一つの考えでいられない」し、「天気なし」の精神の空白感を感じている。いやむしろ、ホーナーの病気は更に進行しているのであり、この作品は、ホーナーが「ターミナル」（駅）に行った後、別の場所に移った医師の診療所に再び入って二年間の治療を受けた後、社会には出ずに、診療所の中で今度は作文療法（Scriptotherapy）としてこの話を書いている、という小説の体裁となっている。この「ターミナル」（Terminal）は、「駅」という意味以外に形容詞としての「最終的な、究極の」という意味もあり、つまり、ホーナーが現実社会では生きていけずに、そこから「最終的に」離れていき、そして、診療所（病院）が「最終的な」生きる場となるという意味も併せて持っている。さらに、近代の理念とシステムに根源的で徹底的な疑念と批判を行った者の行き付く先が、精神病院に自己幽閉する以外には行き場のない「終わり」の状態、いいかえれば、「どんづまり」の状態であることも暗示している。

診療所は、ホーナーが現実社会や物理的経験の世界との係わりへの恐怖から、それらから逃避し自己を幽閉する場である。さらに彼は、作文療法によって言葉の世界に入り、そこに生きる場とリアリティを見出す。作品中でホーナーは「ぼくに絶対的なものがあるとすれば、それは言葉（Articulation）だ」（三六六）と言う。そしてこのすぐ後で、「経験を言葉に変えることは、経験を裏切り偽ることだったし、裏切ることによってのみ経験を処理できる」（三六六）とも言い、ホーナーは、言葉と現実の分裂と、経験を裏切り偽る言葉の本質と機能を理解しながらも、現実の経験の世界には生きられず、そこから逃避し退行し、言葉の中にしか生きる場を見いだせない精神状況にある。だが、その言葉の世界とて、ホーナーはモーガンの明晰な言語とロゴス中心の世界を否定したはずであり、言葉の世界に生きることもホーナーにとってはアポリアであることには変わりない。

この作品のユニークさは、「世界の普遍的価値と永続する意味」を失った近代の最後の砦としての実存主義の、明確な主体と統一された自我と一貫性のある立場と責任の観念をモーガンに体現させ、まだ実存主義が力を持っていた五〇年代にその実存主義をアイロニーを込めてパロディ的に描き、さらに、五〇年代末に他の作家に先行して、主体が崩壊し自我が分裂し、行動倫理を持てないポストモダンの典型的人物ホーナーを作中人物として造形して、その二人を衝突させることによって、モダニズムと実存主義とポストモダンのそれぞれの思想的状況の問題点を浮き彫りにし、文学作品として提示したところにある。作品の最後の結末は、ホーナーのポストモダニズムは、モダニズムや実存主義の問題点を批判的に検証する視点とはなりうるが、倫理を形成できない主体と自我なき人間が現実社会ではいかに無力であるかを露呈した。

註

* John Barth, *The Floating Opera and The End of the Road*. New York: Anchor Books, Doubleday, 1967, 323. 以後、テクストからの引用はこの版により、ページ数のみを記す。

引用文献

Barth, John. *The Sot-Weed Factor*. New York: Doubleday, 1960.
Eagleton, Terry. *The Illusions of Postmodernity*. Oxford: Blackwell, 1996. 翻訳は、テリー・イーグルトン『ポ

ストモダニズムの幻想』森田典正訳、大月書店、一九九六年を参照した。

Greenblatt, Stephen. *Renaissance Self-fashioning: From More to Shakespeare*. Chicago: University of Chicago Press, 1980. 翻訳は、スティーヴン・グリーンブラット『ルネサンスの自己成型』高田茂樹訳、みすず書房、一九九二年を参照した。

Harvey, David. *The Condition of Postmodernity: An Inquiry into the Origins of Cultural Change*. Oxford: Basil Blackwell, 1989. 翻訳は、デイヴィッド・ハーヴェイ『ポストモダニティの条件』吉原直樹監訳、青木書店、一九九九年を参照した。

Harris, Charles B. *Passionate Virtuosity: The Fiction of John Barth*. Urbana: University of Illinois Press, 1983.

Hassan, Ihab. *The Right Promethean Fire: Imagination, Science, and Cultural Change*. Urbana: University of Illinois Press, 1980.

Hassan, Ihab and Sally Hassan eds. *Innovation/Renovation: New Perspectives on the Humanities*. Madison, Wis.: University of Wisconsin Press, 1983.

Kerner, David. "*The End of the Road*: Psychodrama in Eden." Ed. Joseph J. Waldmeir. *Critical Essays on John Barth*. Boston: G. K. Hall, 1980.

Lawrence, D. H. *Studies in Classic American Literature*. New York: Penguin Books, 1977.

Majdiak, Daniel. "Barth and the Representation of Life." Ed. Joseph J. Waldmeir. *Critical Essays on John Barth*. Boston: G. K. Hall, 1980.

Morrel, David. *John Barth: An Introduction*. University Park: Pennsylvania State University Press, 1976.

Noland, Richard W. "John Barth and the Novel of Comic Nihilism." Ed. Joseph J. Waldmeir. *Critical Essays on John Barth*. Boston: G. K. Hall, 1980.

Tanner, Tony. *City of Words: American Fiction 1950–1970*. London: Jonathan Cape, 1971.

Tharp, Jac. *John Barth: The Comic Sublimity of Paradox*. Carbondale: Southern Illinois University, 1975.

Tobin, Patricia. *John Barth and the Anxiety of Continuance*. Philadelphia: University of Pennsylvania Press, 1992.

E. P. Walkiewicz, *John Barth*. Twayne Publishers, 1986.

浅田　彰「共同討議・ドゥルーズと哲学」『批評空間』太田出版、一九九六年。

今村仁司『現代思想の系譜』筑摩書房、一九八六年。

ジェイムソン、フレデリック『のちに生まれるものへ――ポストモダニティ批判への道　一九七一――一九八六』鈴木聡他訳、紀伊国屋書店、一九九三年。

リュック・フェリー『神に代わる人間：人生の意味』菊池昌美、白井成雄訳、法政大学出版局、一九九八年。

フェリー／ルノー『68年の思想：現代の反―人間主義への批判』小野潮訳、法政大学出版局、一九九八年。

ライアン、デイヴィッド『ポストモダニティ』合庭惇訳、セリカ書房、一九九六年。

あとがき

この研究書の「アメリカ文学と幽閉」のテーマについては、はるか昔のことになるが、学生時代に読んだフォークナーの短編「エミリーへのバラ」についてのある論文が発想の発端となっている。この短編の主人公であるアメリカ南部の名門グリアソン家の末裔のエミリーは、一族の権威とプライドを重視する父親から、彼女の結婚適齢期に結婚相手となるべき若者が身分不相応な相手として悉く撥ねつけられる。それでエミリーは、自らの屋敷に閉じ籠り、たまたま北部から来た道路工夫のホーマー・バロンを毒殺し、その死体と添い寝し、一生屋敷の中から外に出ることがないのであるが、その論文の筆者は、このエミリーを、町の人々の視点をとる語り手の立場から論じて、生命は閉じ籠ると衰弱し腐敗するのであり、生命は絶えず動き、流れるものでなければならない、という論旨の解釈を展開していた。私は、そのとき、作家フォークナーの同情や共感や想像力の向かう人物は、むしろ自らの屋敷に閉じ籠るエミリーの側にあるのではないか、そして、視点となっている町の人々や変わりゆく南北戦争後の南部社会は、むしろ、閉じ籠り語らないエミリーの側から見られ語られているのではないか、と考えそれを論文にしたことがある。

この後出会ったのが、メルヴィルの「書記バートルビー：ウォール・ストリートの物語」である。この作品も、ニューヨークのウォール街の法律事務所で、「私はしたくありません」と言うだけで後は黙して語らず、壁に向かって動かず、最後は餓死していく変人バートルビーを、雇用者の常識の人である弁護士が語るという構造を持っており、バートルビーとの対応の仕方から、語り手である弁護士自身の理性的で合理主義的な人間性や一九世紀の産業資本主義が進展するアメリカ社会が浮彫にされるのだから、基本的パターンは「エミリーへのバラ」と共通している。というより、作品の出版は一九世紀の作家であるメルヴィルのほうが先であるから、むしろ、フォークナーがメルヴィルの影響を受けたのかもしれない。バートルビーやエミリーは、一九世紀のニューヨークやアメリカの南部社会に対して徹底して背中を向けるが、むしろ、二人の背中は人間や社会の有様を鮮やかに映し出す鏡となっているのであり、語るほうが語られ、見るほうが見られている逆転現象の構造がある。

そして、一九世紀と二〇世紀のアメリカ文学作品を読み進めるうちに、数多くの閉じ籠り／閉じ込められる人物を描いた作品が頻出することに気付いたが、このことについては序文で述べたのでここでは省略する。このバートルビー現象は、閉じ籠る側の社会に対する強烈な反発や批判や拒否と、人々を閉じ込める国家や社会や人間の側の差別や排除や弾圧との関係から生じているから、単に文学上の現象ではなく、アメリカの国家形成や社会構造の理念やシステムとアメリカ人のナショナル・キャラクターにも密接な関係がある。閉じ籠る／閉じ込められる現象は、読む者に、一般的に見られがちな、自由で平等な民主主義と人権思想の開かれたイメージのアメリカとアメリカ人とは矛盾し対立し異質なアメリカやアメリカ人のイメージや印象を与える。これは、簡単に言えば、アメリカの夢の裏面史の諸問題につながる現象である。

「アメリカ文学と幽閉」のテーマで、日本アメリカ文学会第三八回全国大会（於：北九州市立大学、一九九九年）で行ったシンポジュウム（司会と発表）の内容と、『週刊読書人』（二〇〇八年一〇月一七日号）に掲載された「アメリカ文学とバートルビー現象」という記事も、本書の執筆の一因となっている。

今まで書いた論文の中からこのテーマに関する論文八編を選んで一書としたが、三〇年前の古い論文から最近の書き下ろしのものまで、執筆年に関してはかなり長期にわたっている。古い論文に関しては、もちろん、作品と論文を読み返したが、作品解釈の変更をせざるを得ないものはなかったので、論文の書き方や体裁に関する形式的な変更以外はほとんど手を入れずに掲載している。私の研究方法は、ニュークリティシズム的な作品読解と分析と、読解の助けとなる作家に関する資料や関連諸科学の文献を参照すること等によって、作品の中に潜む作家の生き様に接近しその声を聞き取ることである。それによって、作家が語る時代、社会、文明、歴史は、そして、生き方や思想等も、十分に作品の中から浮かび上がってくると考えている。作家の声が聞き取れていなければ、それは作品の読解力が不足しているからである。読者諸氏のご批判とご教授をお願いしたい。

なお、第一章「メルヴィルと幽閉」は、國重純二編『アメリカ文学ミレニアムⅠ』(南雲堂、二〇〇一年)からの転載である。また、第八章「幽閉する近・現代のロゴス――バースの『旅路の果て』」は、安河内英光/馬場弘利編『60年代アメリカ小説論』(開文社出版、二〇〇一年)からの転載である。転載の許可をくださった両出版社、特に、転載を快諾していただいた南雲堂の部長原信雄氏には心から謝意を表したい。

校正に関しては、西南学院大学の同僚の田部井孝次氏、宮本敬子氏、藤野功一氏、宮崎大学の井崎浩氏、熊本大学の永尾悟氏、福岡大学の高橋美知子氏、そして、院生の皆川雅志君、山田泉さん、高須奈々恵さん、等のお世話になった。皆さんのご協力に深く謝意を表したい。

本書の出版に関しては、勤務校の西南学院大学から助成を受けたことに有難く感謝したい。

最後になったが、今回もまた、かなり前の企画の段階から叱咤激励、並びに、助言を絶えずしてくださった、開文社出版社長安居洋一氏には、深くお礼を申し上げたい。

二〇一一年一月

安河内英光

初出一覧

序文　アメリカの夢の裏面史　書き下ろし

第一章　メルヴィルと幽閉　「メルヴィルと幽閉」國重純二編『アメリカ文学ミレニアムI』南雲堂、二〇〇一年、所収。

第二章　近代世界の闇を見つめて　「西南学院大学英語英文学論集」35―1・2・3、一九九五年。

第三章　幽閉する黒い影　「西南学院大学英語英文学論集」20―3、一九八一年。

第四章　毒を以て毒を制す方法　書き下ろし、日本英文学会第42回大会（於：神戸大学）招待発表原稿　二〇一〇年。

第五章　幽閉するアメリカ南部エートス　「西南学院大学英語英文学論集」21―3、一九八二年。

第六章　閉じ込められる黒人の命　「西南学院大学英語英文学論集」17―2・3、一九七七年。

第七章　檻の中のアメリカの中産階級　「西南学院大学英語英文学論集」34—1、2、一九九三年。

第八章　幽閉する近・現代のロゴス　「ジョン・バース『旅路の果て』——主体の崩壊、あるいは、生きることのアポリア」安河内英光／馬場弘利編『60年代アメリカ小説論』開文社、二〇〇一年、所収

（第三章以降は掲載にあたって改題）

Lacan 285
ラッシュ、ベンジャミン Benjamin Rush 41-2
ルーテンベルグ、マイケル E Micheal E. Rutenberg 241, 246,267,269
ルノー、アラン Alain Renault 282,287
レヴィ＝ストロース、クロード Claude Lévi-Strauss 285
レヴィン、ハリー Harry Levin 30,114,124
ロックフェラー、ジョンD John D. Rockefeller 32
ロージン、マイケルP Micheal P. Rogin 22
ローズ、アンC Ann C. Rose 25-6
ロンダ、ジェイムズP James P. Ronda 31,68
ロレンス、D・H D. H. Lawrence 93
『古典アメリカ文学研究』 *Studies in Classic American Literature* 293

［わ行］

ワゴナー、ハイアットH Hyatt H. Waggoner 184

Minter 131
メルヴィル、ハーマン　Herman Melville 1,5,7,8,11-2,14-5,17-126
「乙女たちの地獄」“The Tartarus of Maids” *18*
『イズラエル・ポター』*Israel Potter* *68*
『オムー』*Omoo* *17,99-100*
『クラレル』*Clarel* *32*
「コケコッコ―」“Cock-a-Doodle-Doo” *65*
『詐欺師』*The Confidence-Man* *19,53,114*
「鐘塔」“The Bell-Tower” *32*
「書記バートルビー」“Bartleby,The Scrivener” *1,11,31,38,42-3,47-95,123,324*
『タイピー』*Typee* *2,17,19,48,51,53,58,99-100*
「タウンホー号の物語」“The Town Ho's Story” *17*
「ノーフォーク島と混血の寡婦」“Norfolk Isle and the Chola Widow” *18*
『白鯨』*Moby-Dick* *2,11,17,20-35,48-56,58,62-66,99,111,150,160,292*
『ピアザ・テイルズ』*The Piazza Tales* *100,120*
「ピアザ」“The Piazza” *120*
『ピェール』*Pierre* *35-37,47-48,50-51,53,56,57,59,62,64,94,99,111,120*
『ビリー・バッド』*Billy Budd* *2,17,111,114*
「ベニト・セリーノ」“Benito Cereno” *12,17,99-125*
『ハワイト・ジャケット』*White Jacket* *17*
『マーディ』*Mardi* *19,53*
『レッド・バーン』*Redburn* *17*
モレル、デイヴィッド　David Morrel 281,303

[や行]

ヨナス、ハンス　Hans Jonas 65

[ら行]

ライアン、デイヴィッド　Davis Lyon 287
ライダ、ジェイ　Jay Leyda 51,57
ライト、ナタリア　Nathalia Wright 61
ラウダネ、マシューC Matthew C. Roudané 240-42,272,278
ラカン、ジャック　Jacques

プッツェル、マックス　Max Putzel　118,121
ヘーゲル、ゲオルグ・ヴィルヘルム・フリードリヒ　Georg Wilhelm Friedrich Hegel　309
ヘラー、ジョーゼフ　Joseph Heller　4
『キャッチ＝２２』*Catch=22*　4
ベッケット、サムエル　Samuel Beckett　236-37,254,278
『クラップの最後のテープ』*Crap's Last Tape*
ベック、ウォーレン　Warren Beck　219
ペイジ、サリー　Sally R. Page　184
ホーソーン、ナサニエル　Nathaniel Hawthorne　6,7
『緋文字』*The Scarlet Letter*　6
ホフマン、フレデリック　J　Frederick J. Hoffman　168
ボードレール、シャルル　Charles Baudelaire　242
ボルディック、クリス　Chris Baldick　27
ポー、エドガー・アラン　Edgar Allan Poe　2
「赤死病の仮面」"The Masque of the Red Death"　2
「アッシャー家の崩壊」"The Fall of the House of Usher"　2
「黒猫」"The Black Cat"　2
ポラニー、カール　Karl Polanyi　26

［ま行］

マークス、レオ　Leo Marx　60
マシーセン F・O　F. O. Matthiesenn　100-02,105
マシューズ、ジョン T　John T. Matthews　137
マジアック、ダニエル　Daniel Majdiak　306
マルクス、カール　Karl Marx　22
マンフォード、ルイス　Lewis Mumford　59
ミラー、アーサー　Arthur Miller　6,237,254
『坩堝』*The Crucible*　6
ミラー、J・ヒリス　J. Hillis Miller　132
ミラー、ペリー　Perry Miller　8,147-48
ミルゲイト、マイケル　Micheal Millgate　185,196,232
ミンター、デイヴィッド　David

103,105
フォークナー、ウィリアム
William Faulkner 3,5,8,12-15,127-234
『アブサロム、アブサロム！』 *Absalom,Absalom!* 127-52, 160
『行け、モーセ』 *Go Down, Moses* 140,141,145,146,172, 201,206,224,231,232
「行け、モーセ」“Go Down, Moses” 206
「エミリーへのバラ」“A Rose for Emily” 3,324
「オールド・マン」“Old Man” 160
「乾燥の九月」“Dry September” 215
「熊」“The Bear” 225,228
「黒衣の道化師」“Pantaloon In Black” 201-234
『八月の光』 *Light in August* 3,12-13,148,153-199
『サンクチュアリ』 *Sanctuary* 183
『響きと怒り』 *The Sound and the Fury* 156
『尼僧への鎮魂歌』 *Requiem for a Nun* 203
『墓場への闖入者』 *Intruder in the Dust* 172
「昔あった話」“Was” 224
『野生の棕櫚』 *The Wild Palms* 160
「野生の棕櫚」“The Wild Palms” 160
フォーグル、リチャード・ハーター Richard Harter Fogle 112-13
フォーナー、エリック Eric Foner 5
フーコー、ミシェル Michel Foucault 283
フラナガン、ウィリアム William Flanagan 236
フランクリン、ブルース H Bruce H. Franklin 17,23,61
フランクリン、ベンジャミン Benjamin Franklin 39,293
フロム、エーリッヒ Erich Fromm 268
フンジンガー、ステファニー Stefani Funzinger 236
ブロットナー、ジョーゼフ Joseph Blotner 156-59
ブルーム、アラン Alan Bloom 9
ブルックス、クレアンス Cleanth Brooks 131,136,172-75,179,181,186-190,210
ブリロウスキィ、ワルター Richard Brylowsky 196

ノーランド、リチャードW Richard W. Noland 302
ノリス、フランク Frank Norris 24
『オクトパス』*The Octopus* 24

[は行]
ハイマート、アラン Alan Heimart 19,20
ハウ、アーヴィング Irving Howe 155,184-85,168
ハーヴェイ、デイヴィッド David Harvey 287
ハッサン、イーハブ Ihab Hassan 310-11
ハッサン、サリー Sally Hassan 310-11
パスカル、ブレーズ Blaise Pascal 65
ハリス、ウェンデルV Wendell V. Harris 271,277
ハリス、チャールズB Charles B. Harris 309,313
ハワード、レオン Leon Howard 57
バックマン、メルヴィン Backman Melvin 206
バース、ジョン John Barth 8,14-15,237,260,277,281-322
『旅路の果て』*The End of the Road* 14,38,40,260,281-321
『フローティング・オペラ』*The Floating Opera* 47,277,290,294,303
『酔いどれ草の仲買人』*The Sot-Weed Factor* 293
バートフ、ワーナー Warner Berthoff 48-49
バレット、ウォルター Walter Barrett 69
パオルッチ、アン Ann Paolucci 246
ビッグズビー、C・W・E C. W. E. Bigsby 241,246-47,251-52,272,277
ビラ=マタス、エンリーケ Enrique Vila-Matas 1
『バートルビーと仲間たち』*BARTLEBY Y COMPANIA* 1
ピンチョン、トマス Thomas Pynchon 2,237
ファディマン、レジナ Regina K. Fadiman 159
フィーン、ドナルド Donald Fiene 61-2
フェリー、リュック Luc Ferry 282-283,289
フェルテンシュタイン、ロザリー Rosalie Feltenstein 102,

ジジェク、スラヴォイ　Slavoj Žižek　145
ジンバードー、ローズA　Rose A. Zimardo　240,246-51
セラーズ、チャールズ　Charles Sellers　32
スカダー、ハロルドH　Harold H. Scudder　100
スターン、ミルトンR　Milton R. Stern　82-3,93
スレイトフ、ウォルターJ　Walter J. Slatoff　154
ソロー、ヘンリー・デイヴィッド　Henry David Thoreau　2

［た行］

ダウナー、アランC.　Alan C. Downer　235
タイラー、ワルター　Walter Taylor　206,213-215
タカキ、ロナルドT　Ronald T. Takaki　10,39,40,41
ターナー、トニー　Tanner Tony　296,302,307
ダルゼル・ジュニア、ロバートF　Robert F. Dalzell Jr.　30
チェイス、リチャード　Richard Chase　51,60,124,155,184
チェーホフ、アントン　236
ティック、スタンレイ　Stanley Tick　232
ディッキンソン、エミリー　Emily Dickinson　2
ディモック、ワイ＝チィー　Wai-Chee Dimock　30
デイヴィス、アリソン　Allison Davis　221,223
デリンガム、ウィリアムB　William B. Dellingham　65
デルバンコ、アンドリュー　Andrew Delbanco　142-43
トックヴィル、アレクシス　Alexis de Tocquville　7
トービン、パトリシア　Patricia Tobin　309
ドアズヴェド、ウォーレン　Warren D'Azevedo　104,108,121
ドゥルーズ、ジル　Gilles Deleuze　286,292
ドナルドソン、スコット　Scott Donaldson　123,125
ドライバー、トムF　Tom F. Driver　255

［な行］

ニーチェ、フリードリヒ　Friedrich Nietzsche　36,65
ニラン、メアリー　Mary M. Nilan　246,267,269
ニロン、チャールズH　Charles H. Nilon　211-12,219

Breakfast at Tiffany's 259
『冷血』*In Cold Blood* 6,149
カーナー、デイヴィッド Davis Kerner 291
カプラン、シドニ Sidney Kaplan 127
ガタリ、ピエール＝フェリックス Pierre-Felix Guattari 286, 292
ガードナー、バーレイB Burleigh B. Gardner 221, 223
ガードナー、メアリーR Mary B. Gardner 222-23
キージー、ケン Ken Kesey 4
『カッコーの巣の上で』*One Flew Over The Cuckoo's Nest* 4
キューイック・ジュニア、ダーク Dirk Kuyk Jr. 135
ギルモア、マイケルT Michael T. Gilmore 22,76-7
久米 博 64
クラーマン、ハロルド Harold Clurman 237
グリーンブラット、スティーヴン Stephen Greenblatt 316-317
グレンバーグ、ブルースL Bruce L. Grenberg 53,55,60-70,80,86
ケイジン、アルフレッド Alfred Kazin 153
ケルアック、ジャック Jack Kerouac 3,257-58
『路上』*On the Road* 3,257, 259
コーリン、フィリップC Philip C. Kolin 276,278

［さ行］

サープ、ジャック Jac Tharp 291,301,307,313
サリンジャー、J・D J. D. Salinger 23
『ライ麦畑で捕まえて』*The Catcher in the Rye* 3
サルトル ジャン・ポール Jean-Paul Sartre 295,299
ジェファーソン、トマス Tomas Jefferson 31,68
シッフマン、ジョーゼフ Joseph Schiffman 103-04, 121-22
シルヴァー、ジェイムズW James W. Silver 224,25,228
シンクレア、アプトン Upton Sinclair 23-4
『ジャングル』*The Jungle* 24
ジェイムソン、フレドリック Frederic Jameson 288
ジュネ、ジャン Jean Genet 236

ウォルキーウィッツ、E・P　E. P. Walkiewicz　297
ヴィッカリィ、オルガW　Olga W. Vickery　170, 189-90, 195
ヴォーゲルバック、アーサーL　Arthur L Vogelback　102-03, 105, 121-22
ヴォネガット・ジュニア、カート　Kurt Vonnegut Jr.　237, 255-56, 292
『スローターハウス5』 *Slaughter-House Five*　*292*
『プレイヤー・ピアノ』 *Player Piano*　*255*
ヴォルテール　Voltaire　284
ヴォルピー，エドモンド　L　Edmond L. Volpe　226
エヴァンス、ウォルター　Walter Evans　61
エスリン、マーティン　Martin Esslin　242, 270, 271, 275
エリクソン、スティーヴ　Steve Erickson　8, 148
『Xのアーチ』 *Arc d'X*　*148*
大橋健三郎　*155*
オースター、ポール　Paul Auster　4
『ガラスの街』 *City of Glass*　*4*
オールビー、エドワード　Edward Albee　3-4, 8, 13-15, 235-280
『アメリカの夢』 *The American Dream*　*253*
『ヴァージニア・ウルフなんかこわくない』 *Who's Afraid of Virginia Woolf?*　*253-54, 277*
『デリケート・バランス』 *A Delicate Balance*　*253, 277*
『動物園物語』 *The Zoo Story*　*4, 13, 235-280*
オニール、ユージン　Eugene O'Neill　236, 247-54
オリバー、エグバートS　Egbert S. Oliver　60

［か行］

カッシーラー、エルンスト　Ernst Cassirer　284
カーティゲイナー、ドナルド　Donald Kartiganer　131
カーバー、リンダK　Linda K. Kerber　30, 39-40
カーヴァー、レイモンド　Raymond Carver　4-5
『大聖堂』 *Cathedral*　*4-5*
カーネギー、アンドルー　Andrew Carnegie　32
カポーティ、トルーマン　Truman Capote　6, 149, 259
『ティファニーで朝食を』

索引（五十音順）

[あ行]

アーウィン、ジョンT　John T. Irwin　131-32

アーヴィン、ニュートン　Newton Irvin　51

アスター、ジョン・ジェイコブ　John Jacob Astor　3-32,38, 66-70,73

アレント、ハンナ　Hannah Arendt　36,114-15

アンダソン、ウォルターE　Walter E. Anderson　90

アンダソン、シャーウッド　Sherwood Anderson　2-3

アンダソン、メアリーC　Mary C. Anderson　245-46

アンドリスト、ラルフK　Ralph K. Andrist　43

浅田 彰　286

イオネスコ、ユージン　Eugene Ionesco　236,254,271

イーグルトン、テリー　Terry Eagleton　287

イプセン、ヘンリック　Henrik Johan Ibsen　236

今村 仁司　283

ヴァンダービルト、コーネリアス　Cornelius Vanderbilt　32

ウィドマー、キングスレイ　Kingsley Widmer　73,92,93

ウィーブ、ロバート　Robert Wiebe　29-30

ウィリアムズ、テネシー　Tennessee Williams　237, 247,254

ウィレンツ、ショーン　Sean Wilentz　25-6

ウェイ、ブライアン　Brian Way　254,264-65,272-75,277

ウェーバー、マックス　Max Weber　28,144,148

ウィンスロップ、ジョン　John Winthrop　147

ウェルワース、ジョージ　George Wellwarth　242

著者紹介

安河内　英光（やすこうち　ひでみつ）

1941年生まれ。

西南学院大学教授。九州大学大学院修士課程修了、ハーヴァード大学客員研究員（1981-82、1994-95）。編著書に『60年代アメリカ小説論』（開文社出版、2001年）、『ポストモダン・アメリカ――一九八〇年代のアメリカ小説』（開文社出版、2009年）、共著に『アメリカ文学ミレニアムⅠ』（南雲堂、2001年）。メルヴィル、フォークナー、バース、オールビー、カーヴァー等についての論文など。

アメリカ文学とバートルビー現象
――メルヴィル、フォークナー、バース他　（検印廃止）

2011年2月28日　初版発行

著　　者	安河内英光
発 行 者	安居洋一
印刷・製本	創栄図書印刷

〒162-0065　東京都新宿区住吉町 8-9
発行所　開文社出版株式会社
電話 03-3358-6288　FAX 03-3358-6287
www.kaibunsha.co.jp

ISBN 978-4-87571-057-8　C3098